ACABUS
Verlag

Simon Bartsch

Entschuldigung?
Ich bräuchte mal Ihr Kind!

ACABUS
Verlag

Bartsch, Simon: Entschuldigung? Ich bräuchte mal Ihr Kind!,
Hamburg, ACABUS Verlag 2014

Originalausgabe
ISBN: 978-3-86282-270-6

Lektorat: Alina Bauer, ACABUS Verlag
Umschlagsgestaltung: © Marta Czerwinski, ACABUS Verlag

Die eBook-Ausgabe dieses Titels kann über den Handel oder den
Verlag bezogen werden.
PDF: 978-3-86282-271-3
ePub: 978-3-86282-272-0

Der ACABUS Verlag ist ein Imprint der Diplomica Verlag GmbH,
Hermannstal 119k, 22119 Hamburg.

Bibliografische Information der Deutschen Nationalbibliothek:
Die Deutsche Nationalbibliothek verzeichnet diese Publikation in der
Deutschen Nationalbibliografie; detaillierte bibliografische Daten sind
im Internet über http://dnb.d-nb.de abrufbar.

© ACABUS Verlag, Hamburg 2014
Alle Rechte vorbehalten.
http://www.acabus-verlag.de
Printed in Europe

Für Dana

Die Heimkehr

Blickkontakt hergestellt, ein Lächeln, ein Zwinkern – die Chemie stimmt. Nach dem ersten Eindruck passt die Blondine an Gate 61D altersmäßig nicht in mein Beuteschema, doch für ihre geschätzten 35 Jahre scheint sie sehr gut in Schuss zu sein. Und sie hat ein atemberaubendes Lächeln. Meine sexuelle Fantasie wird nur von dem kleinen speckigen Jungen zu ihrer Rechten getrübt, der mir schon beim Einchecken auf den Sack gegangen ist, als er mir unentwegt seinen Gepäckwagen in die Fersen rammte. Hätte ich nicht Jordis Abschiedsgeschenk und meine Notebook-Tasche in den Händen gehalten, wäre der kleine Scheißer umgehend im Gepäckscanner gelandet. Jetzt sitzt er neben der heißen Blondine und leckt tatsächlich über einen der Plastikstühle des Wartebereichs. Gott, wie ich die kleinen Stinker hasse. Warum müssen Kleinkinder immer alles in den Mund stecken? Da die Blondine das gesundheitliche Wohl des dicken Jungen offenbar nicht wirklich interessiert, glaube ich nicht, dass er zu ihr gehört. Warum also nicht mein Glück versuchen? Ich fahre mir noch einmal durch die Haare und schiebe meine T-Shirt-Ärmel ein Stückchen höher. Dann setze ich mich neben den dicken Jungen. Auch auf die Gefahr hin, dass ich sein nächstes Spucke-Opfer bin. Die hübsche Frau verwickelt mich sofort in ein nettes Gespräch. Sie heißt Nicki, kommt aus Bonn und will mir ihr eigentliches Alter nicht verraten. Sie ist mir sofort sympathisch. Nicki schwärmt von ihrem Ausflug in die Berge und dem Es Trenc-Strand im Süden. Nur mit dem ganzen Sex-Tourismus und den Alkoholleichen könne sie nichts anfangen. „Ich auch nicht", lüge ich. Genau in diesem Moment passiert uns eine Gruppe Jugendlicher, die lauthals „Und dann die Hände zum Himmel" anstimmt. Für einen kurzen Moment machen sich meine Arme selbständig und zucken. Nur mit größter Mühe kann ich dem Impuls widerstehen, gestenreich mit einzustimmen.

„Schrecklich. Wie asozial", sagt Nicki und schüttelt abschätzig mit dem Kopf. Ich verschweige ihr wohl besser, dass ich bislang als Animateur gearbeitet habe. Vielleicht auch, dass in Köln meine Verlobte Anne auf mich wartet.

„Hast du heute Geburtstag?", reißt sie mich aus meinen Gedanken und deutet mit dem Kopf auf das in rosa Geschenkpapier gehüllte Paket. Eigentlich handelt es sich um das Abschiedsgeschenk meines ehemaligen Chefs. Für mich heißt es nämlich Abschied nehmen. Abschied von der Insel, von meinem junggesellenhaften Dasein als Animateur, von meiner Freiheit. In wenigen Monaten werde ich Anne heiraten. Nicht ganz uneigennützig. Mein Erspartes oder vielmehr das Erbe meines verstorbenen Onkels Uli neigt sich dem Ende zu. Weder mein ausschweifender mallorquinischer Lebensstil noch meine Eigentumswohnung in Köln lassen sich noch lange finanzieren. Anne, beziehungsweise ihr Vater, bieten mir ein Leben in Saus und Braus. „Willst du es nicht aufmachen?", unterbricht Nicki meinen Gedankengang erneut. Ich zögere einen Moment. „Für einen romantischen Moment zu zweit", hat Jordi bei der Übergabe geraunzt. Er hat einen seltsamen Humor. „Na, mach schon!", fordert sie mich auf. Also gebe ich nach und reiße das Papier auf. „Jamaican Jack – der special Lover" ist 40 Zentimeter lang und verspricht „Ekstase pur!". Nicki scheint nicht so begeistert. Kopfschüttelnd wechselt ihr Blick zwischen dem überdimensionalen Liebesspielzeug und meinem Gesicht hin und her. Blöderweise muss ich über Jordis Geschenk schelmisch grinsen. Ich weiß nicht genau warum, ob aus reiner Neugier oder Faszination, vielleicht auch, weil ich der Beschriftung nicht traue, aber ich öffne die Packung und ziehe das beeindruckende Hartgummi heraus. Ich will es Nicki stolz zeigen, doch die hübsche Blondine sitzt nicht mehr neben mir. Enttäuscht lege ich den Dildo zur Seite und rufe nach Nicki. Tatsächlich dreht sie sich noch einmal um. Ihre Augen weiten sich und sie hält ihre Hand vor den Mund. Ich folge ihrem Blick. Der kleine speckige Junge hat etwas großes Schwarzes gefunden, das er in den Mund stecken will.

Unauffällig lasse ich das Geschenkpapier verschwinden und verlasse den Wartebereich so schnell ich kann. Das Boarding hat bereits begonnen und ich stelle mich ausnahmsweise gerne in die Schlange. Mein Handy meldet sich. Erschrocken blicke ich mich um. Den Eingang der SMS hat niemand registriert. Die Fahrlässigkeit der anderen Fluggäste erschreckt mich zutiefst. Nach internationaler Flughafenrichtlinie gefährdet das eingeschaltete Handy angeblich den Flugverkehr. Grundsätzlich will ich nicht für den Crash einer Boeing verantwortlich sein. Zumal ich glaube, dass dieser nicht von meiner Haftpflichtversicherung abgedeckt wäre. Tollkühn werfe ich einen Blick auf das Display.

Hi Schatz, wollte dir einen guten Flug wünschen. Ich fahre gleich los. Komme mit Annette, einer Freundin. Ich hoffe, das ist kein Problem für dich. Freu mich auf dich. Anne

Ihre Freude kann ich momentan ganz und gar nicht teilen. Aviophobie. Flugangst. In der Grundschule nannten sie mich noch den „mutigen Marc". Und das nur, weil ich Gudrun Listig, ich glaube irrtümlicherweise, mein Mäppchen an den Kopf geworfen hatte. Bestimmt wollte ich die nervige, alte Erdkunde-Lehrerin gar nicht treffen, zumindest nicht offiziell. Den Riss sollte eigentlich auch die Deutschlandkarte in ihrer Nähe davongetragen haben und nicht ihre Stirn. Fortan war ich bei den Lehrern nur Marc Wagner. „Der" Marc Wagner. Meine Schulkameraden nannten mich dagegen den „mutigen Marc". Im Alter von neun Jahren ist das wirklich ein super Spitzname.

„Hey, kennt ihr schon den Unglaublichen Hulk?"

„Nein, aber schaut mal, da kommt der mutige Marc", haben die Mädchen sicherlich getuschelt. Heute nennt mich keiner mehr den „mutigen Marc". Trotzdem besitze ich wieder einen einigermaßen „coolen" Spitznamen. Aufgrund meiner sexuellen Aktivitäten auf der Insel nennen mich meine Freunde „COCKer Spaniel".

Meine Jugend als „mutiger Marc" gerät zunehmend in Vergessenheit. Genau in diesem Moment, 20 Jahre später, ist von meinem Mut nämlich nicht mehr viel übrig. Ich glaube, Mohammed Atta war sich nicht wirklich bewusst, was er mit seinem hirnrissigen Werk am 11. September 2001 den Aviophoben dieser Welt angetan hat. Vermutlich hätte es ihn auch nicht interessiert. Während sich der traditionelle Aviophobe früher nur auf komische Geräusche im und ums Flugzeug konzentrieren musste, hält der moderne Aviophobe zudem Ausschau nach potentiellen Schläfern. Das fällt mir nicht leicht. Zum einen weiß ich nicht genau, wie ein typischer Schläfer von heute aussieht, zum anderen traue ich diesen Menschen auch eine gut durchdachte Verkleidung zu. Wer es schafft, den gewieften George Bush Junior aus der Reserve zu locken, der hat vermutlich mehr auf dem Kasten, als einen aufgeklebten Schnäuzer, Hasenzähne und eine falsche Brille. Vorsichtshalber schaue ich mich suchend um. Eine Gruppe von alkoholgeschädigten Fußballern macht sich nicht weiter verdächtig. Die Jungs belagern gleich mehrere der blauen Plastikstühle. Sie sehen müde aus. Einige von ihnen weisen eklatante gesundheitliche Schwächen auf. Zumindest lässt die gelbe Pfütze gespickt mit Käsewürfeln und schinkenähnlichen Brocken in ihrem direkten Umfeld darauf schließen. Somit kann ich mindestens vierzehn Menschen als potentielle Terroristen vorerst ausschließen. Bleiben also nur noch geschätzte 120 Selbstmordattentäter. Beruhigend ist diese Zahl wahrlich nicht. Denn selbst ein Bombenleger wäre mir in meiner jetzigen Verfassung mehr als genug. Ein dunkelhaariger Mann hinter mir spricht ganz leise in sein Handy. Will er sich vielleicht von seinen Verwandten verabschieden? Tun Terroristen so etwas? Oder geht er mit seinen Verbündeten die genaue Explosionszeit durch? Ich weiß es nicht. Als er „Ich freue mich auf dich" in sein Telefon haucht, bin ich etwas beruhigt.

Gut, ich muss zugeben, die Flugroute Palma – Köln/Bonn ist auf den ersten Blick vielleicht nicht die anschlagsanfälligste Strecke, die mir spontan einfällt. Soviel ich weiß, gibt es allerdings noch keine wissenschaftlichen Untersuchungen, die mich vom Gegenteil überzeugen könnten.

Eine Frau mit Kopftuch erregt plötzlich meine Aufmerksamkeit. Bestimmt eine Schwarze Witwe. Was sollte eine Frau mit Kopftuch sonst auf Malle machen? Die Türken haben doch ihr eigenes Meer. Sehr verdächtig. Fast schon in Panik schaue ich mich nach Sicherheitspersonal um. Tatsächlich sehe ich zwei Männer von der Guardia Civil. Nun, was sagt man zwei muskulösen Rudimenten der Franco-Spezialeinheit? „Da vorne steht eine Frau mit Kopftuch" dürfte vermutlich nicht ausreichen, um einen Großeinsatz mit Sondereinsatzkommando auszulösen. In meiner Verzweiflung stoße ich nur noch ein kleines Gebet aus und suche meinen Weg ins Flugzeug.

Wirklich gut geht es mir nicht. Ich will mich nur noch hinsetzen. Doch natürlich muss vor mir ein alter Mann sein Handgepäck, das wahrscheinlich an jedem anderen Flughafen dieser Welt als Sperrgepäck durchgegangen wäre, in dem viel zu kleinen Verstauraum über den Köpfen unterbringen. Eine Stewardess schiebt mich ein wenig unsanft zur Seite und hilft dem alten Mann. Ausnahmsweise habe ich keine Augen für die Stewardess. Obwohl sie nach erster Begutachtung schon über einen schönen Hintern verfügt. Ich habe gerade ganz andere Probleme. Der alte Mann lässt sich überzeugen, dass sein Holzpaddel besser unter dem Sitz untergebracht sei. Ich frage mich noch immer, wie er dieses Ding überhaupt an Bord gebracht hat. Wahrscheinlich handelt es sich trotz schrumpeliger Haut und vergilbten dritten Zähnen um einen Top-Terroristen, der sämtliche Sicherheitsleute am Flughafen mit seinem Holz brutal getötet hat. Jack Bauer, Chuck Norris und der Terminator würden vor Neid erblassen. Unglücklicherweise ist mir der Platz in der Mitte zugelost worden.

Auf dem Platz am Fenster sitzt ein Mann in meinem Alter. Für meinen Geschmack ist er etwas zu gut gekleidet. Er war gerade auf Mallorca, warum in Gottes Namen trägt er einen schwarzen Anzug? Er sieht weder deutsch noch spanisch aus. Von der Hautfarbe ein wenig orientalisch, aber er hat rötliche Haare. Macht ihn das verdächtig? Rauschebart und Turban trägt er nicht. Allerdings wackelt er. Mit allen Extremitäten. Warum wackelt er? Als wäre ich nicht nervös genug. Ein Mann, der so hektisch wackelt, kann nur etwas Böses im Schilde führen. Panik. Ich setze mich auf meinen Platz 17B und stelle mir schon die Nachrichten vor:

„Ein Flugpassagier des Flugs DE6742 von Palma nach Köln ist am Samstagmittag ums Leben gekommen. Offensichtlich hat ein Komet ein Loch in den Boden der Unfallmaschine gerissen. Der Fluggast auf Platz 17B wurde in die Tiefe gerissen. 17A hat überlebt. Durch schnelle Flatterbewegungen konnte er den Sturz in die Tiefe verhindern. Von 17B fehlt jede Spur."

Zu allem Überfluss setzt sich eine schwer übergewichtige Frau auf die andere Seite neben mich. Doch nicht nur ihr Aussehen löst Übelkeit in mir aus, sie riecht dazu sehr unappetitlich. Man braucht kein praktizierender Mentalist à la Uri Geller zu sein, um zu sehen, dass dieser Flug eine Qual wird. Ich ziehe meinen Sicherheitsgurt noch ein wenig enger. Eigentlich bleibt mir jetzt schon ziemlich die Luft weg, doch wenn ich schon abstürze, dann nur zusammen mit meinem Sitz 17B. Der Mann zur Linken wackelt noch immer, die Frau zur Rechten stinkt.

Ich versuche, mich auf die Sicherheitshinweise des Personals zu konzentrieren. Die Stewardess ist ausgesprochen hübsch und ich meine, sie hat mich angelächelt. Ich kann mir zumindest nicht vorstellen, dass sie mit dem Wackler oder der Stinkefrau flirtet. Sie kommt mir bekannt vor. Ich konzentriere mich jedoch auf das richtige Röhrchen, in das ich blasen muss, falls ich über dem Mittelmeer abstürze. Ich stoppe meinen Gedankenprozess. Würde ich mir darüber weiter den Kopf zerbrechen, käme sicherlich die Frage auf, wie mich die Weste vor einem Sturz aus zehn Kilometern Höhe retten soll, wenn nicht zufällig ein Schirm oder ein Ballon daran befestigt ist. Mal ganz abgesehen davon, dass wir uns ab Südfrankreich über Festland befinden. Ist 2010 nicht ein Flugzeug im Hudson River in New York notgelandet? Hastig rufe ich eine imaginäre Karte von Zentraleuropa ab. Das erweist sich wiederum als ziemlich schwer. Zum einen sind meine Flusskenntnisse alles andere als überragend, zum anderen weigerte sich Frau Listig seit meiner morbiden Wurfattacke tunlichst, mich in die Grundkenntnisse der Sachkunde einzuweihen. Zumal ich fortan mehr Zeit beim Schulleiter als unter Frau Listigs Fittichen verbracht hatte.

Ich versuche, dem Vortrag der Saftschubse gespannt zu lauschen, kann mich aber nicht konzentrieren. Das liegt an dem Wackler, der mich immer nervöser macht. Dann greift er plötzlich in seine Tasche und holt eine Kette mit Holzkügelchen heraus. Er nuschelt unaufhörlich irgendwelche Wörter, die ich nicht verstehe. Doch ich ahne, dass er betet. Auf Arabisch oder so. Jetzt gibt es für mich keinen Zweifel mehr. Er muss ein Selbstmordattentäter sein. Er stößt gerade sein letztes Gebet aus. Plötzlich rollt die Maschine los. Die Stimme des Wacklers wird hektischer und lauter. Dann rast das Flugzeug über die Startbahn. Ich schaue aus dem Fenster und merke, wie eine Schweißperle meine Wange herunterläuft. Ich warte auf den Moment, in dem das Heck den Boden streift, die Triebwerke Feuer fangen, ein Blitz einschlägt und wir schließlich in die Luft fliegen. Vergebens. Die Frau neben mir macht eine Tüte Chips auf. Wie kann sie bloß unter diesen Umständen essen? Ihre Körperfülle liefert mir die Antwort. Umso erstaunlicher ist es, dass sie mir die Tüte unter die Nase hält. Bacon-Nachos. Ich denke über mein Käse-Sandwich vom Morgen nach und überlege mir, dass ich der Frau zu ein wenig Extra-Käsesoße verhelfen könnte. Wenn sie nicht bald die scheiß Tüte wegnimmt, lässt sich der natürliche Dip wohl kaum noch vermeiden. Meine Finger bohren sich tief in den Sitz und ich versuche, mit dem Kopf zu wackeln, um der Frau zu zeigen, dass ich keine Nachos mag. Nicht zu intensiv. Das Gleichgewicht des Flugzeugs liegt mir momentan sehr am Herzen. Also verhalte ich mich lieber ruhig.

„Waren Sie auch auf Mallorca?", fragt mich die dicke Frau und spricht „Mallorca" mit mindestens acht „l" aus. Natürlich war ich auf Mallorca, wie soll ich sonst ins Flugzeug gekommen sein?

„Nein", antworte ich genervt. „Eigentlich bin ich auf dem Weg von Leverkusen nach Köln, meine Maschine hat nur einen Zwischenstopp in Palma gemacht." Sie nickt verständnisvoll und erinnert mich unweigerlich an meinen Bruder Christoph, der einfach nur ein Schwachmat ist und auch alles glaubt, was man ihm erzählt. Bei ihm dürfte das in naher Zukunft jedoch von entscheidendem Vorteil sein, denn so wird es mir leichtfallen, ihm eine abenteuerliche Geschichte aufzutischen, warum er schnellstmöglich aus meiner Wohnung auszuziehen hat und ich diese verkaufen werde. Bei der Frau ist es offenbar nicht ganz so einfach.

„Ist das nicht eher eine ungewöhnliche Route?", fragt sie mich skeptisch nach gefühlten zwei Minuten Denkzeit.

„Ja. Das ist es. Aber alle anderen Flüge waren schon ausgebucht und die A3 am Heumarer Kreuz verstopft."

„Tja, das ist immer so die Sache mit den Billigflügen."

Ganz behutsam beuge ich meinen Oberkörper nach vorne, greife vorsichtig nach meiner Tasche – das Flugzeug sollte nicht von zu schnellen Bewegungen vom eigentlichen Kurs abgebracht werden – und ziehe demonstrativ meinen MP3-Player und meine Kopfhörer aus der Tasche. Plötzlich nehme ich aus dem Augenwinkel eine schnelle Bewegung war. Unauffällig blicke ich auf die Hände des Wacklers. Zieht er jetzt den Zünder seiner Bombe aus der Tasche? Nein, nur ein Taschentuch. Wahrscheinlich hat er sich auf Mallorca die Schweinegrippe eingefangen. Na toll. Das hat mir jetzt gerade noch gefehlt. Doch der Tod durch Schweinegrippe dürfte weitaus angenehmer sein als der durch Flugzeugabsturz. Das Anschnallzeichen über mir erlischt. Offensichtlich haben wir die endgültige Flughöhe erreicht. Ich stelle heimlich meinen MP3-Player wieder aus. Zwar muss ich mir dank ihm nicht das Gebrabbel der Frau anhören, doch ich verpasse mit der Musik mögliche Geräusche, die auf einen sicheren Absturz hindeuten. Als die Musik verstummt, höre ich die Stimme des Piloten. Die Worte „Gewitter" und „kleine Schleife" beruhigen mich allerdings nicht wirklich. Immerhin lächelt mir die Stewardess erneut zu. Sie kommt mir nach wie vor bekannt vor. Vermutlich habe ich sie irgendwo auf Malle einmal flachgelegt. Doch wer kann sich an so etwas schon erinnern? Andererseits ist sie dafür viel zu freundlich. Der Mann neben mir wackelt immer noch. Das gibt's doch gar nicht. Zünd endlich deine scheiß Bombe und ich habe meine (letzte) Ruhe, denke ich mir. Wieder lächelt die Stewardess und winkt mir zu. Irgendwie muss ich an Sex im Flugzeug denken. Mein sprunghaft ansteigender Testosteronspiegel rückt meine Angst ein wenig in den Hintergrund. Doch nur ein wenig. Zumal der Wackler noch immer in einer Tour betet und die dicke Frau mittlerweile die zweite Tüte Nachos verputzt. Ich lächle freundlich zurück. Fünf Minuten später liegt eine Serviette vor meiner Nase. Sie ist beschriftet:

„Komm in fünf Minuten auf die vordere Toilette."

Klasse, wie in einem billigen Hardcore-Porno will mich eine Stewardess auf dem Klo vernaschen. Der Traum eines jeden Pubertierenden könnte endlich wahr werden und ich scheiße mir vor lauter Angst in die Hose. Mit wackligen Knien mache ich mich schließlich auf den Weg. Diese Chance kann ich mir einfach nicht entgehen lassen. Allerdings verspüre ich eine gehörige Portion Angst, mich bei dem eigentlichen Akt vielleicht ein bisschen zu viel zu bewegen. Vielleicht finde ich einen Rhythmus, der mit der Flugbewegung kongruent ist.

Tatsächlich wartet die Stewardess bereits auf mich. Sie zieht den Vorhang zur Maschine zu, mich in die Toilette und mein T-Shirt in einem Zeitraum von insgesamt eineinhalb Sekunden aus. Erst leckt sie mir über die Brust, dann durchs Ohr. Für meinen Geschmack bewegen sie und ihre Zunge sich ein wenig viel. Mit einer gekonnten Drehbewegung meines rechten Fußes versuche ich, das Gleichgewicht der Maschine wiederherzustellen. Dann zieht sie mir langsam die Hose aus. Es ist wirklich wie in einem Porno. Es fehlt nur, dass sie mir etwa „Hengst" und andere Tiernamen ins Ohr flüstert.

„Ach Marc, wie lange habe ich auf diesen Moment gewartet", sagt sie plötzlich. Ich werde etwas stutzig, denn die offizielle Vorstellung habe ich wohl verpasst. Sie scheint mich tatsächlich zu kennen. Plötzlich unterbricht sie ihre Liebkosungen.

„Na, kannst du dich noch an mich erinnern?", fragt sie nicht ganz so erregt, wie ich es mir gewünscht hätte. Nein, kann ich nicht. Doch wie sage ich ihr das jetzt, ohne den Rest des Fluges mit schmerzenden Hoden verbringen zu müssen. Antworte ich „Ja, natürlich", erwartet sie wahrscheinlich ihren Namen von mir. Ich bin zwar ziemlich kreativ, doch die Chance, den richtigen zu treffen, ist relativ gering. Vielleicht Mechthild? Wohl doch nicht so kreativ. Auf der anderen Seite sind die Worte „Nein, ich hatte so viele, da kann ich mich nicht mehr an jeden Namen erinnern" auch nicht mit Bedacht gewählt.

„Wusste ich es doch!", fährt sie mich an. „Katharina." Knapp daneben. „Weißt du nicht mehr? Du hast mich mit auf dein Hotelzimmer im Beach Club genommen", nimmt sie mir meine Antwort ab. Sie hat es zwar gut gemeint, doch diese Erklärung bringt nur bedingt Licht ins Dunkel. Schließlich habe ich in den vergangenen Jahren gefühlte 150 Frauen mit auf irgendwelche Zimmer genommen.

„Du hast mich liebevoll 71 genannt", hilft sie mir weiter auf die Sprünge. Das schränkt die Möglichkeiten nicht wirklich ein. Ich frage mich allerdings, warum sie mich gerade jetzt mit dieser Geschichte konfrontiert. Plötzlich macht sie eine schnelle Bewegung, nimmt ein Kleidungsstück an sich, streckt mir den Mittelfinger entgegen und haut ab. Es dauert einen Moment, bis ich diese bizarre Situation einordnen kann. Dann fällt mir auf, dass sie sich bislang nicht entkleidet hat und insofern keins ihrer Kleidungsstücke an sich gerissen haben kann. Hat sie auch nicht. Sie hat meine Hose mitgenommen. Verzweifelt suche ich nach einer Möglichkeit, mir den peinlichen Gang zurück zu meinem Platz zu ersparen. Doch auf so einer Flugzeugtoilette gibt es erstaunlicherweise weder eine Ersatzhose noch eine passable Fluchtmöglichkeit. Zumindest sieht die kleine Öffnung an der Toilette nicht gerade so aus, als würde ein menschlicher Körper durchpassen. Was mich grundsätzlich beruhigen sollte. Schließlich weiß ich jetzt, dass ich bei meinem nächsten Flug auf die Toilette gehen kann, ohne Angst haben zu müssen, durch das Klo nach außen gezogen zu werden.

Jemand klopft an die Tür und fragt, wie lange ich denn noch brauche. Was soll ich darauf bloß antworten? „Gib mir deine Hose und du darfst aufs Klo". Oder „Ich bin ein Terrorist, und wenn du mir weitere blöde Fragen stellst, jage ich die Maschine in die Luft". Beide Antworten gefallen mir, lösen aber mein Problem nicht. Also beiße ich in den sauren Apfel und verlasse nur mit Boxershorts und T-Shirt bekleidet das Klo. Da ich mich auf einem Rückflug von Malle nach Köln befinde, ernte ich überraschend wenig irritierte Blicke. Für weitaus mehr Aufsehen dürfte da schon mein übervorsichtiger Gang auf Zehenspitzen sorgen.

Als ich den Platz 17B erreiche, wackelt der Typ immer noch und die dicke Frau leckt sich die Lippen. Ich weiß nicht genau, ob wegen meiner schwer attraktiven Beine oder voller Vorfreude auf eine weitere Tüte Chips. Ich setze mich kommentarlos auf meinen Platz. Von Katharina fehlt jede Spur. Ich blicke aus dem Fenster. Für einen Samstagmittag im Spätsommer und die Flughöhe ist es draußen beunruhigend dunkel. Zur Linderung aviophobischer Symptome trägt das nicht gerade bei. Der folgende dumpfe Knall und eine starke Erschütterung auch nicht. Sofort schaue ich auf den Wackler. Er hält keinen Zünder in der Hand. Es sei denn, er ist in der kleinen Kette versteckt.

Unmittelbar nach der Erschütterung meldet sich der Pilot: „Liebe Freunde, hier ist das Cockpit. Wie Sie sicherlich mitbekommen haben, fliegen wir geradewegs auf ein Gewitter zu. Da wir Ihr und unser Leben gerne deutlich verlängern wollen, werden wir die Route ändern. Das hat zur Folge, dass wir wahrscheinlich eine halbe Flugstunde mehr in Kauf nehmen müssen. Sie können jedoch davon ausgehen, dass wir schon bald in Köln/Bonn landen werden. Vorausgesetzt es kommt kein weiteres Gewitter und der Sprit reicht aus."

Ach wie schön, denke ich mir. Ein lustiger Pilot. Immer für ein Späßchen zu haben. Vielleicht ist der Clown aber auch einfach nur rotz voll. Ich konzentriere mich wieder auf meinen Nachbarn, der gerade seine Boardingkarte herausgeholt hat, um sich damit die Zahnzwischenräume zu säubern. Nach einigen überaus unauffälligen Blicken kann ich seinen Namen entziffern: Ali Hassan Mohammad. So kann kein Ausländer heißen. Das wäre als würde ein Deutscher Thomas Müller Hinz und Kunz heißen. Das kann kein Zufall sein. Dieser Name kann nur einem bekifften Chefselbstmordattentäter durch den Kopf geschossen sein. Taliban hätte ich durchaus mehr zugetraut. Noch nicht einmal mein drogenabhängiger Bruder wäre auf so einen Namen gekommen. Doch Ali macht noch immer keine Anstalten, die Maschine in die Luft zu jagen. Langsam wird es mir unheimlich. Wer weiß, welchen Kurs der Pilot genommen hat. Vielleicht befinden wir uns schon lange auf dem Weg nach Afghanistan und ahnen noch gar nicht, dass wir dort dann selbst zu Selbstmordattentätern gedrillt werden. Ich habe mir immer einen neuen Job gewünscht. Der Job des Animateurs zermürbt auf lange Sicht. Der Job als Attentäter erscheint mir ein wenig zu kurzlebig. Als ich mich mit meinem Schicksal langsam abfinde, wird uns von Katharina das Essen gereicht. ‚Uns' ist übertrieben. Ich bekomme keins. Noch nicht einmal 'ne Cola. Dafür erhält die dicke Person neben mir gleich zwei Sandwiches. Katharina lächelt mich hämisch an, als sie mir eine Serviette reicht. In das Stück Papier ist etwas eingewickelt. Mein Portemonnaie und ein kleiner Brief. Meine Geldbörse ist überraschend leer. Sie hat alles rausgenommen. Mein Geld, meinen Führerschein, meine Kreditkarte, ja selbst eine Liste mit den wichtigsten Namen und Telefonnummern, wie der meiner Freundin (ich hab ein sehr schlechtes Namen- und Zahlengedächtnis) fehlen. Auf dem Brief stehen immerhin vier „lieb gemeinte" Wörter: „Fick dich! Deine 71!" Katharina scheint keine Freundin des gehobenen Briefverkehrs zu sein. Eine Brieffreundschaft entwickelt sich aus so einem Eröffnungstext wohl eher schwer. Doch verdenken kann ich es ihr nicht. Neben einem überheblichen Grinsen meiner stinkenden Banknachbarin hat mir dieses kurze Intermezzo einige Minuten wertvolle Zeit eingebracht. Nur noch wenige Augenblicke und wir landen hoffentlich. Entweder ich habe es dann tatsächlich überstanden oder mein Leben hinter mich gebracht. Irgendwo draußen erhellt ein weiterer Blitz den dunklen Himmel. Nur um mir selbst sicher zu sein, wackle ich den Platz 17B vorsichtig hin und her und überprüfe mit einem sanften Fußstoß die Stabilität des Bodens. Das hätte ich vielleicht vor dem Start machen sollen. Dann hätte ich wenigstens noch eine reale Chance gehabt, zu fliehen. Ganz spontan schießt mir die Frage nach dem Sprit in den Kopf. Ob sie diese kleine Routenänderung miteinkalkuliert haben. Ich erinnere mich dunkel an eine Legende, nach der man Autos im Notfall mit Alkohol betanken kann. Flugzeuge auch? Ich drehe mich langsam um und suche die verschiedenen Tische nach kleinen Alkohol-Fläschchen ab. Vielleicht sitzt auch irgendwo ein Chemiker, der die genauen chemischen Voraussetzungen kennt, oder Jesus. Wenn er aus Wasser Wein machen konnte, wird er wohl auch aus Wodka Kerosin machen können. Tatsächlich sitzt hinter mir ein Mann mit Vollbart. Es ist nicht Jesus. Es fehlt der Heiligenschein und er streckt nicht zwei Finger in die Höhe, so wie sich das für einen ordentlichen Jesus gehört. Vor allem trägt er aber einen Rauschebart und einen Turban. Jesus scheidet aus. Rauschebart, Turban? Ach du Scheiße, denke ich. Ali Hassan Mohammad, formerly known as „der Wackler", ist plötzlich total unwichtig und so in Vergessenheit geraten, wie die komischen Knetmännchen aus der Serie „Luzie, der Schrecken der Straße". Ich hab andere Probleme. Hinter mir sitzt die perfekte Kopie von Osama bin Laden und grinst mich an. In den verbleibenden Minuten lasse ich Osama nicht mehr aus den Augen. Ihn scheint das nicht besonders zu freuen. Das ist mir egal, schließlich steht mein Leben auf dem Spiel. Ich bin mir noch nicht so ganz sicher, wie ich Osama von einem mörderischen Sturzflug in den Kölner Dom abhalten soll. Ich könnte ihm eins mit dem Paddel überbraten. Allerdings werden der Dom und noch viel schlimmer das Brauhaus, das in unmittelbarer Nähe des Bauwerks gelegen ist, bereits in Schutt und Asche liegen, bis ich es endlich unter meinem Sitz hervorgekramt habe. Mal ganz abgesehen davon, dass der Schwung wahrscheinlich das Flugzeug ins Wanken bringen und ich später als Märtyrer in die Annalen eingehen würde. Eine vielversprechende Lösung scheint es nicht zu geben. Ich werde ihn jedenfalls nicht aus den Augen lassen.

Trotz weiterer unglaublicher Wackelattacken meines Platznachbarn und zwei heftigen Niesanfällen Osamas, die einen halben Herzinfarkt in mir ausgelöst haben, landet der Flug DE6742 in Köln/Bonn. Inklusive Platz 17B. Allerdings nicht, ohne beim Landeanflug noch einmal durchgestartet zu sein, und mir damit noch den letzten Rest gegeben zu haben.

Als ich aus dem Flugzeug steige, wird mir bewusst, dass es für einen Gang im Freien ohne Hose definitiv zu kalt ist. Doch mir bleibt ja nicht wirklich eine Alternative. Mein Nacken ist ein wenig steif. Schläfer-im-Auge-behalten ist nicht gesund, denke ich mir. Immerhin scheint es aber was gebracht zu haben. Schließlich lebe ich noch. Am Gepäckband verfluche ich sämtliche Gesetzentwickler. Welcher Vollidiot hat sich bloß Murphy's Law einfallen lassen? Grundsätzlich ist mein Gepäckstück das Letzte. Natürlich auch heute, was mir, nur mit Boxershorts bekleidet, ganz besonders gut passt. Erst jetzt fällt mir ein, dass ich in meiner Tasche keine weitere lange Hose habe. Ich werde also mit einer Sporthose bekleidet den Flughafen verlassen. Ich bereite mich jetzt schon auf die abfälligen Kommentare meiner Freundin vor. Nach weiteren zwanzig Minuten des Wartens – ich bin seit mindestens zehn Minuten ganz allein in der Halle – kommt auch meine Tasche. Offen. Einzelne Kleidungsstücke liegen verstreut auf dem Band. Wenn ich es nicht besser wüsste, würde ich denken, Katharina hat sich einen weiteren gelungenen Spaß erlaubt. Und tatsächlich kommt Katharina keine zwei Minuten später mit ihrem kleinen Flugköfferchen triumphierend an mir vorbeigestapft.

„Sehr erwachsen!", rufe ich ihr zu.

„Das habe ich mir damals auch gedacht", antwortet sie.

Ich drehe mich genervt um und sammle die einzelnen Kleidungsstücke ein. Meine Sporthosen suche ich vergebens. Na klasse. Da ich keine Lust habe, noch länger zu warten, nehme ich den Verlust meiner Wäsche sowie den Heimweg ohne Hose in Kauf. Ich stopfe die vorhandenen Klamotten in meine Tasche und schlendere ganz langsam dem Ausgang entgegen. Der Zöllner an der Pforte erkennt – wahrscheinlich an meiner Beinbekleidung – direkt, dass ich nicht viel zu verzollen habe, und würdigt mich nicht mal eines Blickes. Ich merke, wie sich mein Körper langsam entspannt. Die Angst ist wie weggeflogen. Langsam kommt sogar ein wenig Freude in mir auf. Freude, Anne wiederzusehen. Aber vor allem Freude, den Rest des Tages auf der Couch mit deutschem Fernsehen und einem fettigen Abendessen zu verbringen. Irgendetwas brodelt da jedoch noch in meinem Hinterkopf. Das Terminaltor öffnet sich und ich sehe Anne und ... neben Anne steht Annette. Mein Herz rutscht mir in die Hose, beziehungsweise in die Boxershorts. Annette ist nicht nur Annes neue Freundin, sie ist zudem meine ehemalige Spielgefährtin und seit einiger Zeit meine Stalkerin. Ihr Hobby, mir nachzustellen, bringt sie jedes Jahr für mehrere Wochen nach Mallorca. In mein Hotel, versteht sich. Gut, da sie nicht wirklich hässlich ist, habe ich sie bislang nie von, sondern ausschließlich auf der Bettkante gestoßen. Dennoch stellt sie mir eindeutig nach, schreibt mir Hunderte von Briefen und hat mich sogar schon in Annes und meiner gemeinsamen Wohnung besucht. Anne hatte zu diesem Zeitpunkt schon geschlafen. Ich weiß bis heute nicht, warum ich Annette damals reingelassen habe. Anne hat davon zum Glück nichts gemerkt. Sie hat aber auch einen tiefen Schlaf.

Anne lächelt mich an. Bis sie meine Beinbekleidung sieht. Ich sehe, wie ihr Mund die Worte „Oh mein Gott" formt. Doch ein Laut kommt nicht über ihre Lippen. Trotzdem nimmt sie mich in den Arm.

„Hallo Schatz", sagt sie und küsst mich sanft auf die Wange.

„Hallo Süße", antworte ich und füge in Gedanken versunken „Hallo Annette" hinzu. Ein folgenschwerer Fehler. Anne wird sofort hellhörig. Sie blickt mich an, dann Annette. Ein peinlicher Moment der Stille entsteht.

„Kennt ihr euch?", fragt sie nach wenigen Sekunden. Eine berechtigte, aber kaum zu beantwortende Frage. Was soll ich sagen? „Ja, ich habe Annette mal flachgelegt, als du in geschätzten drei Metern Entfernung seelenruhig gepennt hast." Oder lieber „Nein, ich habe auf Malle eine Ausbildung bei Uri Geller gemacht und habe Annette schon vor Monaten in meinen Gedanken gesehen." Beide Antworten sind ziemlich doof.

„Wir haben vor Jahren in Bonn in der Kneipe zusammen gearbeitet", sagt Annette plötzlich und rettet mir den Arsch. Doch Anne scheint noch immer Zweifel zu haben. Eine bekannte Stimme lenkt sie zum Glück ab.

„Kommt ihr? Ich stehe im Parkverbot", ruft Christoph durch die ganze Halle. Mein Bruder hält einen bunten, überdimensional großen Lutscher in der Hand und sieht damit noch bescheuerter aus als sonst.

„Willst du deinem Bruder nicht Hallo sagen?", fragt Anne meinen Bruder. Christoph denkt nach. Lange. Christoph war noch nie der Hellste. Deswegen wundert es mich, dass er im zarten Alter von 25 Jahren doch noch den Führerschein bestanden hat. Vielleicht hat er sich aber auch nur einen gemalt.

„Hast du mir was mitgebracht?", fragt er ohne mich zu begrüßen.

„Ja klar. Ich habe meine Hose gegen eine alte Tasche eingetauscht, damit du nicht leer ausgehst", sage ich leicht genervt.

„Echt? Wie geil. Du gibst dein letztes Hemd für mich? Dann lass mal die Tasche rüberwachsen." Mit der Hand fordert er mich auf, ihm die Tasche direkt zu geben. Keine schlechte Idee, so trägt er sie ins Auto. Abrupt bleibt er stehen, lässt die Tasche fallen und rennt wie ein Hund, der eine heiße Spur gewittert hat, durch die Flughalle. Vor einem kleinen Jungen bleibt er stehen und überreicht diesem mit einer majestätischen Verbeugung den Lolli. Als der Junge schließlich zu weinen beginnt, entreißt Christoph ihm den Lutscher wieder und kommt missmutig zu uns zurück. Er deutet meinen verwirrten Blick offenbar richtig. „Kein Junge, keine Prämie", erklärt er mir freundlicherweise.

„Ich habe gedacht, wir könnten vielleicht schnell noch mit zu Christoph. Er wollte mit uns anstoßen. Aber du willst vermutlich nach Hause und dir eine Hose anziehen, oder?", fragt Anne und beendet meinen irritierten Gedankengang. Vorerst. Bevor ich antworte, liefert meine Freundin selbst die Antwort. „Also ich würde ja schon gerne erst mit zu Christoph. Annette wollte sich dort mal umsehen. Sie will da vielleicht mit einziehen. Natürlich ist das deine Wohnung und du sollst selbstverständlich mitentscheiden." Richtig, es ist meine Wohnung und ich plane, sie möglichst schnell zu verkaufen. Doch jetzt ist nicht der richtige Zeitpunkt, die Bombe platzen zu lassen. Christoph fängt an, wie wild zu kichern. Wir gucken ihn verstört an.

„Mitentscheiden", wiederholt er. „Versteht ihr? MitentSCHEIDEn." Dann bleibt er erneut wie angewurzelt stehen und rennt auf ein weiteres Kind zu. Dieses Mal zieht er aus seiner Tasche eine Tüte Gummibärchen. Der Junge wirkt zunächst interessiert, wird dann aber von einem ziemlich genervten Typen – vermutlich dem Vater – weggezogen. Seine Enttäuschung kann Christoph nur schwer verbergen, als er zu uns zurückkehrt. „Scheiß auf die Prämie", nuschelt er mehr zu sich selbst. Anne scheint meine Verwunderung nicht entgangen zu sein.

„Deine Oma", erklärt sie und ich ahne Schlimmes. Meine reiche, aber etwas verrückte Oma – bestimmt hat Christoph den Großteil seiner Gene von ihr geerbt – ködert uns, solange ich denken kann, mit irgendwelchen Prämien. Ich sehe sie vor meinem geistigen Auge mit einem Fünfeuroschein winken. Früher hat das geklappt. Hier zwei Mark fürs Treppe fegen, da drei Mark fürs Füße massieren. Seit Mitte der 90er haben mich ihre Angebote nicht mehr wirklich interessiert. 7,50 Mark für das Einseifen ihres schrumpeligen Rückens hielt ich für unterbezahlt und auch die 4,60 Mark für das Schneiden ihrer Fußnägel würden bei Verdi bestimmt auf Unverständnis stoßen (46 Pfennig pro Zeh kann sie doch nicht ernst meinen). Christoph fand die Prämien da schon faszinierender. „Sie hat eine Baby-Prämie ausgelobt", fährt Anne plötzlich fort und mein Herz setzt für mehrere Sekunden aus. Das kann nichts Gutes bedeuten. Ich hasse Kinder. „Sie sagt, sie wolle unbedingt noch einen Urenkel erleben. Der erste Vater von euch beiden kriegt die Prämie. Bis Ende nächsten Jahres habt ihr Zeit."

„Dann muss Christoph sich aber ranhalten", schlage ich vor und bin durchaus bereit, meinen Bruder bei diesem Unterfangen zu unterstützen. Bereitwillig halte ich nach einem Kiosk Ausschau. Eine Tüte Zitronendrops sollte für seine Kinderjagd doch drin sein.

Wie aufs Stichwort lacht Christoph schelmisch. Dieses Mal hat er ein Mädchen entdeckt. Doch Anne hält ihn zurück. „Ich glaube, deine Oma meint ein eigenes Kind", erklärt sie Christoph. Mein Bruder starrt sie ein paar Augenblicke ungläubig an.

„Ist doch dann meins", erklärt er und rennt lachend wieder los.

„100.000 Euro", flüstert Anne und blickt mich mit treulosen Hundeaugen an.

„100.000 Euro", wiederhole ich leise. Eine ordentliche Summe. Doch selbst die Stange Geld kann mich nicht von einem Kind überzeugen. Braucht sie auch nicht. Schließlich hat Anne auch ohne die Baby-Prämie genug auf dem Konto. Meine Freundin streichelt mir vorsichtig über den Arm.

„Und?", fragt sie schließlich.

„Und was?", will ich etwas genervt wissen.

„Was ist mit einem Baby?", hakt sie nach. Das kann sie nicht ernst meinen. Sie weiß, dass ich Kinder hasse und niemals Nachwuchs haben möchte. Die Vorstellung, Windeln wechseln zu müssen, verursacht bei mir Übelkeitsattacken. Sie kennt mich gut genug, um zu wissen, dass mein Schweigen als Antwort ausreichend ist.

„Ich mag Kinder auch nicht", ist Annette mit mir einer Meinung und mir dadurch für einen kurzen Moment sympathisch. Vielleicht können wir ja unser kurzes Intermezzo noch einmal wiederholen. Vorerst belassen wir es bei dem Thema, doch ich könnte mir vorstellen, dass es schneller wieder auf den Tisch kommt, als mir lieb ist.

Auf den gefühlten hundert Metern zum Auto wiederholt Christoph „Scheide" mindestens fünfzehn Mal und lacht noch immer. Wahrscheinlich hat er am Morgen schon das ganze Pensum Gras zu sich genommen, das ein extrem THC-Süchtiger in einem Jahr verbraucht. Christoph ist total verstrahlt.

Natürlich hat er inzwischen vergessen, wo er das Auto geparkt hat. Viel erschreckender ist allerdings, dass er offensichtlich auch vergessen hat, was für ein Auto er besitzt. Zumindest schaut er in jedes Fahrzeug, an dem wir vorbeikommen, ob er irgendwelche Wertgegenstände wiedererkennt. Oder er übt sich als Kleinkrimineller. Auch das traue ich ihm durchaus zu. Plötzlich lächelt er. Er zieht seinen Autoschlüssel aus der Tasche und betätigt den Clip. Irgendwo öffnet sich ein Auto. Aufgeregt blickt sich Christoph um. Dann läuft er los. Wir haben Schwierigkeiten, ihm zu folgen. Irgendwo lacht er laut auf. Ich denke, er hat das Auto gefunden. Vielleicht hat aber auch jemand in seiner unmittelbaren Nähe das Wort „Scheide" in den Mund genommen oder er hat ein Kind für seinen teuflischen Plan gefunden. Der alte Clio steht schräg geparkt in einer Behindertenparkbucht. Natürlich. Zu viert zwängen wir uns in das kleine Gefährt. Auf der anderen Seite steht ein geräumiger Audi Q5. Genau das richtige Auto für mich. Irgendwie muss ich an die Prämie meiner Oma denken. Dann an schmutzige Windeln. Zufrieden klemme ich mich hinter Christoph.

Eine Viertelstunde später stehen wir vor Christophs Wohnung. Er hat einen Parkplatz direkt vor dem Haus gefunden. Erinnerungen werden wach. Vor fünf Jahren habe ich die Wohnung gekauft. Ein Onkel, der Bruder meines Vaters, hatte uns damals einen Haufen Geld vermacht. Sehr zur Freude meines Vaters, der leer ausgegangen war und seinen Bruder daraufhin aus sämtlichen Erinnerungen gestrichen hatte. Das ging so weit, dass er jegliche Familienfotos mit Onkel Uli vernichtet hat. Von meinem Teil des Geldes habe ich mir damals die Wohnung gekauft. Genau die richtige für einen Studenten wie mich: drei große Zimmer. Ein Schlafzimmer, ein Wohnzimmer und das sogenannte Bumszimmer. Schon in der Pubertät war ein Traum von mir und meinem besten Kumpel Jens, eine Bums-WG zu eröffnen. Jens lebt noch zu Hause. Mit Anfang dreißig. Schon in der ersten Nacht habe ich das Bumszimmer eingeweiht und meine Nachbarin, eine naive kleine spanische Studentin aus reichem Elternhaus, flachgelegt. Christoph ist mit seinem Erbe nicht ganz so clever umgegangen. Auch er hatte sein Geld in ein Bumszimmer investiert. Allerdings nicht in sein eigenes. Den Großteil des Geldes hat er aber in ein todsicheres Geschäft eingebracht. Zunächst wollte er sich mit einem Sicherheitsunternehmen selbständig machen. Nachdem er sich das nötige Equipment besorgt hatte – unter anderem ist er irgendwie an eine Pumpgun gekommen – und acht Monate auf den ersten Auftrag gewartet hat, wurde er bei genau diesem so dermaßen zusammengeschlagen, dass er die nächsten vier Monate zitternd auf der Couch unserer Eltern verbracht hat. Dann hatte er die wahnwitzige Idee, einen Wanderzirkus zu eröffnen. Nachdem er ein halbes Jahr eine Clownschule irgendwo in der Ukraine besucht hat, kam er zu dem Schluss, dass ein Wanderzirkus ohne Tiere und ordentlichen Direktor keinen Sinn machen würde. Da ich weder Interesse an dem Posten des Direktors noch an dem des Tigers hatte, ließ er auch diese Geschäftsidee sausen. Dann hat er sich eine Eismaschine gekauft und ein Ladenlokal in der Kölner Innenstadt gemietet. Bahnbrechende Eissorten wollte er kreieren. Er hatte nicht bedacht, dass der Ertrag des Bohnen-Sorbets, Pangasiuseis und Mousse au Remoulade möglicherweise die Mietkosten des Ladenlokals nicht komplett decken würde. Ziemlich schnell war er ziemlich pleite. Kurz zuvor hatte mein Vater ihn wegen absoluter Blödheit des Hauses verwiesen. Als ich dann vor drei Jahren mit Anne zusammengezogen bin, habe ich dem armen Kerl meine Wohnung überlassen. Miete zahlt er nicht, denn er hat nach wie vor kein geregeltes Einkommen. Er hat eine Zeitlang Pizza ausgefahren, nicht lange. Er kam sehr oft mit den Adressen durcheinander. Zumindest landete ein Großteil der auszuliefernden Pizza erst in seiner Wohnung und schließlich in seinem Magen.

    Wehmütig betrete ich das Haus. Es wird mir nicht leichtfallen, Christoph zu erklären, dass ich die Wohnung nun verkaufen muss. So viel Geld Anne auch auf der hohen Kante hat, sie wird nicht akzeptieren, dass Christoph umsonst in meiner alten Wohnung lebt.

Zumal ein Großteil des Erlöses für die extravagante Hochzeit meiner Freundin draufgehen wird. Im Flur stinkt es nach Fett. Je höher wir im Treppenhaus emporsteigen, umso intensiver mischt sich ein weiterer Duft in die vorzügliche Note. Es riecht nach Gras. Die Wohnung hat definitiv schon bessere Zeiten gesehen. Das ehemals warme Gelb ist einem grünlichen Ton gewichen. Ich weiß allerdings nicht, ob eine andere Farbe gestrichen worden ist, oder ob der Schimmel, der sich auf der Wand ausgebreitet hat, diese neue Farbkreation erschaffen hat. Die Möbel sind mit einer nicht zu identifizierenden Masse verziert. Überall stehen benutzte Teller und halbvolle Gläser rum. Als Tischdekoration hat sich Christoph etwas ganz Besonderes einfallen lassen: Der Tisch ist mit einzelnen Pommes und Chicken Nuggets versehen. Ähnliche Deko befindet sich auch in der Küche und sogar im Schlafzimmer. Es ärgert mich, was der Kerl aus meiner Wohnung gemacht hat, aber das werde ich mit ihm ein anderes Mal klären.

„Na, Annette, gefällt es dir? Ist doch gemütlich?", fragt Christoph.

Annette ringt sich ein Lächeln ab. Gemütlich ist hier nichts mehr. Der Fernseher ist vor lauter Schmutz und Staub nicht mehr zu sehen. Ich habe ernsthafte Bedenken, dass wir Ärger mit den anderen Mietern bekommen. Hier wohnen nämlich entgegen der Hausordnung einige Haustiere. Auch wenn die meisten von ihnen über mindestens sechs Beine verfügen. Doch auch diese armen Tierchen wären wahrscheinlich ein Fall für Amnesty International. Ich kann mir beim besten Willen nicht vorstellen, dass hier irgendwer artgerecht gehalten wird.

Eines der kleinen Tierchen, das mich spontan an ein lustiges mexikanisches Lied, gesungen von einem gewissen Speedy Gonzales, erinnert und in unseren Gefilden freundlich als gemeine Küchenschabe bezeichnet wird, klebt platt gedrückt an der Decke. Da das ziemlich unappetitlich aussieht, hat Christoph in liebevoller Kleinarbeit einen Smiley um das Insekt gemalt. Der Körper bildet die Nase. Christoph weiß nicht, dass ein echter Smiley keine Nase hat. Vor einer gründlichen Renovierung wird hier sicherlich niemand einziehen.

Das Aus

Es ist eine laue Nacht im Spätsommer oder Frühherbst. Was auch immer es für eine Nacht ist, sie ist zu warm. Viel zu warm. Wenn es nicht über Nacht eine Klimakatastrophe gegeben hat, muss es brennen, oder Christoph hat noch zu später Stunde einen Kamin installiert und ihn bereits in Betrieb genommen. Ich schiebe die Bettdecke zur Seite. Obwohl ich mir angewöhnt habe, nackt zu schlafen, ist mir nach wie vor unglaublich heiß. Ich weiß nicht so recht, ob ich vor Wärme wach geworden bin oder von der wilden Stöhn-Orgie im Nachbarzimmer. Nur langsam traue ich mich, die Augen zu öffnen. Die vergangenen Monate auf Mallorca haben mich vergessen lassen, wie gestört mein Bruder ist und zu was er fähig ist. Ein Kamin in meinem Schlafzimmer wäre keine wirkliche Überraschung. Selbst ein Elefant mitsamt dem dazugehörigen Wanderzirkus würde mich nicht wirklich wundern. Langsam öffne ich die Augen. Ein Smiley mit platt gedrückter Kakerlakennase lächelt mich an. Ja, ich lebe wieder in meiner alten Wohnung. Gemeinsam mit Christoph. Die Wärme hat etwas nachgelassen. Dafür kommt mir das Gestöhne unglaublich nahe vor. Eine rhythmische Bewegung zu meiner Rechten lässt mich endgültig wach werden. Ich reibe mir verwundert die Augen. Christoph liegt neben mir und schaut gebannt auf den Fernseher. Seine filzigen Dreadlocks bewegen sich ganz langsam hin und her. Ich folge seinem Blick, ohne der rhythmischen Bewegung weitere Beachtung zu schenken. Als ich das wilde Treiben auf dem Fernseher verstehe, wird mir bewusst, dass meine Nachlässigkeit ein Fehler war. Ich schaue auf den Bildschirm, dann auf Christoph und schließlich auf die rhythmische Bewegung, die sich zum Glück unter meiner Bettdecke abspielt. Christoph lässt sich nicht beeindrucken. Er macht fröhlich weiter. Schließlich registriert er meinen skeptischen Blick doch. Er schaut mir in die Augen, lächelt mich an, zieht die Augenbrauen drei Mal hoch und widmet sich wieder seinem „Job".

„Was machst du da?", schreie ich ihn an.

„Wonach sieht es denn aus?", schreit er wütend zurück. Mein Atem stockt. Ich bin sprachlos. Würde ich mich nicht gerade unglaublich vor ihm ekeln, würde ich ihn verprügeln. Er scheint meine Ratlosigkeit wahrzunehmen.

„Onanieren", sagt er kurz angebunden und zieht wieder dreimal die Augenbrauen hoch. „Versuchs doch auch mal", fordert er mich auf. Ein Sabberfaden bahnt sich seinen Weg aus dem Mund in Richtung Bettdecke. Meine Wut wird größer.

„Wieso in Gottes Namen machst du das hier?", frage ich deutlich zu laut. Christoph bricht sein Unterfangen abrupt ab. Er wirkt verärgert.

„Mann, wie soll ich mich so konzentrieren?"

„Christoph! Wieso in Gottes Namen machst du das nicht bei dir?", frage ich jetzt leiser. Mein werter Bruder scheint sich wieder ein wenig beruhigt zu haben. Der Zorn in seinen Augen ist verschwunden. Er lächelt.

„Das ist doch eklig", grinst er. „Stell dir vor, da tropft was auf meine Decke", fügt er hinzu und schüttelt den Kopf. Recht hat er und ich denke kurz darüber nach, seinen Kopf ebenfalls zu schütteln. Ich überlege, ihn vielleicht neben die Schabe zu kleben. „Außerdem hast du einen größeren Fernseher. Da kann man die Details besser erkennen", fährt er fort und greift wieder unter die Decke. Eigentlich bin ich ganz froh, dass seine rechte Hand dort wieder verschwindet. Ich blicke auf den Fernseher und sehe sofort, was Christoph mit den besonderen Details meint. Da mich ein großer Penis aber nicht besonders antörnt, schaue ich wieder auf Christoph.

„Du bist ekelhaft!"

„Wir sind Brüder", verteidigt er sich knapp, ohne sich stören zu lassen.

„Seit wann bist du hier?", frage ich. Diesmal lässt Christoph verärgert von seinem Vorhaben ab.

„Ich habe doch gesagt, ich hole uns ein paar Videos aus der Videothek. Ich kann nichts dafür, dass du bei *Shrek* eingeschlafen bist und die Klassiker verpasst hast!"

„Klassiker? Welche Klassiker?"

„*Jedes Böckchen stößt ein Röckchen*, *Liebesgrüße aus der Lederhose*, ..." Ich höre ihm am besten gar nicht mehr zu. Bevor ich noch weitere stupide Titel erfahre oder viel schlimmer: etwas seiner Körperflüssigkeiten abbekomme, verlasse ich das Bett. Wenn ich ihn mir so bei seinem „Hobby" anschaue, kann man nur hoffen, dass er die Baby-Prämie wieder vergessen hat. So sollten ihn potentielle Kinder lieber nicht sehen. Die Wohnung sieht aus wie ein Saustall. Eigentlich hatte ich mir geschworen, diese Räume nie wieder zu betreten. Doch erstens kommt es anders und zweitens als man denkt. Tatsächlich bin ich froh, die Wohnung noch nicht verkauft zu haben. Sonst hätte ich nun womöglich kein Dach über dem Kopf. Vor sieben Tagen von Mallorca wiedergekommen, seit drei Tagen Single und seit zwei Nächten Christophs WG-Bruder. Ich könnte kotzen! Dabei bin ich mir gar nicht sicher, was Anne letztlich dazu bewogen hat, mich vor die Tür zu setzen. Was auch immer es war, es ist besonders ärgerlich. Meine Wohnung kann ich mir nicht mehr lange leisten, zudem ist eine Hochzeit anberaumt, auf deren Kosten ich nun sitzen bleiben könnte.

Vier Tage zuvor
Es ist Wochenende. Unser erstes gemeinsames Wochenende seit meiner Rückkehr. Eigentlich hatte ich mich tatsächlich auf einen gemütlichen Wochenausklang mit meiner Freundin gefreut. Ein bisschen Fernsehen, ein wenig Kuscheln, ein bisschen, na gut, viel Sex. Daraus wird nichts. Anne hatte mir wohl schon vor einigen Wochen am Telefon erklärt, dass sie die Nacht mit ihren Freundinnen verbringen will. Jungesellinnenabschied. An diesen Termin kann ich mich nicht erinnern, doch das hat nichts zu bedeuten. Ich kann mich nur an wenige Aussagen meiner Freundin erinnern. Einzig ihr Wunsch nach Nachwuchs klingelt mir seltsam nachhaltend in den Ohren. Vorsichtshalber habe ich ihr hier und da eine Extra-Pille untergejubelt. Man hört so oft von den arglistigen Täuschungen nachwuchswilliger Frauen. Trotz ihrer Abwesenheit werde ich an diesem Wochenende sexuell nicht leer ausgehen. Ich habe nämlich beim Einkaufen eine ehemalige Klassenkameradin getroffen. Lena. Zunächst habe ich sie nicht erkannt, denn sie hat sich ordentlich weiterentwickelt. Ihre Brüste sind unglaublich gewachsen und stehen damit in direkter Konkurrenz zu ihrer gigantischen Na-

se. Und die Brüste sind wirklich groß. Lena kenne ich noch aus der Grundschule. Wenn ich sie mir so angucke, würde ich eine chirurgische Vergrößerung nicht ausschließen. Allerdings an der Nase. Lena hat mich direkt auf meinen gezielten Mäppchenwurf in der zweiten Klasse angesprochen. Ich muss lächeln. Meine Wurfgenauigkeit scheint ihr schwer imponiert zu haben. Vielleicht auch mein unglaubliches Aussehen. Jedenfalls will sie sich heute Abend mit mir treffen. Mein Auge ist auf das Einschätzen der richtigen Körbchengröße perfekt geschult. 80D würde ich bei Lena schätzen. Aber diese Nase. Egal, denke ich mir, denn auch ihr Hintern ist gut in Form. Und das ist bekanntlich wichtiger als die Nase. Wie gewöhnlich spulen sich hinter meiner Stirn sämtliche Szenarien ab, wie dieser Abend „erfolgreich" verlaufen kann. Auf Mallorca gäbe es Tausende Möglichkeiten. Am Strand, in der Disko, im Hotelzimmer, unter einer Palme, im Swimmingpool und so weiter. Da es seit meiner Ankunft ununterbrochen regnet und Anne mit unserem Auto den Ausflug zu ihrer Freundin angetreten ist und ich zudem in unserem Ort bekannt bin wie ein bunter Hund, ist die Auswahl hier ein wenig begrenzt. Der Spruch „bei mir oder bei dir" ist zwar ein wenig plump, doch in diesem Fall vielleicht genau das Richtige. Bevor ich die Frage überhaupt stelle, macht mir Lena einen Strich durch die Rechnung.

„Wir müssen uns aber bei dir treffen. Meine Eltern sind zu Hause." Okay, sie ist mindestens 28 und wohnt noch zu Hause. Das ist zwar ein wenig komisch, schreckt mich aber nicht von einer gemeinsamen Nacht ab. Die Eltern werden wohl kaum dabei sein. Wobei ich nicht weiß, wie gut ihre Mutter aussieht. Ich schmeiße kurz meinen Prozessor an. Wir haben 14 Uhr. Anne ist am frühen Mittag gefahren und wird nicht vor vier Uhr in der Nacht zurück sein. Wenn Lena um 18 Uhr kommt, bleiben mir zehn Stunden Spaß. Das dürfte reichen. Ich gucke mich in dem Supermarkt nach Kondomen um, von Mallorca sind nicht viele übrig geblieben.

„Du hast doch keine Freundin, oder?", fragt sie mich. Wie ich diese Frage hasse.

„Nein. Leider nicht", antworte ich und lüge damit noch nicht mal wirklich, denn Anne ist genau genommen meine Verlobte. Zur Bestätigung setze ich mein unwiderstehliches Kevin-Costner-Lächeln auf. Es wirkt. Sie lächelt mich zufrieden an.

„Cool. Fremdgehen ist nämlich scheiße", sagt sie und zwinkert mir zu. Ich muss mir ein Lächeln verkneifen. Wenn ich ehrlich bin, ist Fremdgehen ziemlich geil. Zumindest, wenn die Partnerin stimmt. Ein bisschen Abwechslung kann ja nicht schaden. In Lenas Welt gehen vermutlich nur die Männer fremd. Dass dabei eine Frau unwillkürlich mitspielt, ist ihr wohl gerade nicht bewusst. Ich lasse sie in ihrem Glauben und lächle sie an.

„Finde ich auch total doof", sage ich zuckersüß. Jedoch auch mit einer gehörigen Portion Wehmut. Schließlich weiß ich nicht, ob ich nach meiner Hochzeit noch oft die Gelegenheit zu einem „Auswärtsspiel" haben werde. Zum Glück habe ich mein Pokerface jahrelang trainiert. Lena ist begeistert. Ich nicht. Ich muss mich jetzt beeilen. Wir verabreden uns für acht. So habe ich zwei Stunden Zeit, sämtliche Anne-Spuren zu beseitigen. Da Anne nicht viel für frauentypischen Schnickschnack übrighat, dürfte das reichen.

Zurück in der Wohnung mache ich mich direkt an die Arbeit. Im CSI-Stil nehme ich mein Handy und fotografiere jedes Anne-Utensil aus verschiedenen Perspektiven. Anne hat zwar nicht mitbekommen, dass ich Annette einst drei Meter Luftlinie von ihrem Schlafplatz genommen habe, steht ihre Haarspray-Dose aber nicht exakt an dem Ort, an dem sie sie abgestellt hat, ist der ganze Spuk aufgeflogen. An ihr ist eine gute Kriminalistin verloren gegangen. Erst wenn alles genau fotografiert ist, kann ich ihre Gegenstände wegräumen. Mir bleibt gerade noch genug Zeit, mich kurz abzuduschen, bevor Lena klingelt. Sie hat sich nett parat gemacht und lächelt mich süß an. Das kann jedoch leider nicht über ihre große Nase hinwegtäuschen. Zum Glück bin ich an ihrem Gesicht weniger interessiert. Lena brabbelt etwas vor sich hin. Ich hör' ihr gar nicht mehr zu. Ohne große Umschweife ziehe ich sie ins Schlafzimmer. Als ich die Bettdecke aufschlage, fällt mir Annes Nachthemdärmel auf. Er lugt unter ihrem Kissen hervor. Etwas umständlich lasse ich mich genau auf das Kissen fallen. Mit der linken Hand halte ich Lena, die rechte Hand pfriemelt das Nachthemd in die Ritze zwischen den beiden Matratzen. Entweder Lena denkt, ich kratze mich in der Kimme, oder sie hat es nicht gesehen. Sie sagt nichts, lässt sich auf mich fallen und der Spaß beginnt. Ich muss zugeben, Lena kennt einige gute Bewegungen. Ich bin so beeindruckt, dass ich mich zu einer kleinen Fotostrecke hinreißen lasse. Mein Handy liegt in unmittelbarer Nähe. Ich danke dem asiatischen Hersteller für die kleine unscheinbare Kamera, die er serienmäßig in das Gerät eingebaut hat. Noch während ich sie beglücke, schaue ich mir die ersten Bilder an. Ich nicke zufrieden. Die erste Runde mit Lena dauert vielleicht zehn Minuten. Ich habe mir abgewöhnt, auf die Uhr zu schauen. Als sie so vor mir sitzt und mich süß anlächelt, fällt mir ein langes blondes Haar auf, das sich von ihrem schwarzen Haupthaar quer über das Gesicht bis ans Kinn zieht. Das ist zwar optisch ganz nett, doch da das Haar definitiv zu einer anderen Frau gehört, streichle ich ihr gekonnt über die Wange. Wenige Minuten später werden die nächsten Runden eingeläutet.

Es ist stockdunkel, als ich aufwache. Instinktiv schaue ich auf die Uhr. Halb eins. Ich atme tief durch. Es hätte theoretisch auch schon halb fünf sein können. Aber dann wäre ich vermutlich von einem dumpfen Schrei meiner Freundin geweckt worden. Oder von einem dumpfen Gegenstand. Je nachdem. Was für ein grausamer Tod. Lena liegt noch neben mir. Was ich zwar nicht sehen kann, dafür aber höre. Diese unglaublich große Nase macht auch unglaublich laute Geräusche. Abgesehen davon, dass ich für heute genug Sex hatte, nervt mich dieses Röcheln unermesslich. Ich muss sie loswerden und zwar schnell. Zwar habe ich noch gute zwei Stunden, bis ich Annes Sachen wieder zurückräumen muss, dennoch nervt sie mich unglaublich. Also schreibe ich Jens eine SMS, er solle mich umgehend anrufen. Er müsse dringend ins Krankenhaus oder sonst was, soll er sagen. Ungeduldig starre ich auf mein Handy. Das Röcheln wird lauter. Ich denke kurz darüber nach, wie gut ein Daunenkissen wohl dämpfen kann. Die große Nase würde vermutlich schwere Kissenschäden verursachen. Auf dem Nachttisch erweckt eine kleine Metall-Wäscheklammer meine Aufmerksamkeit. Dazwischen hat Anne einige Postkarten geklemmt. Deko. Völlig überbewertet, aber in diesem Moment genau richtig. Gerade als ich mich zu dem Nachttisch hinüberbeuge, klingelt mein Handy.

„Endlich", sage ich. „Mann, ich brauche eine richtig gute Ausrede. Du musst mein Alibi spielen", füge ich selbstsicher hinzu.

„Wovon sprichst du überhaupt?", fragt mich eine vertraute Stimme. Ich gebe zu, es wäre gar nicht so dumm gewesen, vor der Gesprächsannahme aufs Handy zu schauen. Jetzt gerate ich in arge Erklärungsnot.

„Anne", sage ich und versuche, nicht überrascht zu klingen. Vergebens. Schweiß läuft mir den Rücken hinunter. Jetzt muss mein Hirn funktionieren. „Christoph sitzt im Wohnzimmer und will mit mir Nachtangeln gehen. Ich brauche dringend eine Ausrede. Du musst mir helfen", lüge ich und lächle stolz über meine Kreativität. Dann stößt Lena einen weiteren unglaublichen Nasenlaut aus. So etwas habe ich noch nie gehört. Bevor Anne skeptisch wird, huste ich laut in den Hörer. Mit meiner linken Hand kralle ich das Kopfkissen und versuche, es Lena auf die Nase zu werfen. Leider muss ich feststellen, dass mein verfehlter Mäppchenwurf damals nicht einfach nur Pech war. Obwohl die Nase so unglaublich groß ist, verfehle ich sie um mehrere Zentimeter. Zum Glück durchbricht Anne die Stille.

„Sag ihm doch, du müsstest mich jetzt von der Bahn abholen", schlägt Anne vor.

„Gute Idee", sage ich und suche vergeblich ein weiteres Kissen.

„Schatz, ich wollte dir nur sagen, dass ich mich jetzt auf den Heimweg mache. Ich denke, ich bin in einer knappen Stunde zu Hause." Ich blicke auf meine Armbanduhr, dann auf Lena. Sämtliche Alarmglocken schrillen. Das wird eng. Manch ein Drehbuchautor mag staunen, ich bin ganz spontan auf den Filmtitel „Wie werde ich sie los, in zehn Minuten" gekommen.

„Ich freu mich", flüstere ich in den Hörer und lege auf. Lena schläft noch immer. Ich schüttele sie. Als sie nach dem zweiten Versuch noch immer röchelt wie Luke Skywalkers Vater, werde ich etwas grob und schlage ihren Kopf auf das Kissen. Das wirkt, führt aber unweigerlich zu Unannehmlichkeiten.

„Was soll das?", schimpft sie und blickt mich schlaftrunken an.

„Was denn?", frage ich scheinheilig, lächle und suche mit meinem Blick ganz unauffällig den Boden nach ihren Klamotten ab.

„Du hast meinen Kopf auf das Kissen geschlagen." Noch immer liegt in ihrem Blick eine große Portion Unglauben.

„Nein", sage ich kackdreist. „Du musst geträumt haben." Mittlerweile habe ich begonnen, ihre Sachen zusammenzusuchen. Ich merke, dass ich ein bisschen nervös werde und nicht rational handele. Aber das ist egal. Lena war nett, muss aber nicht unbedingt wiederkommen.

„Du musst jetzt gehen", sage ich ganz ruhig. Lena blickt mich skeptisch an.

„Wieso?", fragt sie. „Du hast doch eine Freundin", stellt sie dann fest. Die Feststellung einfach zu bejahen, wäre die einfachste Variante. Ich entscheide mich für die etwas kompliziertere. Schließlich war Lena nicht so schlecht. Wer weiß, was die Zukunft bringt, denke ich mir. „Nein", sage ich und merke, dass meine Aussage etwas zynisch geklungen hat. Lena merkt das nicht. Sie klebt förmlich an meinen Lippen. „Iwo", schon wieder ertappe ich mich beim Zynismus. „Fremdgehen finde ich echt doof", schiebe ich hinterher und verkneife mir ein Lachen. Tatsächlich glaubt sie mir. Der Biss auf meine Lippen wird langsam schmerzhaft. „Meine Mutter hat gerade angerufen." Ich deute auf mein Handy, das neben dem Bett liegt. „Meine Oma ist im Krankenhaus", fahre ich fort und greife mir mit einer Hand theatralisch ans Auge. Für diese Leistung habe ich einen Oscar verdient, zumindest einen Bambi. „Ihr geht es gar nicht gut. Es kann sein, dass es ihre letzte Nacht ist." Lena will mich in den Arm nehmen. Ich weiche ihr ein wenig zu schnell aus. „Tut mir leid, ich muss sofort los." Lena nickt verständnisvoll.

„Ich kann auch hier bleiben und auf dich warten", schlägt sie vor.

„Nein", sage ich entschieden. „Ich will lieber bei meinen Eltern bleiben." Etwas unbeholfen drücke ich Lena die Wäsche in die Hand und schaue demonstrativ auf meine Armbanduhr. Lena ist sauer, das sehe ich. Doch sie hat auch Mitleid. Mein Plan ist aufgegangen. Ich habe Lena gerade etwas unsanft aus der Tür geschoben, schon öffne ich die Bildergalerie meines Handys. Schließlich bleibt mir nicht wirklich viel Zeit. Die ersten Schnappschüsse lassen mich doch kurz innehalten. Lena hat eine Top-Figur und wenn ich mir die Bilder von ihrem Intimbereich so anschaue, fällt mir auf, dass ich mich nicht schlecht als Fotograf gemacht hätte. Als Fotograf für einschlägige Magazine. Schließlich kümmere ich mich doch noch um Annes Gegenstände. Ich habe sehr genau gearbeitet, sodass mir der Wiederaufbau nicht schwerfällt. An ihrem Haarspray wird sie jedenfalls nichts merken. Natürlich mache ich nicht den Fehler und krame den Staubsauger hervor. Ich bin lange genug in diesem „Geschäft", um zu wissen, dass eine Reinigungsaktion meinerseits vor Anne unter keinen Umständen zu erklären wäre. Ich habe gerade Annes hässlichen Plüschelefanten auf dem Kopfkissen platziert, als meine Freundin den Schlüssel umdreht. Ich schalte den Fernseher ein und suche vergeblich eine Sendung, die Marc Wagner in den vergangenen Stunden gesehen haben könnte. Ich finde keine. Also entscheide ich mich für einen Musikkanal. Anne kommt direkt ins Schlafzimmer. Sie lächelt, als sie mich sieht.

„Hattest du einen schönen Abend?", fragt sie. Ich gähne, um ihr zu symbolisieren, wie langweilig dieser war.

„Puh", sagt sie und rümpft die Nase. „Hier stinkt es. Hast du Sport gemacht?", fragt sie und fühlt mit der Hand über das Ergometer. Sie wartet meine Antwort glücklicherweise gar nicht ab und geht ins Badezimmer. Ein paar Minuten später kommt sie abgeschminkt zurück und drückt mir einen Kuss auf die Wange. Dann zieht sie die Bettdecke zur Seite und blickt sich suchend um.

„Was hast du heute gemacht?", fragt sie mich. Eine einfache, aber gefährliche Frage. Jetzt heißt es einen kühlen Kopf bewahren.

„Bis Christoph gekommen ist, habe ich ein wenig Playstation gespielt", lüge ich und gähne erneut. Anne sucht irgendwas. Das ist kein gutes Zeichen. Möglicherweise gibt es einen Systemfehler. Sie blickt auf den Fernseher.

„Seit wann schaust du dir Musiksendungen an?", fragt sie. Hat sie mich jetzt erwischt? Ahnt sie möglicherweise etwas?

„Da lief eben unser Lied. Habe ich zufällig gesehen." Anne grinst mich an. Ich weiß nicht genau, warum. Vielleicht weil wir bis genau zu diesem Zeitpunkt kein gemeinsames Lied hatten. In diesem Moment findet sie in der Bettritze ihr Nachthemd. Kopfschüttelnd zieht sie sich um.

Genüsslich trinke ich meine Cola leer. Ich lächele Anne an. Nicht, weil ich so unglaublich verliebt bin, vielmehr, weil sie mich nicht erwischt hat und alles gut gegangen ist. Als sie eingeschlafen war, habe ich das erste Stoßgebet zum Himmel geschickt, als sie heute Morgen bei Tageslicht nichts Auffälliges entdeckt hat, habe ich ein weiteres dankbares Gespräch mit Gott geführt. Eher einen Monolog. Wenn ich ehrlich bin, glaube ich nicht, dass Gott wirklich viel mit mir zu tun haben will.

Mittlerweile sitzen wir in Christophs Wohnzimmer. Er hat uns zum Brunch eingeladen. Eigentlich eine schöne Idee. Eigentlich. Wenn Christoph gewusst hätte, was ein Brunch ist. Schon die Begrüßung ist etwas abstrus ausgefallen. Ich bin mir nicht sicher, ob er glaubt, er habe Geburtstag. Anders kann ich mir den Papphut, den er trägt, und die kleine Papiertröte nicht erklären. Anstatt eines freundlichen Hallos wurden wir also mit einem ebenso freundlichen, aber auch extrem nervenden „Trööööööt" begrüßt. Doch das ist noch das Harmloseste. Es ist elf Uhr am Vormittag und es gibt Erbsensuppe mit Hämmsche und dazu Vanillepudding mit bunten Schokolinsen und Zitronenlimonade. Ich bin froh, dass die Zitronenlimonade, die einzige unpassende Ingredienz ist. Christoph ist zu weitaus schlimmeren Dingen in der Lage. Dennoch ist mir momentan alles andere als nach Erbsensuppe zumute. Trotz seiner Einladung hat es mein gestörter Bruder gerade einmal zehn Minuten mit uns ausgehalten. Eigentlich sogar nur fünf. Nach ein wenig Smalltalk hat er sich der Tröte und etwas, das nach seiner Aussage die Nationalhymne sein soll, gewidmet. Ich bin mir nicht sicher, welche Nationalhymne er meint. Ich kenne sie jedenfalls nicht. Mittlerweile turnt er in der Wohnung herum. Ab und zu ist mal ein vereinzeltes „Tröööööt" zu hören. Es nervt ein wenig. Ich habe Anne schon drei Mal gefragt, ob wir nicht gehen können. Ihr Blick war jedes Mal Antwort genug. Sie hat ein Herz für arme Seelen und für Christoph ganz besonders. Was mir wiederum ein absolutes Rätsel ist.

„Trööööt", schallt es aus Christophs Schlafzimmer. Plötzlich kommt er am Wohnzimmer vorbeigerannt. Die Tröte hat er noch

immer im Mund. Er kommt noch einmal zurückgerannt, wirft einen Blick ins Wohnzimmer. Dann öffnen sich seine Augen.
„Tröööööt."

Langsam macht er mir ernsthafte Sorgen.

„Christoph!", ruft Anne. Es dauert einen kurzen Moment, dann kommt das Tröten näher.

„Trööööt?", fragt er, als er das Wohnzimmer betritt.

„Willst du nicht ein bisschen mit Marcs Handy spielen?", fragt sie und tätschelt mir liebevoll übers Bein. Christoph, der selber nur ein uraltes Handy hat, wobei Handy deutlich übertrieben ist, ist von meinem Smartphone und den dazugehörigen Apps begeistert. Ich denke, er weiß gar nicht, dass es sich bei diesem Gerät um ein Telefon handelt. Eher eine Spielkonsole für unterwegs.

„Tröööt", nickt er. Das soll wohl „ja" heißen. Anne meint es gut. Sie hofft, dass wir so die nervende Tröte loswerden. Ich glaube da noch nicht dran. Christoph krallt sich mein Handy und verschwindet. Aus dem Nachbarzimmer sind vereinzelte „Tröööts" zu hören. Sie lächelt mich liebevoll an. Sie hat wirklich ein gutes Herz und ich weiß es zu schätzen. Eigentlich bin ich sehr glücklich mit ihr und ich könnte mir so langsam Gedanken machen, ob wir nicht einen Schritt weitergehen und schon in Kürze heiraten. Ein schallendes Lachen durchbricht die Stille. Fast schon hysterisch. Wäre es nicht Christoph, würde ich mir Sorgen machen.

„Eine Scheide", ruft er plötzlich. Ich frage mich, was in Gottes Namen ihn jetzt auf die Idee einer Scheide bringt. Dann lacht er wieder.

„Noch eine", hören wir aus dem Nachbarzimmer. Anne lächelt mich an. Ich muss zugeben, es hat was Lustiges. Plötzlich steht Christoph in der Tür. Er hält mein Telefon in der Hand und hält es in die Luft.

„Ist das deine Scheide?", fragt er Anne und zeigt auf das Display. Anne lächelt nicht mehr.

Drei Tage später
Christophs Morgenshow hat mich dazu veranlasst, das Weite zu suchen. Ich habe den restlichen Vormittag in einer Kneipe ver-

bracht. In den letzten Tagen habe ich generell viel Zeit in Kneipen verbracht. Von Anne habe ich seit der Fotonummer nicht mehr viel gehört. Mehr als zweimal „Arschloch" war nicht drin. Eins, als sie Christophs Wohnung verlassen hat, und eins, als ich unsere Wohnung mitsamt meinen Sachen verlassen musste. Mehr nicht. Nicht mit einer SMS hat sie mir auf meine gefühlten 300 geantwortet. Noch im Schlafzimmer am Morgen habe ich versucht, sie anzurufen. Nach dem zweiten Klingeln habe ich aber wieder aufgelegt. Christoph war mit seinem Filmchen noch nicht fertig und das wilde Gestöhne im Hintergrund hätte Anne möglicherweise nicht so gut gefallen.

In der Kneipe starre ich wieder auf mein Handy. Ich muss zugeben, es geht mir schlecht. Vor allem finanziell mache ich mir langsam ernsthafte Sorgen. Wenn ich ehrlich bin, hatte ich Pech mit meinen bisherigen Ausbildungen. Naja ... wenn man es genau nimmt, habe ich bislang gar keine absolviert. Als erfahrener Animateur könnte ich höchstens Kinder im örtlichen Kindergarten oder Senioren in einem Altenheim bespaßen. Tolle Wurst. Auf irgendeine Hilfsarbeit habe ich auch nicht wirklich Bock. Vielleicht wendet sich das Blatt ja irgendwann doch noch zum Guten. Tief in meinem Inneren glaube ich, dass Anne sich früher oder später melden wird. Das war bis jetzt immer so. Obwohl das Vergessen ihres Geburtstags möglicherweise nicht mit dieser Situation zu vergleichen ist. Zumindest nicht ganz. Jens klopft mir auf die Schulter, als er am frühen Abend die Kneipe betritt. Auf ihn ist auch in schweren Zeiten Verlass.

„Hast du sie angerufen?", fragt er mich und bestellt mit einer Handbewegung die nächste Runde. Ich schüttele den Kopf.

„Das solltest du aber", sagt er und nickt freundlich zwei Frauen an einem Nachbartisch zu. Sie sind mir bislang noch gar nicht aufgefallen, was sehr verwunderlich ist. Schließlich ist zumindest eine von ihnen einigermaßen ansprechend. Vorerst nehme ich mir Jens' Rat zu Herzen und wähle erneut Annes Nummer. Zu meiner Verwunderung nimmt sie nach dem zweiten Klingeln ab.

„Ich vermisse dich", sagt sie, nachdem ich mich zum 18. Mal entschuldigt habe.

„Ich dich auch."

„Lass uns später reden. Ich habe Besuch", sagt sie. „Und so wie sich das anhört, bist du mit Jens unterwegs", fügt sie hinzu. „Ruf mich an, wenn du zu Hause bist. Dann reden wir nochmal darüber", sagt sie liebevoll. Ich spüre, wie mein Herz einen Satz macht. Sie wird mir noch eine Chance geben. Vermutlich die Letzte. Dieses Mal darf ich es nicht versauen.

Keine zehn Minuten später sitzen wir an dem Tisch der beiden Mädels, die sich als Stewardessen vorgestellt haben. Vermutlich haben sie auch ihre Namen genannt, doch sie sind nicht haften geblieben. Einige Runden Bier und Wodka später sitzen wir nicht mehr in der Kneipe. Wir sitzen in Christophs Wohnung. Ohne Jens. Mein Kumpel wollte früh ins Bett. Er habe einen anstrengenden Tag vor sich. Wenn ich es mir recht überlege, wollte er ein wenig zu dringend weg. Mittlerweile glaube ich, es handelt sich nicht um zwei Stewardessen, sondern vielmehr um Nutten, die Jens mir freundlicherweise besorgt hat. Eigentlich ist das nicht mein Ding, aber solange er zahlt, soll es mir recht sein. Außerdem hatte ich unglaublicherweise noch nie einen Dreier. Also wird es Zeit. Christoph schläft. Zum Glück in seinem eigenen Bett. Die beiden Mädels sind ziemlich wild. Sie ziehen nur gewisse Teile meiner Kleidung aus. Ich realisiere, dass mich der Alkohol etwas duselig macht. So merke ich nicht, dass ich mit meinem Hintern aus Versehen die Wahlwiederholung meines Handys betätige. Ansonsten hat sich der Abend fast gelohnt.

Die Suche

Glaubt man meinem drogensüchtigen Bruder, gibt es an die Millionen Möglichkeiten, Frauen kennenzulernen. Um seine waghalsige These zu untermauern, hat er mir auch ein paar dieser Möglichkeiten genannt. Man könne sich zum Beispiel als Heimwerker verkleiden und bei einer Frau in durchsichtigem Seidennachthemd klingeln. Super Idee. Oder in eine Waschstraße fahren und die Tankfrau, die sich mit nassen Schwämmen einreibt, anquatschen. Jawoll. Ich bin mir nicht sicher, ob er denkt, die Pornos, die er sich massenweise anschaut, entsprächen der Realität. Sich Tipps von einem Menschen zu holen, der seine sexuelle Erfahrung einzig in einschlägigen Bordellen oder alleine unter der Decke gesammelt hat, ist sicherlich nicht die beste Idee. Mal ganz abgesehen davon ist meine Erfolgsquote bei Frauen grundsätzlich gar nicht schlecht. Allerdings haben sich die Suchkriterien ein wenig geändert. Seit der Trennung von Anne, die mittlerweile drei Wochen her ist, suche ich nicht nach Liebschaften, sondern nach einer ernsthaften Beziehung. Ich könnte mir vorstellen, dass für Anne das Thema „Beziehung mit dem mutigen Marc" durch ist. Also muss ich mich neu orientieren. Das hat einen einfachen Grund: Die Zahl unter dem Strich auf meinem Konto nimmt existenzbedrohende Formen an. Ich habe mir wirklich – wenn auch nur kurze – Gedanken gemacht, wo ich beruflich unterkommen kann. Aber ein Büro-Job passt einfach nicht zu mir und als Kellner in einer Kneipe verdiene ich nicht ausreichend. Da schwebt mir schon ein etwas lukrativerer Job vor. Allerdings weist mein Curriculum Vitae erschreckende Lücken auf. Meine Mutter hat mir den Rat gegeben, etwas zu machen, das ich richtig gut kann. Tja ... nur was kann ich richtig gut? Und dann ist es mir wie Schuppen von den Augen gefallen. Warum nennen meine Freunde mich noch gleich den Stecher? Na klar ... Das ist die Lösung. Erst der Spaß, dann das Vergnügen und schließlich die Baby-Prämie meiner Oma. Von 100.000 Euro könnte ich sicherlich ein paar Monate gut leben. Am besten wäre natürlich eine reiche Frau, die mir meine Kurztrips nach Malle spendiert. Nur woher nehmen, wenn nicht stehlen? Ich habe schon verschiedene Möglichkeiten in

Betracht gezogen und in die Tat umgesetzt. Am vergangenen Wochenende habe ich tatsächlich an einem Speed-Dating teilgenommen. Es hat sich sehr schnell herausgestellt, dass die Worte „Animateur" und „reihenweise Frauen" aneinandergereiht in einem Satz nicht wirklich gut ankommen. Zu dem Wort „flachlegen" bin ich gar nicht mehr gekommen. Überhaupt ist die Themenwahl bei dieser Art von Kennenlernen nicht ganz so einfach. „Frauenjagd" sollte man zumindest nicht als Hobby angeben und mit der Anzahl der Liebschaften empfiehlt es sich auch nicht zu prahlen. Überhaupt finde ich, muss das Prinzip dieses Speed-Datings überdacht werden. In der kurzen Zeit, die man hat, ist es schwer, den Mädels meine durchaus imposante Lebensgeschichte zu erzählen. Mich wundert es, dass sie gar nichts von sich preisgeben wollen. Mal ganz abgesehen davon haben mich von den acht anwesenden Frauen maximal zwei sexuell angesprochen.

Christoph hat mich schließlich auf die Idee gebracht, mich im Internet bei einer Single-Börse anzumelden. Das ist mir zwar peinlich, doch in der Not frisst der Teufel bekanntlich Fliegen. Normalerweise ist es nicht ganz ungefährlich, empfohlene Internet-Seiten meines Bruders ohne Sicherheitsvorkehrungen zu öffnen. Doch zu meiner Überraschung öffnen sich weder Pop-ups von in die Jahre gekommenen, sexgeilen Ludern noch von irgendwelchen Glücksspielen. Ich wäge noch einmal die Not gegen die Peinlichkeit ab und die Not gewinnt. Deutlich. Aus Scham melde ich mich nicht unter meinem richtigen Namen an. Es könnten sich hier schließlich Menschen aufhalten, die ich ebenfalls kenne. „John29" erscheint mir ein Supername. Jetzt soll ich ein Foto hochladen. Da ich mich für mein Aussehen nicht schämen muss und auch eine Chance bei den Mädels haben will, lade ich ein Foto vom letzten Sommerurlaub hoch. Als das Bild endlich angekommen ist, will ich eigentlich auf Brautschau gehen, als mein Plan jäh unterbrochen wird. Ich soll noch verschiedene andere Dinge angeben, die angeblich die Chance erhöhen, einen passenden Partner zu finden. Als wäre mein Foto nicht ausreichend genug. Die Angaben über mein Aussehen fallen mir relativ leicht. Lügen muss ich jedenfalls nicht. Gut, bei der Größe übertreibe ich ein wenig, aber alles in allem stimmen meine

Angaben. Jetzt soll ich meinen Beruf angeben. Nicht leicht. Was könnte Frauen am meisten beeindrucken? Pilot und Arzt kämen bestimmt geil, gibt aber jeder Dritte an. Irgendwo in der Wohnung höre ich Christoph lachen oder weinen. Das schluchzende Geräusch kommt näher.

„Ich bin ausgerutscht", sagt er, als er plötzlich in der Tür steht. Mit seiner vorgeschobenen Unterlippe könnte er einem Schaufelbagger locker Konkurrenz machen.

„Gut", sage ich genervt. „Und jetzt?"

„Häh?", fragt er verstört. Die Tränen trocknen langsam.

„Christoph, du bist 25 Jahre alt. Soll ich dir jetzt ein Schlümpfe-Pflaster auf dein Knie kleben?"

Ich sehe, wie er darüber nachdenkt. Dann reibt sich Christoph verwundert die Knie. Schließlich schaut er mich ungläubig an und verlässt enttäuscht mein Zimmer. Aus voller Überzeugung und ohne wirklich zu schwindeln, trage ich „Kindergärtner" in mein Profil ein. Das hat noch einen netten Begleiteffekt. Ich denke, so nimmt man mir eine gewisse Affinität zu Kindern eher ab. Eine alleinerziehende Mutter würde mir zumindest die nervige Schwangerschaft ersparen. Dementsprechend trage ich unter dem Punkt „Interessiert an: „Kleine Jungs" ein. (Ein Mädchen kommt mir definitiv nicht in die Tüte. Puppen? Nein danke. Und wenn sie in die Pubertät kommt, muss ich ihren Liebschaften hinterherschnüffeln? No chance.)

Im Folgenden versuche ich, meinen Beruf mit einigen Angaben zu meinen Hobbies und Gewohnheiten zu untermalen. Dabei denke ich an verschiedene Situationen, die ich mit Christoph erlebt habe. So flunkere ich nur wenig. Ich halte es zudem für besonders lustig, ein Bild von Christoph hochzuladen. Etwas seltsam räkelt er sich, ausschließlich mit einer weißen altmodischen Männerunterhose mit Eingriff bekleidet, auf der Couch. Als Bildunterschrift wähle ich die Worte „Mein ältester". Jede Frau mit einem Funken Humor muss sich doch auf diese Anzeige melden. In der Nähe höre ich Christoph kichern. Er hat sich wieder beruhigt. Vermutlich schaut er sich gerade Bilder von nackten Frauen an, darüber gerät selbst sein Ausrutscher in Vergessenheit. Als ich fertig bin, darf ich noch immer nicht auf „Frauenjagd" gehen. Zumindest nur eingeschränkt. Um mir die anderen Profile anschauen zu können, soll ich 69 Euro überweisen und erhalte dafür im Gegenzug eine dreimonatige Gold-Mitgliedschaft. What the fuck ist eine Gold-Mitgliedschaft? Den Teufel werde ich tun. Ohne kann ich mich jedoch ausschließlich mit meinem eigenen Profil beschäftigen. So toll ich bei den Frauen auch ankommen mag, selbstverliebt bin ich nun wirklich nicht. Oder doch? Treffe ich meine Traumfrau, lohnt es sich ja vielleicht. Also gebe ich meine Kreditkartennummer ein und starte endlich die Suche. Schon nach wenigen Minuten will ich das Unterfangen wieder einstellen. Die meisten Frauen sind mir ein wenig zu schwer. Geht man davon aus, dass sie ihre Angaben ebenfalls ein wenig geschönt haben, sind sie mir sogar viel zu schwer.

Ein kleines Brief-Symbol leuchtet auf. In meiner „In-Box" befindet sich die erste Nachricht. Ich bin ein wenig aufgeregt. Neugierig öffne ich die Mail. Sie heißt Ukalele und ist angeblich 30 Jahre alt. Wer heißt schon Ukalele, frage ich mich, blicke aber trotzdem neugierig auf ihr Foto. Ukalele ist eine deutlich ältere vollbusige Frau. Auf den ersten Blick würde ich sie nicht als Zentraleuropäerin einschätzen. Eher Zentralafrikanerin. Ich lese ihren Brief: „Ukalele mag große Schwanz!" Na klasse.

Wieder höre ich Christoph kichern. Für einen Moment glaube ich, er gibt sich als Ukalele aus. Der Name könnte durchaus seinem schrägen Hirn entsprungen sein. Aber wie soll er an so ein Foto gekommen sein. Nein, für so einen Spaß ist Christoph definitiv zu hohl. In meiner Not chatte ich nahezu den gesamten Nachmittag mit Ukalele. Ich versuche es zumindest. Ihr Deutsch ist wirklich schlecht und mittlerweile hat sie mir zum 19. Mal ihre Vorliebe für große Schwänze gestanden. Ich würde sie sicherlich nicht enttäuschen. Innerlich freunde ich mich schon mit dem Gedanken an, einen schwarzen dicken Jungen mit großem Gemächt durch den Park zu führen. Ich weiß allerdings nicht genau, wie mein etwas konservativer Vater auf die Pigmentierung meiner Zukünftigen und unseres Filius reagieren würde. Da ich allerdings nicht wirklich auf „große" Frauen stehe, wird es ohnehin nicht zu einer Vorführung meines besten Stückes kommen. Am frühen Abend meldet sich tatsächlich eine weitere Person. Sie heißt Yvonne, ist 34 Jahre alt und kommt ganz aus der Nähe. Ich bin beruhigt, dass sie mir nicht sofort ihre sexuellen Vorlieben auf die Nase bindet. Noch nicht. Yvonne will sich mit mir treffen. Schon morgen. Ich bin einverstanden, denn heute Abend will ich mit Jens auf eine Single-Party gehen. Erfreulicherweise gibt auch Yvonne an, Kinder zu mögen. Das ist ja schon mal eine gute Basis.

„It's Party-Time. Yeah", schreit Christoph, als Jens mich abholen kommt. Christoph trägt eine Trucker-Kappe, hat sich aus einer Büroklammer einen Ohrring gebastelt und eine leuchtend bunte Sonnenbrille verdeckt seine Augen. Ich bin mir nicht sicher, wo er diesen Modetrend her hat. Vor allem weiß ich nicht, wie er auf die Idee kommt, wir würden ihn mitnehmen.

„Christoph, irgendwer muss doch hier bleiben und die Pflanzen gießen", schwindle ich unglaublich kreativ. Christoph lässt sich nur kurz aus der Ruhe bringen, dann lacht er mich an.

„Wir haben gar keine Pflanzen", stellt er stolz fest. Mein Bruder ist erschreckend schlau. Er rennt in die Küche und kommt mit einem gelben Regenmantel bewaffnet zurück. Vielleicht doch nicht so schlau.

„Du willst nicht in diesem Mantel mitkommen?", frage ich entsetzt. Christoph zieht eine Augenbraue hoch und nickt. Das soll vermutlich „doch" heißen. Ich drehe mich entsetzt zu Jens. Der lächelt nur.

„Psssst", höre ich hinter mir.

„Psssst", wiederholt Christoph. Also gut, denke ich mir und tu' ihm den Gefallen.

„Was?", frage ich genervt und blicke ihn an. Er legt den Zeigefinger auf die Lippen und zieht dieses Mal beide Augenbrauen hoch. Ich bin überrascht, wie gut er seine Gesichtszüge unter Kontrolle hat. Mit einer schnellen Bewegung öffnet er den gelben Mantel. Ich atme tief durch, als ich sehe, dass er etwas unter dem Kleidungsstück trägt.

„Guck mal", fordert er mich auf und lockt mich mit seinem Zeigefinger. Ich will nicht wissen, was er mir zeigen will. Doch ich bin ja ein guter Bruder und tue wie mir geheißen. Christoph zieht den Mantel aus. Auf seinen Rücken hat er einen Rucksack geschnallt. Ein dünner Schlauch führt aus dem knallroten Textil an seinem Hals vorbei.

„Das ist ein Rucksack", sagt er.

„Das sehe ich", antworte ich.

„Psssst", wiederholt er und legt erneut den Zeigefinger auf die Lippen.

„Und?", will ich genervt wissen.

„Da ist Wodka Lemon drin", sagt er verschwörerisch. Ich blicke ihn etwas verstört an.

„In einer Plastiktüte?", frage ich.

„Nein, in dem Rucksack. Sonst fällt es doch auf." Christoph schaut mich verständnislos an. Richtig, ein Rucksack unter dem gelben Mantel ist überhaupt nicht auffällig.

„Dir ist aber schon klar, dass der Rucksack nicht wasserdicht ist", sage ich und schaue auf die Pfütze, die sich bereits unter seinen Füßen gebildet hat. Wieder blickt er mich verständnislos an.

„Mensch, Marc, deswegen trage ich doch den Regenmantel. Ist doch klar", erklärt er mir.

Ich bin von der Party positiv überrascht. Es ist nicht die trostlose Veranstaltung, die ich erwartet hatte. Eigentlich hatte ich mit vielen gescheiterten Existenzen gerechnet, es laufen jedoch überraschend viele hübsche Menschen herum. An einem Aufkleber auf der Brust erkennt man, ob eine Person Single ist oder nicht. Das hat den Vorteil, dass ich den Tanten völlig ungeniert auf die Titten starren kann. Der Großteil trägt keinen Aufkleber. Ich auch nicht. Ist mir irgendwie peinlich. Jens und ich stehen an der Theke, checken die Lage und bestellen ab und zu Longdrinks. Christoph ist nicht dabei. Zu aller Überraschung ist er mit dem tropfenden Rucksack nicht am Türsteher vorbeigekommen. Hin und wieder prosten wir fremden Frauen zu, hin und wieder prosten sie zurück. Nach einer guten Stunde nehme ich all meinen Mut zusammen und quatsche eine Frau an. Die „918". Ihren Namen habe ich nach zwei Sekunden wieder vergessen. Vielleicht nicht die beste Basis für eine ernsthafte Beziehung.

„Wie heißt Ihre Frau noch gleich?"

„Äh ... Irgendwas mit 9 ...?", stelle ich mir den Dialog auf einem zukünftigen Geschäftsessen vor.

Sie ist allerdings so süß, dass ich momentan nicht an eine Beziehung denken mag. Eher an ein einsames Hotelzimmer oder an die Besenkammer. „918" reicht mir als Name. Ich gebe ihr den einen oder anderen Longdrink aus und erzähle ihr von meinem Dasein als Pilot. Ich habe nicht die leiseste Ahnung, wovon ich spreche. Sie offenbar auch nicht. Sie lächelt. Als ich sie nach der Besenkammer frage, lacht sie und nickt ganz plötzlich. Ich bin positiv überrascht. Vielleicht wird ja sogar mehr aus uns beiden. Nach erster Begutachtung erscheint mir ihr Becken als sehr gebärfreudig. Der Abend nimmt sehr früh eine sehr positive Wendung. Ich drehe mich zu Jens und berichte ihm von meinem Vorhaben, und dass er nicht auf mich warten solle. Als ich mich zurückdrehe, steht ein Mann hinter der süßen Kleinen. Er trägt ganz offensichtlich eine falsche Brille und auch Haare und Nase scheinen nicht echt zu sein.

„Hallo", sagt er mit tiefer Stimme zu der Kleinen. Die Stimme kommt mir beängstigend bekannt vor. Habe ich Karneval verpasst? Wir haben September, also eher nein. Aus einer viel zu engen Jeansjacke zieht der Mann seinen Studentenausweis.

„Kriminalpolizei Köln. Mein Name ist Kasulke, Liebesinspektor Kasulke. Ich würde gerne Ihren Tatort inspizieren", sagt er, streichelt über den Herzaufkleber auf ihrer Brust und lächelt das Mädchen an. Mit einem gezielten Schlag in die Magengrube raubt die Kleine meinem Bruder sämtliche Luft. Liebesinspektor Kasulke hustet. Als er mich anraunzt, ich sei sein Bruder und solle ihm helfen, verschwindet die Kleine ohne ein weiteres Wort zu sagen. Ich werfe Christoph einen bösen Blick zu. Obwohl ich unglaublich sauer bin, schätzt er meinen Gesichtsausdruck offensichtlich komplett falsch ein.

„Alles eine Frage der Tarnung", lächelt er mir zu, tippt sich mit dem Zeigefinger gegen die falsche Brille und grinst. Just in diesem Moment kehrt das Mädchen mitsamt zwei gut gebauten Türstehern zurück. Christoph reißt sich die Brille von der Nase und läuft los. Er ist unglaublich flink. Auf recht unkonventionelle Weise. Ich bin in diesem Moment erschreckend langsam. Zumindest haben die Türsteher kein Problem, mich ziemlich unsanft aus dem Gebäude zu begleiten. Auf dem Weg hinaus begegne ich nicht nur meiner Stalkerin Annette, viel schlimmer ist, dass auch Anne mich entsetzt anblickt, als ich den Boden vor der Disco küsse.

Seit langer Zeit frühstücke ich mal, ohne unter schlimmen Kopfschmerzen zu leiden. Der frühe Abgang am gestrigen Abend hat also auch etwas Gutes. Ich habe die Nacht noch mit Yvonne gechattet. Sie scheint sehr interessiert an mir zu sein. Auf jeden Fall stellt sie mir viele Fragen. Meine Idee, mich als Kindergärtner auszugeben, hat erstaunlich gut funktioniert, ein Großteil ihrer Fragen bezieht sich direkt auf meinen Job. Vermutlich macht sie auch etwas in diese Richtung. Ich werde sie irgendwann fragen. Vielleicht. Christoph ist jedenfalls nicht viel später nach Hause gekommen. Laut eigener Aussage habe er die Party ätzend gefunden. Vermutlich wird er ebenfalls rausgeflogen sein. Dafür spricht zumindest der lila Schatten unter seinem rechten Auge. Ansonsten ist er leider auch quietschfidel. Schon vor dem Frühstück hat er mir seinen neusten Plan offenbart, wie ich am besten an eine neue Freundin komme. Ein Ausflug. Er sagt, er habe bereits alles in die Wege geleitet und ich solle ihm doch mal vertrauen. Da ich ihn nun seit 25 Jahren gut kenne, ist aber genau das das Problem. Ich kann ihm nicht vertrauen.

Nach ewigem Hin und Her und allen Befürchtungen zum Trotz, lasse ich mich auf den Ausflug ein. Christoph ist schon ganz aufgeregt. Den ganzen Morgen läuft er wie verrückt durch die Wohnung. Vermutlich ist er auf Speed oder etwas Ähnlichem. Hin und wieder kommt er in die Küche und zeigt mir willkürlich Gegenstände, die er in der Wohnung gefunden hat. Einen Besenstiel, eine Gießkanne, einen Teppichklopfer. Mein Gott, wo hat er den denn her? Ob er mir irgendetwas sagen will? Ich habe nicht die leiseste Ahnung. Um halb zehn steht er lachend vor mir.

„Es geht los", sagt er. „Bist du auch schon so aufgeregt?", fragt er mich.

„Nein." Mehr kommt mir gerade nicht über die Lippen. Der rote Rucksack vom Vorabend scheint ihn ebenfalls zu begleiten. Immerhin tropft er dieses Mal nicht. Wenige Minuten später verlassen wir gemeinsam das Haus. Christoph führt mich zu einem kleinen Platz, an dem abends Taxen auf Kundschaft warten. Tagsüber halten hier verschiedene Busse. Bislang dachte ich eigentlich, dass diese Fahrzeuge irgendwo in den Ostblock aufbrechen. Will Christoph mit mir nach Polen auswandern? Das kann ich mir beim besten Willen nicht vorstellen. Nach und nach sammeln sich verschiedene Menschen um uns herum. Nach meiner ersten Einschätzung sind wenig Polen dabei. Das beruhigt. Allerdings nur kurz, denn es stehen einige Frauen mit Kopftüchern um uns herum. Sie sehen orientalisch aus. Ich sehe mich schon in einem Ausbildungslager für Terroristen wieder. Nach einer halben Stunde Wartezeit fährt ein Bus vor. Als ich die Aufschrift eines Freizeitparks lese, atme ich erleichtert aus. Ich bin von Christophs Einfall positiv überrascht. Als sich die Türen öffnen, drängelt sich mein 25-jähriger Bruder an allen Kindern vorbei und betritt als Erster den Bus. „Wegen der besseren Eintrittskarten", erklärt er mir, als das Fahrzeug schließlich losfährt. Der Freizeitpark bringt tatsächlich Abwechslung. Allerdings nicht nur positive. Ich muss gestehen, ein paar Mal bin ich kurz davor, Christoph in eins der Tiergehege zu werfen, die sich ebenfalls in diesem Park befinden. Bereits nach zehn Minuten fleht er mich an, ihm ein Eis zu kaufen. Er gibt mir sogar Geld. An einem Pinguin-Gehege bleibt er abrupt stehen.

„Sind sie nicht süß?", fragt er mich. Ich muss ihm Recht geben. Diese Pinguine haben tatsächlich etwas Süßes. Zumindest einige.

„Schau mal", ruft Christoph plötzlich. „Der da vorne winkt mir", fügt er grunzend hinzu und zeigt auf einen besonders hässlichen Pinguin. Ich blicke mich um. Der Pinguin winkt Christoph mit großer Sicherheit nicht zu. Ich habe eher den Eindruck, er leide unter einem epileptischen Anfall. Aber Christoph dieses Leiden zu erklären, ist verhältnismäßig schwer.

„Was meinst du, was der kostet?", fragt er mich. Ich gucke ihn verwundert an. „Na, jetzt tu nicht so", sagt er. „Da steht kein Preisschild dran."

„Wir befinden uns auch nicht im Supermarkt. Ich glaube nicht, dass du hier einen Pinguin kaufen kannst."

„Aber der ist doch so süß", sagt er und lächelt ganz verliebt. Zum Glück kommt gerade ein Tierpfleger vorbei, den er fragen kann. Als dieser den Kopf schüttelt, ist Christoph niedergeschlagen. Erst als ich ihm eine Zuckerwatte ausgebe, scheint er sich wieder zu beruhigen. Er nimmt die Zuckerwatte in die rechte Hand und starrt sie ungläubig an. Dann wackelt er mit den Hüften und gibt eine Elvis-Presley-Imitation. Zumindest meine ich, das an dem Lied zu erkennen. Doch das ist nur der Auftakt einer ganzen Show. Mit einer Waffel dreht er sich ganz langsam im Kreis und summt ein unmelodisches Lied. Um ihn abzulenken, gehe ich mit ihm auf die Achterbahn. Tatsächlich kommt er hier ein wenig zur Ruhe. Zumindest phasenweise. Bei den steilen und rasanten Passagen schreit er natürlich wie ein hysterisches vorpubertäres Mädchen. Schweißgebadet verlassen wir die Achterbahn. Ich frage mich, was meine Eltern bloß falsch gemacht haben. Christoph schnappt nach Luft und fasst sich an die Brust als wir einen kleinen Asphaltweg lang gehen. Ich gönne ihm eine kleine Pause und wir setzen uns auf eine alte Holzbank. Endlich bekomme ich den Inhalt seines Rucksacks zu sehen, bin darüber aber nicht erfreut. Neben zwei Äpfeln, einer trockenen Scheibe Schwarzbrot, einem Playstation-Controller und einem Kompass, hat er auch einen dicken Hammer und einen Fahrradhelm dabei. Ich gucke ihn ungläubig an. Er grinst nur.

„Wie MacGyver", sagt er. Aus einem Seitenfach zieht er schließlich ein kleines Plastiktütchen und ein Blättchen. Bevor ich ihn auf die Kinder in direkter Nähe aufmerksam gemacht habe, hat er seine Tüte schon fertig gebaut, angezündet und zieht genüsslich dran. In manchen Situationen ist er überraschend schnell.

„Vermutlich hat MacGyver nicht gekifft. Zumindest nicht vor Kindern", stelle ich trocken fest und suche den Park mit einem ängstlichen Blick nach einem Sicherheitsmann ab.

„Weißt du's?", fragt er mich und inhaliert eine weitere Fuhre THC. Nein, ich weiß es nicht. Ich muss zugeben, dass Christoph bekifft ein ganz angenehmer Konsorte ist. Er wirkt viel entspannter und plappert nicht ununterbrochen irgendeinen Mist. Überhaupt ist der Nachmittag nun viel ruhiger.

Einen wahren Höhepunkt erfährt Christoph in einer kleinen Bummelbahn, die quer durch den Park fährt. Aus Angst vor einer rasanten Fahrt hat er sich den Fahrradhelm aufgezogen. Ich habe mich drei Reihen hinter ihn gesetzt, was ihm zum Glück noch nicht aufgefallen ist. Bei jedem Schlagloch schreit er kurz auf und kichert anschließend hysterisch. Nur als wir erneut an dem Pinguin-Gehege vorbeifahren, blickt er noch einmal wehmütig zurück. Dennoch hat er offensichtlich eine neue Leidenschaft entdeckt. Jedenfalls bleibt er an der Endstation sitzen und bittet mich um eine weitere Fahrt. Da ich nicht vor Langeweile sterben möchte, er aber nicht von dieser Idee abzubringen ist, muss er wohl oder übel alleine fahren. Nachdem ich ihn siebenmal gefragt habe, ob er wisse, wo der Bus stehe und wann dieser abfahre, überlasse ich ihn der Menschheit. Ein spontanes Gefühl von Mitleid breitet sich in mir aus, als ich mir die anderen Zugteilnehmer anschaue. Ich suche mir ein ruhiges Restaurant. Ich versuche es zumindest. Ein ruhiges Restaurant in einem Freizeitpark ist jedoch so wahrscheinlich wie ein abgeschlossener Studiengang meines Bruders. Als ich gerade in meinen, in der Mikrowelle zubereiteten, Hamburger beißen will, steht ein hässlicher Junge vor mir und popelt in der Nase. Und wieder einmal wird mir bewusst, wie sehr ich Kinder hasse. Und zwar sehr! Der Junge starrt auf meinen Hamburger und leckt sich die Lippen. Wäre er nicht so dick und würde ich Kinder nicht dermaßen hassen, würde ich ihm vielleicht etwas abgeben. So grinse ich den Jungen an und lecke mit ausgestreckter Zunge über den Hamburger. Der Junge ist für seine zehn Jahre überraschend schlagfertig. Er popelt noch ein bisschen tiefer, ein kleiner grüner Tropfen hängt ihm aus der Nase. Schließlich kommt er ein paar Schritte näher, zieht die Nase hoch, nimmt mir den Hamburger aus der Hand und leckt ebenfalls drüber. Ganz spontan überlege ich mir, dass die Zunge des Jungen gut und gerne Bekanntschaft mit meinem Messer machen kann. So ein kleines Piercing würde dem hässlichen Jungen gut stehen. Ich belasse es bei dem Impuls und wäge noch einmal ab, ob ein Kind die Prämie wirklich wert ist. Dann denke ich an den Q5 aus dem Parkhaus und nicke.

Wenige Minuten später sitze ich genervt in dem bereits gut gefüllten Reisebus. Eine Doppelbank gibt es nicht mehr. Da Christoph noch nicht da ist, setze ich mich auf den Platz neben einer hübschen Blondine. Wieso ist Christoph eigentlich noch nicht da? Vielleicht war meine siebenfache Erinnerung doch nicht deutlich genug. Genervt blicke ich erneut auf meine Armbanduhr. Soll er doch hierbleiben, mir ist es egal.

„Hi, ich bin Marc", quatsche ich die Blondine an. Sie lächelt. Eine Antwort gibt sie mir nicht.

„Willst du mir nicht deinen Namen sagen?", hake ich nach. Sie lächelt erneut. Vermutlich spricht sie meine Sprache nicht. Oder sie will meine Sprache nicht sprechen. Aber dafür gibt es ja eigentlich keinen Grund.

„Komm schon", fordere ich sie auf. Genau in diesem Moment startet der Motor. Ich blicke auf die Uhr, dann aus dem Fenster, von Christoph ist noch nichts zu sehen. Ich stehe also auf und gehe widerwillig zum Busfahrer. Eigentlich habe ich nichts dagegen, dass er den Bus verpasst. Das ist vermutlich für alle Beteiligten das Beste, doch ich bezweifle, dass er dann jemals nach Hause finden würde. Der Busfahrer ist verständlicherweise wenig erfreut, räumt meinem bekloppten Bruder aber noch genau fünf Minuten ein. Genau diese fünf Minuten benötigt Christoph allerdings auch. Zu meinem Erstaunen rennt er. Das ist aus zweifacher Sicht überraschend. Zum einen wusste ich bis gerade nicht, dass Christoph überhaupt rennen kann, zum anderen glaube ich nicht, dass er weiß, dass er zu spät ist. Er hat einen sehr eigenwilligen Laufstil, der sehr unkoordiniert, aber überraschend schnell ist. Alle paar Sekunden dreht er sich nervös um. Flüchtet er? Zutrauen würde ich es ihm. Vor Wasser triefend springt er in den Bus.

„Fahr schon!", brüllt er den Busfahrer aggressiv an. Dieser ist so überrascht, dass er ohne weitere Nachfrage den Bus in Bewegung setzt. Wenn ich es nicht besser wüsste, würde ich denken, er war schwimmen. Er schaut sich noch immer um. Klitschnass geht er den Gang entlang und flüstert etwas. Die hübsche Blondine soll nicht erfahren, dass es sich bei dem gestörten Menschen um meinen Bruder handelt. Also drehe ich mich demonstrativ weg. Doch

Christoph hat gar keine Augen für mich. Triefend setzt er sich auf einen Platz auf der Rückbank. Ein paar Minuten später habe ich ihn schon wieder vergessen, als ein Raunen den Bus durchzieht. Dann ein Kichern. Plötzlich watschelt ein zuckender Pinguin an mir vorbei, gefolgt von einem durchnässten fluchenden Christoph.

Mit einer halben Stunde Verspätung treffe ich schließlich zur Verabredung mit Yvonne ein. Es war gar nicht so einfach, den Tierpflegern des Erlebnisparks Christophs Kopfkrankheit klarzumachen. Andererseits ist der Diebstahl eines Pinguins alles andere als der Norm entsprechend. Zu meiner Überraschung ist Yvonne tatsächlich noch da und auf mich noch nicht einmal sonderlich böse. Damit sammelt sie jetzt schon viele Pluspunkte. So eine unkomplizierte Frau ist mir noch nie untergekommen. Ich bin beeindruckt. Es entwickelt sich sehr schnell ein angenehmes Gespräch. Allerdings fragt mich Yvonne wieder über meinen Umgang mit Kindern aus. Langsam mache ich mir doch Sorgen. Zum einen, weil sie mir so gut gefällt, zum anderen ist ihre offensichtliche Vorliebe für Kinder etwas zu krass. Wenn sie heute mit den „Planungen" beginnen will, bin ich auf ihrer Seite. Schließlich sieht sie nicht schlecht aus. Mit dem Kinder kriegen kann sie, wenn es nach mir ginge, aber gerne noch ein paar Jahre warten. So an die 60. Ich merke, dass mir das Thema nicht wirklich liegt und etwas zu Kopf steigt. Warum will sie wissen, ob ich auch schon mal Kinder mit zu mir nehme? Jetzt wird es langsam unangenehm. Sie fragt mich nach Fotos der Kinder. Irgendetwas stimmt hier nicht. Können Frauen auch pädophil sein?

Mit einem lauten Knall fliegt die Tür auf.

„Das ist er!", schreit Christoph und zeigt auf mich. Er trägt noch immer die nassen Klamotten, aber darüber sollte ich mir keine Gedanken machen. Erschrocken springe ich auf. Yvonne legt mir ihre Hand auf die Schulter und einen Ausweis auf den Tisch.

„Wir haben einen anonymen Hinweis erhalten, dass Sie sich verstärkt für Kinder interessieren, Herr Wagner. Wir sollten uns vielleicht direkt auf dem Revier weiterunterhalten", sagt Yvonne, die laut Ausweis in Wirklichkeit Oberkommissarin Brigitte Schaaf heißt. Mittlerweile finde ich sie nicht mehr so interessant. Ich bin mir nicht sicher, ob sie mir die Baby-Prämie als Erklärung abnehmen wird. Christoph lächelt selbstgefällig, als er wieder auf mich zeigt.

„Das ist er, dieser Pädophile!", schreit er und grinst über beide Ohren. Von einem anonymen Hinweis zu sprechen, ist vielleicht minimal übertrieben.

Mein lieber Bruder Christoph

Sein langes Haar weht im Wind. Und das ist wirklich erstaunlich, schließlich setzt dieses Phänomen meiner Meinung nach sämtliche physikalischen Gesetze außer Kraft. Diese Mischung aus Fett und Filz kann eigentlich nicht wehen. Christoph blickt friedlich in die Ferne. Um uns herum ist es still. Nur ein leises Tröpfeln nehmen meine Ohren wahr. Christoph ist merkwürdig relaxed. So ruhig habe ich ihn lange nicht gesehen. Dabei hat er, zumindest in meiner Anwesenheit, heute noch gar nichts geraucht. Er folgt mit seinen Augen ganz friedlich einer Möwe, die, wie von einem Seil gezogen, neben dem Boot schwebt, in der Hoffnung, irgendwo würde etwas zu essen abfallen. Unser Boot treibt langsam auf der Roer dahin. Albert, Christophs bester Freund, steht im Cockpit und lenkt das kleine Schiff. Wir haben es uns für ein paar Tage ausgeliehen. Christoph wollte mich so ein wenig von der Trennung ablenken. Ich vermute, in Wirklichkeit ging es bei der Reise eher um den günstigen Erwerb erstklassigen THCs. Doch er hat mich zu diesem Kurztrip nach Holland überredet. Und tatsächlich: Obwohl sich meine finanzielle Lage nicht wirklich entspannt hat, kann ein wenig Abstand sicher nicht schaden. Vielleicht gehe ich an diese ganze Baby-Kiste zu verkrampft heran. Solange der Dispo noch nicht angekratzt ist, laufe ich keine Gefahr, meine Wohnung zu verlieren. Allerdings kaufe ich mittlerweile nur noch bei Discounter-Märkten ein und spiele mit dem Gedanken, Christoph zu der Kölner Tafel zu schicken. Wenn ich mir meinen verrückten Bruder so ansehe, kann ich mir zumindest sicher sein, dass er die Baby-Prämie nicht vor mir einstreicht. Wie soll der Depp an eine Frau kommen? Und selbst wenn, glaube ich nicht, dass er weiß, wie man Nachwuchs fabriziert. Bislang verläuft der Urlaub überraschend entspannt. Ich musste mich (noch) um nichts kümmern. Die Anreise, die Reservierung des Bootes und die zwei Stunden Segeln hat mein Bruder organisiert. So kenne ich den Chaoten gar nicht.

„Ist das nicht schön?", fragt mich Christoph und streckt seine Nase wie ein Hund in den Wind. Er sieht total bescheuert aus. Eigentlich mag ich den Spätsommer nicht und Regen ist auch nicht wirklich mein Ding, Holland schon mal gar nicht. So langsam nimmt das Jahr zudem kalte und vor allem nasse Eigenschaften an.

„Möwe müsste man sein. Frei von sämtlichen Problemen. Einfach schweben. Ohne Sorgen, ohne düstere Gedanken. Einfach Möwe", fährt Christoph fort. Tatsächlich glaube ich des Öfteren, dass der gesamten Menschheit geholfen wäre, wenn Christoph eine Möwe wäre. Plötzlich steht er auf, zieht eine antike Armbrust aus seiner Umhängetasche und schießt. Die Möwe klatscht auf das Wasser. Tot. „Life's a piece of shit and shit happens", sagt er nur, grinst mich an und geht. Ich frag' gar nicht erst, wo er die Waffe her hat und vor allem, wie er auf die Schnapsidee gekommen ist, sie mit nach Holland zu schmuggeln. Mühsam klettert er auf die Fahrerkabine.

Christoph war schon immer ein seltsamer Vogel. Das mag verschiedene Gründe haben. Sicherlich hängt es mit seiner schweren Kindheit zusammen. Er war damals nicht einfach nur ein Bruder, eher eine Art Versuchskaninchen. Zumindest offiziell. Unterbewusst verspürte ich damals schon das dringende Verlangen, ihn zu töten. Anders sind manche meiner Versuchsreihen nicht zu erklären. Ob der liebevolle Schubser vom Fünf-Meter-Brett ins Nichtschwimmerbecken oder der frisch zubereitete Cocktail aus Regenwürmern, Vogelbeeren und frischer gelber Körperflüssigkeit, Christoph musste seit jeher viel über sich ergehen lassen. In jüngster Kindheit musste er an die acht Mal den Magen ausgepumpt bekommen. Einige weitere Krankenhausaufenthalte ermöglichte ich ihm mit massiven Platz-, Stich- oder Bisswunden sowie einigen wenigen Knochenbrüchen. Anstatt auf mich sauer zu sein, war er dankbar. So konnte er ganz legal die ungeliebte Grundschule verpassen. Auch auf dem Gymnasium ermöglichte ich ihm später weitere freie Tage. Meistens eher unfreiwillig. Beim Versuch schlafende Kühe umzuschubsen, hat ein Vieh Christoph unglücklich unter sich begraben. Nicht komplett, nur so stark, dass er mit einer Gehirnerschütterung, einigen gebrochenen Rippen, einer perforierten Lunge und einem Milzriss ins Krankenhaus eingeliefert wurde. Zum Glück kann man heutzutage auch ohne Milz einigermaßen gut leben. Es hätte ihn durchaus auch schlimmer treffen können. Verrückte Ideen hatte er auch schon vorher. Früher habe ich ihn gerne dabei unterstützt. Als Sechsjähriger hatte er den Wunsch, Schwertschlucker zu werden. Was für ein schöner Traum. Liebevoll habe ich ihm die Stricknadeln von Mutter besorgt. Im Großen und Ganzen war ich kein ganz schlechter Bruder. Viel Grund zur Beschwerde hatte er nie. Wenn ich ihn mir allerdings gerade anschaue, wie er mit der Armbrust wild fuchtelnd auf dem Dach der Fahrerkabine steht, wird mir ein wenig anders. Er zielt auf alles, was sich unserem Boot nähert. Auch auf ein älteres Ehepaar in einem Motorboot. In schlechter Hitler-Parodie schreit er: „Wollt ihr den totalen Krieg?" Der Spaß kommt bei dem Pärchen nur bedingt an. Der alte Mann flucht und schimpft zumindest sehr laut. Die Hitler-Parodie gehört wahrscheinlich in Christophs Imitations-Repertoire. Er will seit einigen Jahren Stimmen-Imitator werden. Bislang beschränkt sich das Repertoire aber ausschließlich auf eben diesen miserablen Führer. Er wolle ja auch erst Stimmen-Imitator *werden*, hat er mir erklärt. Wäre ja Quatsch, wenn er schon alle Stimmen könne. In all den Jahren habe ich nicht gelernt, seine Logik zu verstehen, ich nehme sie mittlerweile einfach nur hin. Viel anderes bleibt mir ja auch nicht übrig.

„Wie findest du meinen Adi?", ruft er mir zu.

„Geht so!"

„Hab ich mich nicht verbessert?", fragt er und macht erwartungsvoll große Augen.

„Naja."

„Ich kann auch Boris Becker. Willst du hören?"

„Nein!", sage ich und meine es auch so.

„Äh ... äh ... Besenkammer. Äh."

Das ist mit Abstand die schlechteste Parodie, die ich je in meinem Leben dargeboten bekommen habe. Ich weiß nicht, wer ihm diesen Floh bloß ins Ohr gesetzt hat. Albert klatscht frenetisch in die Hände. Ach so.

„Ist ganz gut, oder?"

„Geht so. Christoph, vielleicht übst du noch ein wenig. Was meinst du?"

„Ich kann auch den Stefan Raab."

„Schieß los", sage ich und bereue es sofort wieder.

„Sooooo", sagt er und klopft auf seine nicht vorhandene Uhr. Er hat sich tatsächlich gesteigert. Diese Parodie, sofern es denn eine war, ist noch schlechter als die Becker-Parodie.

„Häh?"

„Sooooo", wiederholt er mit derselben Armbewegung.

„Nicht schlecht", lüge ich und hoffe, so wieder meine Ruhe zu haben. Zwar hört Christoph tatsächlich mit seinen schlechten Parodien auf, meinen Moment der Stille bekomme ich trotzdem nicht. Wir haben nämlich Gesellschaft bekommen. Ein orange-blau-weißes Boot hat zu uns aufgeschlossen. Christoph blickt mich an. Dann das Boot, dann wieder mich.

„Piraten!", schreit er, springt hinter die Kabine und lugt vorsichtig hervor. Er spannt erneut die Armbrust. Oh mein Gott. Das kann er nicht wirklich glauben. Jedes Kleinkind kann das Blaulicht von einer Piratenflagge unterscheiden. Immerhin hält er die niederländischen Beamten nicht für die CIA. Aus mir nicht erklärlichen Gründen hat Christoph seit vielen Jahren das Gefühl, vom amerikanischen Geheimdienst observiert und verfolgt zu werden. Und zwar seit dem Tag, an dem er sich im Internet über einen afghanischen Windhund informiert hat. Eine wahnwitzige Vorstellung. Doch noch lang nicht die einzige. Er ist fest davon überzeugt, dass jedes Telefongespräch abgehört wird, und versucht deswegen, nur von Telefonzellen aus zu telefonieren. Was gar nicht so einfach ist, schließlich gibt es nur noch sehr wenige funktionierende. In der Wohnung spricht er meistens nur ganz leise. Wanzen, lautet seine logische Erklärung. Für die einzigen Wanzen in der Wohnung mache ich ausschließlich ihn und sein seltsames Essverhalten verantwortlich. Außerdem weigert er sich, das Internet zu benutzen. Dort säßen ja die ganzen Schläfer, behauptet er. Ich weiß nicht genau, wie er sich das bildlich vorstellt.

Ich bete, dass die Polizisten die Armbrust nicht sehen. Aus den Augenwinkeln erkenne ich, wie Albert auf mich zurennt. Mit enormer Wucht werde ich ins Wasser gerissen. Noch im Fallen schätze ich Alberts Fluchtversuch als ziemlich gewagt ein.

Natürlich fischen mich die Beamten aus dem Wasser. Sie sind nicht gerade erfreut über die Begegnung mit uns. In nassen Klamotten sitze ich auf einer Bank und folge aufmerksam, aber durchaus gelassen dem Treiben auf Deck. Christoph wird gerade zum zweiten Mal durchsucht. Mehr als die Waffe werden sie bestimmt nicht finden. Ich kann mir nicht vorstellen, dass Christoph eine Pistole mitgebracht hat und zum Drogeneinkauf hatte er auf keinen Fall Zeit. Demnach werden sie mich auch nicht belangen können. Es sei denn, Christoph macht den Beamten weis, dass ich die Holländer mit der Armbrust bedroht habe. Nach der kurzen Aufregung ist es wieder stiller geworden. Nur ab und zu höre ich Christophs Schluchzen. Irgendwie tut er mir leid. Er ist wie ein kleines Kind, das versucht, durch Tränen einer Strafe zu entgehen. Ich glaube, ihm ist allerdings nicht bewusst, dass der Besitz einer Waffe etwas anderes ist, als Zahnpasta an eine Türklinke im Jugendheim zu schmieren. Albert wird in der Kabine des Bootes verhört. Plötzlich zeigt Christoph auf mich und seine Heul-Arie erreicht neue Tonlagen. Ein kräftiger Mann Mitte fünfzig kommt ganz langsam auf mich zu. Er erinnert mich an einen Sheriff aus einem Wild-West-Film.

„Ist das Ihr Bruder?", fragt er mich in fast perfektem Deutsch.

„Ja."

„Er sagt, Sie haben hier die Verantwortung?" Entsetzt blicke ich meinen Bruder an. Dann suche ich vergeblich nach einer versteckten Kamera.

„Was heißt denn hier Verantwortung?", frage ich genervt. Der Polizist antwortet nicht. „Nein, hab ich nicht. Den einen kenne ich gar nicht und mein Bruder ist auch schon erwachsen. Auch wenn er das ganz gut verheimlichen kann." Noch immer hoffe ich, dass der Mensch sich sehr bald als Frank Elstner oder sein komischer Nachfolger zu erkennen gibt.

„Finger weg!", schreit mein Bruder plötzlich hinter mir. „Das dürfen Sie nicht einfach nehmen." Ich drehe mich um. Der Polizist hält Christophs Rucksack in der Hand.

„Ist das Ihrer?", fragt er auf Englisch.

„Nein", antwortet Christoph. „Den habe ich noch nie gesehen. Vielleicht gehört er meinem Bruder." Mit dem Kopf nickt er in meine Richtung. Ich habe zwar keine Ahnung, was das soll, aber solange es sich nur um Christophs schmutzige Wäsche, meinetwegen auch einen Playstation-Controller oder einen Hammer handelt, kann ich damit leben.

Der Polizist öffnet den Rucksack und zieht vier Tüten Gras heraus. Unglaublich. Mein Bruder ist wohl der einzige Mensch weltweit, der Gras nach Holland schmuggelt.

Müde reibe ich mir die Augen. Es war eine anstrengende Nacht, auch wenn sie überraschend ereignislos verlaufen ist. Das wird unter anderem an den dicken Metallstäben gelegen haben, die Christoph räumlich von mir getrennt haben. Ansonsten hätte er den gestrigen Abend nicht überlebt. Mich hat man am frühen Morgen gehen lassen. Anscheinend hat sich Christoph für mich stark gemacht. Das ist auch das Mindeste, das er tun konnte. Es ist früher Abend und ich habe mir ein Hotelzimmer genommen. Das Boot wurde aus Gründen der „nationalen Sicherheit" beschlagnahmt. Es ist ein kleines, schäbiges Hotel, doch mehr hat meine Geldbörse einfach nicht hergegeben. Immerhin verfügt der Schuppen über eine kleine Bar und diese wiederum über einen billigen Fusel, der mir als echter kasachischer Rum angeboten wird. Bislang war mir nicht bewusst, dass Kasachstan zu den weltweit führenden Rum-Produzenten gehört. Doch das ist mir gerade auch scheißegal. Ich sehe es als Art russisches Roulette an. Möglicherweise ist das Gesöff mit Methanol versetzt. Die Wahrscheinlichkeit, dass ich daran sterbe, ist relativ groß.

Bei der bedrückenden Stimmung in der Hotellounge wäre das sogar ein angemessener Tod. Es ist schmuddelig und düster. Einige einsame Seelen sitzen trostlos auf ihrem Hocker. Ich gehöre auch dazu, reihe mich ein zwischen einer alten abgetakelten Frau an der Theke und einem dicken Mann in einem viel zu kleinen Anzug. Ein Asiate sitzt hinter dem Tresen auf einem Bierkasten und reinigt sich mit einem Fleischmesser die Fingernägel. Wahrscheinlich der Koch des Etablissements. Immerhin ist die Kellnerin ein wahrer Lichtblick. Nicht nur ihre blonden Haare bringen etwas Farbe in die Bude, ihr Lächeln hat etwas Magisches. Sie zwinkert mir zu. Natürlich zwinkert sie mir zu. Wem sonst? Eine schöne Nummer wäre jetzt genau das Richtige, denke ich mir. Die Frau am anderen Ende der Theke wäre sicherlich leichter zu haben. Zumindest leckt sie sich in einer Tour über die Lippen und blickt mich lüstern an. Doch sie wird dafür sicherlich Geld verlangen. Ein Topos der verkehrten Welt. Bei so einer abgetakelten Nutte sollte ich Geld bekommen.

„Da hast du aber ein schönes Hotel", sage ich lächelnd zu der Kellnerin, als sie mir den vierten Rum vor die Nase stellt. Könnte sie die Mutter meiner Söhne werden?

„Das ist nicht mein Hotel", sagt sie trocken. „Und es ist auch nicht wirklich schön", fügt sie hinzu. Ihr niederländischer Akzent macht sie noch interessanter. Der Asiate blickt mich aufmerksam an. Vielleicht ist er ihr Freund. Eher nicht. Er sieht sehr mitgenommen aus.

„Zu welcher Triade gehört ihr denn?", frage ich die Kellnerin und nicke mit dem Kopf in Richtung Asiate. Auch der Witz kommt nur bedingt gut an. Ihr Blick ist ernst.

„Keine Witze!", sagt sie müde. „Wenn du Unterhaltung willst, geh ins Theater, wenn du ficken willst, geh zu der Alten da drüben, wenn du reden willst, sage ich dir, wo die Kirche ist, wenn du weiter still trinken willst, bist du bei mir richtig." Das war ziemlich eindeutig. Offenbar eine Lesbe. Wie könnte sie sonst meinem Charme widerstehen?

Die abgetakelte Frau am anderen Ende der Theke schaut mich an, dann den Asiaten. Er nickt, sie steht auf. Offensichtlich ist er nicht einfach „nur" der Koch. „Lust auf Ficky Ficky?", fragt mich die Frau, die nach ihrem Akzent zu urteilen aus demselben Land stammt wie der Rum und wahrscheinlich auch von ähnlicher Qualität ist. Wenn die Kasachin mit „Ficky Ficky" dasselbe meint wie ich, habe ich grundsätzlich schon Bock. Aber nicht gerade auf sie. Gar nicht auf sie. Dann schon eher auf die Kellnerin, die aber ja offenbar eine Lesbe ist.

„Nö, nö. Lass mal", sage ich freundlich. Das sieht der Asiate offenbar anders. Wütend schimpft er auf die alte Frau ein. Ich bin mir nicht ganz sicher, wie ich mich verhalten soll, denn die Frau steckt gerade ihre pelzige Zunge in mein Ohr. Die Situation wird langsam richtig unangenehm. Der Asiate steht auf, in der Linken das Messer. Er geht auf die Frau zu, nimmt ihren Arm und führt ihre Hand in Richtung Schritt. Wohlgemerkt mein Schritt. Da sich das Messer des Mannes aber in unmittelbarer Nähe meines Armes befindet, traue ich mich nur bedingt, Widerspruch zu leisten. Plötzlich geht die Tür auf. Ein junger Mann tritt hinein und fragt die Kellnerin, ob noch ein Zimmer zu haben sei. Die Stimme kommt mir sehr bekannt vor. Doch ich will sie noch nicht sofort zuordnen. Immerhin rettet mir Christoph mit seiner Anwesenheit den Hintern. Die Frau lässt von mir ab und der Asiate verschwindet in der Küche. Christoph setzt sich neben mich an die Theke. Er bestellt einen Wodka mit einem Energydrink.

„Wie bist du freigekommen?", frage ich ihn. Christoph schaut mich nur mit großen Augen an und dreht sich dann weg. Ich wüsste nicht, warum er sauer auf mich sein sollte.

„Was ist los? Habe ich irgendwas falsch gemacht?" Wieder antwortet er nicht. Vielleicht hat er bei seiner Flucht ein Trauma erlitten und wird nie wieder sprechen können. Das wäre für alle Beteiligten ein Segen.

„Ich weiß, was du vorhast", flüstert er kaum hörbar. Kein Trauma, keine Ruhe.

„So? Was habe ich denn vor?"

„Von mir erfährst du nichts", sagt er, verschränkt die Arme und nickt, um seiner Aussage noch mehr Kraft zu verleihen. Er wirkt dabei genauso überzeugend, wie ein kleiner sechsjähriger Junge, der keine Schokolade mehr bekommt und zur Strafe die Luft anhalten will. Mit dem Unterschied, dass Christoph weiß, dass ich ihn nicht von seinem sicheren Erstickungstod abhalten würde.

„Worüber erfahre ich nichts?", frage ich ihn. Er denkt einen Moment nach.

„Über meine Inhaftierung und meine Zeit in Gewahrsam! Nichts. Nichts werde ich dir verraten"

Gewahrsam? Inhaftierung? Ein weiterer Versuch meines Bruders in irgendeiner Form intelligent zu klingen, scheitert grandios.

„Christoph, du warst vielleicht sechs Stunden länger in Gewahrsam als ich, was kannst du schon anderes erlebt haben?"

„Nichts", sagt er und seine Stimme klingt zwei Oktaven höher als normalerweise. Er verschränkt erneut seine Arme. Dann beginnt er, nervös zu pfeifen. Ich trinke in der Zeit einen weiteren Rum. Mein Sichtfeld ist bereits leicht getrübt.

„Ich nehme noch einen Wodka", flüstert Christoph der Kellnerin zu. Sie versteht ihn nicht. Er hält die Hand so vor den Mund, dass ich seine Lippen nicht sehen kann. Ich weiß nicht genau, was das bringen soll, denn hören kann ich ihn eigentlich ganz gut. Dann macht er mit den Armen eine seltsame Bewegung. Er deutet auf meine Brust und dann auf sein Ohr. Die Kellnerin bringt ihm einen Wodka und guckt mich ein wenig verzweifelt an. Ich zucke nur mit den Schultern. Dann flüstert Christoph ihr irgendetwas ins Ohr. Anscheinend nichts, was mich in einem besonders guten Licht dastehen lässt. Die Frau nimmt mir den Rum wieder ab und schüttet ihn weg. Dann dreht sie sich um und verschwindet in der Küche. Christoph lächelt mich hämisch an und verdreht die Augen.

„1:0 für mich! Und erfahren wirst du nichts."

So langsam weckt er tatsächlich mein Interesse. Was kann der Spinner meinen? Aus jahrelanger Erfahrung weiß ich, dass Schweigen und Ignorieren ihn aus der Reserve locken. Es dauert nur wenige Sekunden und meine Ignoranz zeigt erste Wirkungen.

„Nichts", sagt er plötzlich. „Gar nichts! Ich weiß, was du im Schilde führst!" Ich lächle ihn freundlich an. „Nichts", wiederholt er. Seine Stimme bebt. Jetzt habe ich ihn. Er denkt nach, wartet einen Augenblick. Wütend schlägt er mit der Faust auf den Tisch, dann nimmt er Anlauf und schmeißt sich auf mich. Über seinen Angriff bin ich so überrascht, dass ich mich zunächst nicht wehren kann. Mit einem Ruck zerreißt er mein T-Shirt.

„Wo ist es? Sag mir, wo es ist, du Verräter!" Ich bin total verwirrt, weiß noch immer nicht, was er von mir will. Dann zieht er mir am Ohr und drückt sein Auge gegen meinen Kopf.

„Ich weiß, dass du mit denen unter einer Decke steckst."

Jetzt habe ich die Faxen dicke. Mit einer Geraden kann ich mich befreien. Christoph sackt direkt zu Boden.

„Was willst du von mir, Christoph?", frage ich dezent genervt.

„Ich will wissen, wo das Abhörgerät ist!"

„Was für ein Abhörgerät?"

„Na, das von den Bullen. Jetzt tu nicht so. Ich weiß, dass ihr unter einer Decke steckt. Wieso solltest du sonst so früh entlassen worden sein!"

„Vielleicht konnte ich der Polizei klarmachen, dass ich unschuldig bin?"

„Und warum sollten sie mir nicht glauben?" Ich schaue ihn mir an, wie er in der einen Hand ein Stück meines T-Shirts hält, wie er an der anderen Hand gerade zwei Finger abspreizt, um ein „cooles" Zeichen zu machen.

„Das ist eine sehr gute Frage", sage ich ganz ruhig.

„Und wieso sollten sie uns sonst auf dem Schiff gefolgt sein? Du musst ihnen etwas verraten haben oder wer soll das sonst gewesen sein?" Ganz spontan fällt mir da die Nummer mit der Armbrust und Christophs Hitler-Parodie vor dem älteren Ehepaar ein. Immerhin lässt Christoph von mir ab. Er sieht wohl ein, dass ich kein Abhörgerät bei mir trage.

„Wo ist Albert?", frage ich ihn.

„Das sag' ich dir nicht. Ich kann dir nicht mehr vertrauen. Nie mehr!"

Jetzt fehlt nur noch so etwas wie: „Du bist nicht mehr mein Bruder!", denke ich.

„Du bist nicht mehr mein Bruder!", sagt Christoph. Schade, aber damit kann ich leben. Ich hoffe, er erinnert sich auch noch an den Satz, wenn wir dann wieder vor meiner Wohnung stehen. Ich trinke Christophs kasachischen Wodka. Selbst mit erhöhtem Promille-Gehalt ist er kaum zu ertragen. In meinem Kopf hat ein ganzer Jahrmarkt sämtliche seiner Karussells auf einmal gestartet. Es dreht sich alles. Ich bestelle mir ein Leitungswasser. Christoph schaut mich mit großen Augen an.

„Aha!", ruft er. Der Schrei schmerzt in meinem Kopf.

„Aha was?"

„Da muss wohl jemand einen kühlen Kopf bewahren! Die Frage ist aber doch: warum?"

„Richtig. Warum! Warum bist du bloß so ein selten dämlicher Idiot?"

„Cool, oder?" Er lächelt, macht wieder sein komisches Zeichen und schaut mich erwartungsvoll an. Doch die Bestätigung werde ich ihm nicht geben. Ich entschließe mich, mein Bett aufzusuchen. Es ist spät, ich bin voll und Christoph nervt wie immer. Also ist das Bett die beste Lösung.

„Wo gehst du hin?", fragt mich Christoph skeptisch, als ich aufstehe.

„Ins Bett!"

„Bist du sicher, oder triffst du dich vielleicht noch mit einem Kontaktmann?"

„Du kannst gerne mit raufkommen und dich vergewissern." Christoph lacht.

„Das ist ein billiger Trick. Den hat schon Maxwell Smart angewandt."

Ich habe zwar keine Ahnung, wer Maxwell Smart ist, ich bin mir aber ziemlich sicher, dass es besser ist, weiterhin im Dunkeln zu tappen. Wahrscheinlich ist es auch besser, Christoph nicht mit auf mein Zimmer zu nehmen. An Schlaf wird dann wohl nicht zu denken sein. Soll er doch sehen, wo er bleibt.

Als ich den Aufgang zur Treppe betrete, ruft mich Christoph zurück.

„Was ist?", frage ich und versuche nur genervt zu klingen.

„Ich wollte dir noch etwas sagen", stammelt er. Aha, jetzt kommt wohl endlich die Entschuldigung.

„Ich bin dir nicht böse, Marc. Wir sind doch Brüder. Blut ist dicker als Wasser. Je nachdem was sie mir geboten hätten, hätte ich dich auch verraten." Verständnisvoll breitet er seine Arme aus. Ob dieser Maxwell Smart seinen kleinen Bruder auch mit einem gezielten Kugelschreiber-Stich ins Auge ermordet hat?

Mein Kopf dröhnt und es ist unglaublich warm. Ich bin nass geschwitzt. Ich habe das Gefühl, die Nacht auf einem Hochseedampfer im Sturm verbracht zu haben. Noch immer dreht sich einiges in mir. Unter anderem mein Mageninhalt. Doch am schlimmsten ist dieser unglaubliche Lärm. Warum ist es bloß so laut? Ein kontinuierliches Quietschen. Ich richte mich vorsichtig auf und massiere dabei meine Schläfen. Mein Magensaft schießt mir in den Mund. Ich schlucke ihn wieder runter. Das Quietschen geht mir echt auf die Nerven. Ganz langsam stehe ich auf. Eine eigene Dusche hat der kleine Raum nicht. Ich meine, am Ende des Flures einen Waschraum gesehen zu haben. Wenn ich mir meine körperliche Verfassung so vergegenwärtige, werden die wenigen Meter zu einem wahren Höllentrip. Vielleicht sollte ich den Tag im Bett verbringen, vielleicht tut mir ein wenig frische Luft aber auch gar nicht so schlecht. Ich ziehe mir mein T-Shirt über. Der Rauchgestank verursacht weitere Übelkeitsattacken. Mühsam schleppe ich mich in den Flur. Das Quietschen wird lauter, der Rhythmus schneller und dann ist es ganz plötzlich still. Mein Kopf hämmert immer noch. Dann höre ich Schreie. Böse Schreie. Die Tür auf der anderen Seite des Flurs öffnet sich und die kasachische Frau vom Vorabend tritt schweißgebadet und wutentbrannt heraus. Anscheinend war es in ihrem Zimmer auch so heiß. Sie schaut mich böse an. Vielleicht hat sie tatsächlich einen Idioten gefunden, der bereit war, für sie Geld auszugeben. Sie schubst mich fluchend zur Seite und rennt die Treppe runter. Kopfschüttelnd gehe ich in Richtung Waschraum. Es gibt tatsächlich weder Dusche noch Badewanne. Selbst wenn es eine Badewanne gegeben hätte, hätte ich mich da wohl eher nicht reingesetzt. Einige Spritzer kaltes Wasser im Gesicht helfen zwar nicht wirklich gegen den Kater, aber irgendwie habe ich das Gefühl, etwas für mich getan zu haben. Ich schleiche zurück in den Flur. Auf dem Gang treffe ich Christoph, der gerade ein Zimmer verlässt. Es befindet sich direkt gegenüber von meinem. Ich nicke ihm zu. Er grinst etwas verschwörerisch, sagt aber keinen Ton. Er wirkt seltsam eingeschüchtert. So schlimm habe ich ihn doch gar nicht behandelt. In meinem Zimmer herrscht ein seltsames Chaos. Ich muss sehr betrunken gewesen sein, denn ich kann mich nicht erinnern, sämtliche Klamotten so auf dem Boden verteilt zu haben, dass von ihm relativ wenig zu sehen ist. Unter dem Bett finde ich meine Hose, meine Socken hängen an einem Lampenschirm und mein Pullover liegt vor dem Fenster. Doch nicht die Suche ist der Grund für die rekordverdächtige Dauer meines Ankleidens. Vor allem die Socken machen mir heute wirklich zu schaffen. Sobald ich mich runterbeuge, merke ich, wie der kasachische Rum sich nach oben bewegt. Auch im Sitzen fällt es mir nicht wesentlich leichter. Nach zwanzig Minuten bin ich dann doch so weit.

Es ist nass und kalt in Roermond und die Straßen sind wie leer gefegt. Die frische Luft tut mir aber gut. So gut, dass ich darüber nachdenke, zu frühstücken. Ich finde ein kleines nettes Bistro, das Frühstück anbietet. Auch von innen macht es einen ganz netten Eindruck, vor allem die Kellnerin. Sie ist noch sehr jung, vielleicht gerade zwanzig. Doch sie sollte bereits einen „Spielerpass" besitzen und damit auch legal ein potentielles Opfer meiner unglaublichen Gier sein. Lächelnd bringt sie mir erst die Karte, dann einen Kaffee und wenige Minuten später einen Teller mit Rührei und Aufschnitt sowie einen Korb mit verschiedenem Gebäck. Die Nahrungsaufnahme klappt erstaunlich gut. Vor allem habe ich das Gefühl, dass sich das Essen längerfristig in meinem Magen einnistet. Nach der zweiten Tasse Kaffee geht es mir deutlich besser. Ich schaue mich um. An einem kleinen Tisch fällt mir ein dicker schwarzer Mann ins Auge, der eine auffällige blonde Haarpracht trägt. Die Haare sind ein wenig verfilzt und zu einem Zopf gebunden. Immer wieder lugt er über die Zeitung, die er viel zu nah ans Gesicht hält. Ich schaue mich nach einer versteckten Kamera um, kann aber keine entdecken. Egal was oder wer dieser Mensch auch ist, er ist auf keinen Fall unauffällig. Als ich mich zurückdrehe, sitzt Christoph direkt vor meiner Nase. Ich erschrecke mich, doch das werde ich vor ihm niemals zugeben.

„Wo kommst du denn her?", frage ich.

„Vom Hotel!"

„Das ist mir klar. Woher wusstest du, dass ich hier bin?" Er überlegt.

„Ich habe dich von draußen gesehen."

„Willst du etwas frühstücken?"

„Gerne!", antwortet er, reißt mir die Gabel aus der Hand und macht sich sofort über mein Rührei her. Ich bestelle bei der hübschen Kellnerin ein weiteres Frühstück.

„Was ist mit Albert?" Wie auf Knopfdruck unterbricht Christoph seinen kulinarischen Schmaus und blickt mich verstört an.

„Fängst du schon wieder an?"

„Womit?"

„Mit dem Verhör!"

„Ach Quatsch. Er ist dein Freund. Also was ist jetzt mit ihm?"

Christoph guckt sich gespannt um, als warte er auf ein Zeichen, dann dreht er sich zurück und wackelt komisch mit der Hand. Ich verstehe ihn nicht. Soll ich irgendwas hochheben? Nur was?

„Das T-Shirt", hilft mir Christoph auf die Sprünge.

Das gibt es gar nicht. Er glaubt noch immer an das Abhörgerät.

„Dann halt nicht", sage ich. Ich werde den Teufel tun und mein T-Shirt hochheben. Also esse ich in Seelenruhe weiter. Was geht mich auch dieser Albert an?

„Christoph, reich mir mal ein Hörnchen!", fordere ich ihn auf. Er bekommt mit einem Mal ganz große Augen, springt auf, rennt zur Theke, spricht die Kellnerin an und reißt ihr schließlich den Papierblock mitsamt einem roten Stift aus der Hand. Total aufgedreht kehrt er zurück.

„Sag das nochmal!", schreit er.

„Was soll ich noch mal sagen?"

„Das mit dem Hörnchen."

„Hörnchen? Ich hab dich gebeten, mir ein Hörnchen zu reichen."

„Das ist gut. Sehr sehr gut." Er nickt, leckt den Filzstift an und notiert sich etwas. Auf seiner Zunge befindet sich ein schwarzer Strich.

Verzweifelt versuche ich zu erahnen, welche verschlüsselte Botschaft ich ihm gerade zu Teil habe werden lassen. Vergeblich. Vielleicht sollte ich mich lieber auf mein Rührei konzentrieren. Das Hörnchen bekomme ich wohl vorerst nicht mehr. Außerdem würde Christoph in einem unachtsamen Moment mein Ei bestimmt auch noch verputzen.

„Kannst du bezahlen?", fragt Christoph. „Ich hab kein Geld dabei." Eigentlich bin ich noch ziemlich sauer auf meinen gestörten Bruder, doch wenn ich ehrlich bin, habe ich ein wenig Angst, Nein zu sagen. Immerhin hat er ein Brotmesser in der Hand und hält mich zudem für einen Verräter. Darum nicke ich nur. Keine Minute später bereue ich es schon wieder. Christoph hat sich ein Filetsteak mit einer großen Portion Pommes frites bestellt. Ich bin von seinem Magen beeindruckt, hat er doch gerade zwei Portionen Frühstück verdrückt. Ein Steak, zwei Waffeln und ein Vanilleeis später scheint er vorerst satt zu sein. Mit einem unglaublichen Maß an Ekel habe ich ihm beim Essen zugeschaut. Nicht nur, dass er Unmengen in sich hineinschaufelt, es ist die Art wie und vor allem in welcher Kombination er Nahrung zu sich nimmt. Ein Bockwürstchen mit Marmelade oder Camembert in O-Saft getunkt sind noch die harmlosesten Ess-Kompositionen.

„Wo ist dein Geld hin?", frage ich ihn. „Hat die Polizei es dir abgenommen?"

„Ich hatte ja nur noch 100", antwortet er.

„Und?", fordere ich ihn auf.

„Und was?", fragt er mich verdutzt.

„Was ist mit den 100 Euro?"

„50 wollte die Frau aus dem Hotel haben."

„Welche Frau?", frage ich interessiert. Christoph macht große Augen. Mir fällt die kasachische Nutte ein. Er scheint meine Gedanken zu lesen. Seine Lippen formen sich zu einem Lächeln. Er hat doch nicht? Ich kann nur hoffen, dass er wenigstens ein Kondom benutzt hat. Ich will nicht, dass er mit dem Kind der kasachischen Nutte die 100.000 einstreicht. Das wäre ja noch schöner.

„Neidisch?", fragt er mich und meint es tatsächlich ernst.

„Und die anderen 50?", will ich wissen. Christoph guckt mir skeptisch in die Augen.

„Es gab nur 50", sagt er eindeutig zu schnell und dreht sich ein wenig zu unauffällig zu dem dicken Mann am anderen Ende des Bistros um. Der nickt ebenso unauffällig. Ich kann es nicht glauben, aber Christoph hat offenbar einen miserablen Privatdetektiv auf mich angesetzt.

Rupert

So langsam wächst die pure Verzweiflung in mir. Es kann doch wirklich nicht so schwer sein, eine neue Freundin zu finden, beziehungsweise Anne zurückzuerobern. Die Prämie ist ja schön und gut und ich bin wirklich gewillt, meiner debilen Oma diesen möglicherweise letzten Wunsch zu erfüllen, doch zwangsläufig gehört da auch eine Mutter zu. Und die Suche fällt mir erschreckend schwer. Eine Idee wäre vielleicht auch eine Adoption. Doch wohin mit dem Balg, wenn ich im kommenden Sommer nach Mallorca fahre? Malte hat mich unfreiwillig auf eine Idee gebracht. Unfreiwillig, weil Malte ein so schmieriger, fieser Typ ist, dass ich niemals öffentlich zugeben würde, eine Idee von ihm aufgeschnappt zu haben. Er gehört zum erweiterten Freundeskreis. Zumindest sagt er das so. Ich würde ihn nicht als Freund bezeichnen. Er ist für mich einfach Malte. Jedenfalls hat Malte eine ganz nette Freundin. Nicht besonders hübsch, aber eigentlich ganz nett. Natürlich frage ich mich, warum er und ich nicht. Er ist bestimmt nicht treu, wie gesagt ziemlich schmierig und besonders intelligent scheint er mir auch nicht zu sein. Aber Malte hat etwas, das ich nicht habe. Er hat einen Hund. Und ich bin mir ziemlich sicher, da liegt der Hund (nicht Maltes) begraben. Ein Hund. Das ist überhaupt die Lösung. Frauen stehen auf Hunde und manchmal auch auf ihre Halter. Zudem kann ich durch den kleinen Racker vielleicht in die Vaterrolle hineinwachsen. Ich kann mir nicht vorstellen, dass es große Unterschiede zwischen einem Welpen und einem Baby geben kann. Da ich selber momentan aber besonders eingespannt bin, das neue FIFA Soccer ist schließlich am Donnerstag für die Playstation erschienen, habe ich meinen Bruder damit beauftragt, mir einen Hund zu besorgen. Ich habe Christoph 50 Euro in die Hand gedrückt und gesagt, er solle mir etwas Schönes kaufen. Eigentlich eine gute Idee. Doch ich habe den starken Drogenkonsum meines Bruders definitiv falsch eingeschätzt. Ich hätte natürlich darauf kommen können, dass er unter „etwas Schönem" vier Hochglanz-Pornohefte und ein Sixpack Bier verstehen würde. Er ist mit der Ausbeute ziemlich glücklich. Ich nicht. Denn von dem Geld ist nicht viel übrig geblieben. Ich weiß nicht, was ein Hund kostet. Wahrscheinlich gibt es für 50 Euro kein besonders schönes Exemplar, für 3,58 Euro wird es wahrscheinlich nur noch einen dreibeinigen, blinden Dackel mit Husten und Darmbakterien geben. Und tatsächlich hat Christoph für das restliche Geld einen Hund erstanden. Oder zumindest etwas Ähnliches. Er hat ihn aus dem Tierheim und der Köter hat bislang noch gar nichts gekostet. Das ist auch alles andere als verwunderlich. Christoph hat sich offenbar auch das letzte bisschen Geschmack weggeraucht und ein besonders hässliches Exemplar ausgesucht. Ich hatte an einen schönen Schäferhund, einen Labrador oder vielleicht einen Boxer gedacht. Dieser Hund ist ein ... schwarzes Etwas. Schön ist anders. Er ist klein, ganz mager und hat riesengroße Glupschaugen. Ein Vampir-ähnlicher Zahn schiebt sich vom Unterkiefer hinauf und berührt ganz leicht seine Schnauze. Mit diesem Beißer kann er sich bestimmt selbst in der Nase bohren. Zum Glück, denn seine Pfoten kann er dazu nicht gebrauchen. Sie sind überdimensional groß. Zu groß. Am Schlimmsten sind aber die Ohren. Eins steht ab, eins fällt vorne über. Zu allem Überfluss kläfft dieses Vieh alles an, was sich bewegt. Da ich gerade mit meinem Auge geblinzelt habe, bellt er auch mich an.

„Ist er nicht süß?", fragt mein Bruder und ich überlege für einen Moment, ob ich ihm einfach eine verpassen soll oder mitsamt dem Hund ins Tierheim zurückschicke.

„Was ist an dieser Töle süß?", will ich wirklich wissen.

„Guck dir mal die Augen an", sagt er und legt stolz den Kopf zur Seite, als hätte er seine eigenen Gene weitergegeben. Darüber will ich mir lieber keine Gedanken machen. Zumal der Hund gerade für diese ekelhaften Augen einen Waffenschein braucht. Das kann Christoph nicht ernst meinen. Klar, er steht unter Drogen. Wahrscheinlich mehr, als mir bewusst ist. Die tischtennisballgroßen Glupscher sind auf dem tennisballgroßen Kopf völlig deplatziert. Ich habe ein wenig Angst, dass sie mich anfallen. Wieder kläfft mich das Vieh an. Na klasse, nun bin ich stolzer Besitzer eines hässlichen, kläffenden Dreckshundes. Wie soll ich mit diesem Vieh Frauen aufreißen?

Allein für diese Nummer hasse ich meinen Bruder ein Stück mehr, als ich es sowieso schon tue. Meinen Bruder und diesen Hund, der streng genommen gar nichts dafür kann. Ich bin mir nicht sicher, ob Christoph mir einen Streich spielen will oder wirklich so zugekifft ist, dass er diesen Hund für die Offenbarung hält. Weil mir gerade nichts anderes einfällt, nenne ich ihn Rupert. Ein passender Name für so ein hässliches Tier, finde ich. Wenn er nur auf diesen hören würde. Ich setze Rupert in die Ecke und widme mich wieder der Playstation. Auf den Hund kann ich mich später noch konzentrieren. Ein komisches Geräusch unterbricht jäh meine Spiellaune. Rupert frisst gerade Christophs Ledertasche. Das geschieht dem Vollidioten recht. Ich blicke zurück auf den Bildschirm. Der vom Computer gesteuerte Gegner ist verdammt stark und schießt ein Tor gegen mich. Als würde mich das nicht schon genug anpissen, springt Rupert auf den kleinen Rauchtisch und guckt mich an. Grinst diese hässliche Töle? Können Hunde grinsen? Plötzlich fällt mir ein unglaublicher Gestank auf. Ich drehe mich um. Rupert ist nicht nur schrecklich hässlich, er ist offenbar auch nicht stubenrein und hat anscheinend enorme Verdauungsprobleme. Ein hellbraunes Rinnsal läuft über meine verbliebenen Uni-Scheine. Ich schaue Rupert an. Der Drecksderl grinst wirklich. Ich blicke zum Fenster, auf Rupert, zum Fenster. Dann springe ich auf, packe Rupert, renne zum Fenster und schmeiße ihn ... nicht raus. Ich bin ja kein Tierquäler. Warum eigentlich nicht? Würde sich auf meinem Singlebörsenprofil gar nicht schlecht machen. Marc Wagner, tierquälender, arbeitsloser Langzeitstudent sucht alleinerziehende Mutter. Hmmm, Rupert wird wohl doch überleben. Aber ich schenke ihm für den Bruchteil einer Sekunde das Gefühl vom freien Fall. Ich hole ihn wieder rein und lasse ihn etwas unvorsichtig auf den Boden fallen. Rupert ist unbeeindruckt. Er tapst fröhlich zu den Scheinen, grinst mich wieder an und läuft mitten durch. Ich gehe zurück zur Playstation. Ich habe vergessen, die Pause-Taste zu drücken. Na toll, jetzt habe ich verloren, verlieren mag ich nicht. Und das alles nur wegen Rupert. Drecksvieh. Nachdenklich blicke ich ihn und dann erneut das Fenster an.

Es ist früher Abend. Rupert lebt noch. Dank dieses kleinen Scheißers ist meine Wohnung innerhalb weniger Stunden komplett mit Zeitung ausgelegt. Erst jetzt fällt mir auf, dass ich noch gar nicht mit ihm draußen war. Ich gebe zu, darauf hätte ich früher kommen können. Christoph hat irgendwo ein Halsband und eine Leine besorgt. Die Leine ist in Tarnfarben, das Halsband ist Rosa. Mit falschen Diamanten steht „Daisy" auf dem Leder. Ich frage lieber gar nicht erst, wie er da rangekommen ist. Dafür frage ich mich, ob Rupert etwas gegen das rosa Halsband hat. Doch damit muss er jetzt klarkommen. Ich leine ihn also an und gehe endlich auf die Jagd. Rupert zieht wie ein Verrückter. Es ist schon erstaunlich, wie viel Kraft dieser kleine Racker aufbringen kann. Doch das ändert auch nichts an seinem Aussehen. Die Rheinpromenade ist voll von Leuten. Sie sonnen sich, gehen spazieren, ein Eis essen oder mit ihrem Hund Gassi. So wie ich. Doch ich kann mich noch nicht richtig mit ihm identifizieren. Ein kleines dickes Mädchen mit einem Eis kommt mir entgegen. Es guckt Rupert an, dann mich, dann wieder Rupert und fängt an zu lachen. Ich überlege, wie sich ihr Eis in ihrem Haar machen würde. Vielleicht schenke ich ihr einfach einen Spiegel, das wäre sicherlich Strafe genug. Rupert interessiert das herzlich wenig. Er scheißt gerade zum dritten Mal. Wieder dünn. Ich wundere mich, wie viel Stuhl eine Ledertasche, ein paar Unischeine und ein halber Pizzakarton verursachen. Eine junge Frau kommt auf Inlinern an mir vorbei und dreht sich tatsächlich um. Ich weiß nicht, ob nach mir oder nach Rupert. Ihrem süffisanten Lächeln nach zu urteilen, eher nach dem fiesen Hund. In mein gedankliches Notizbuch schreibe ich eine Erinnerung: Rasse des Drecksviehs googlen! Immerhin lenkt er die Aufmerksamkeit auf mich. Nahezu jedes Kind dreht sich um, wenn ich mit Rupert vorbeikomme und auch die eine oder andere Frau nimmt mich wahr. Eine kommt mir entgegen und bleibt sogar stehen. Blond, gut gebaut. Sie passt zu mir. Sie sähe gut neben mir aus. Sie spricht mich an.

„Was ist das für einer?"

Für einen kurzen Moment denke ich darüber nach, einen Witz über meinen Penis zu machen, doch das ist vielleicht nicht die geeignete Basis für eine langfristige Beziehung. Ich will nicht eines Tages auf die Frage „So ein tolles Paar. Wie haben Sie sich kennengelernt?" mit dem Satz „Ich habe einen Witz über meinen Penis gemacht" antworten müssen. Dann schon lieber „Ich habe einen hässlichen Hund gekauft, um die Baby-Prämie meiner Oma einzustreichen".

„Tja, wenn ich das mal wüsste. Kein besonders hübscher."

Sie lächelt mich an. „Das stimmt. Hübsch ist er nicht. Dabei sagt man doch immer: wie das Herrchen so der Hund. Das passt aber gar nicht."

Bingo, denke ich mir. Vielleicht ist Rupert doch nicht so schlecht und ich denke darüber nach, ihn zu befördern und ihn dann vielleicht Silvio zu nennen. Ich schmunzele, als ich mir den Namen noch einmal durch den Kopf gehen lasse. Wir vertiefen uns in ein kleines Gespräch. Die junge, hübsche Frau, deren Namen ich allerdings noch nicht kenne, will meine Nummer haben. Ich gebe sie ihr und wir verabreden uns für diesen Abend. Auf meine Frage, ob wir nicht irgendwo tanzen gehen sollen, weist sie mich freundlicherweise auf meinen neusten Familienzuwachs hin. Ob der Hund denn schon alleine bleiben könne. Guter Gedanke, gutes Ergebnis. Sie erklärt sich bereit, zu mir zukommen. Langsam freunde ich mich mit einer nützlichen Verwendung dieses Vierbeiners an. Sie lächelt. Dann dreht sich die junge Frau um und geht. Nach wenigen Metern hält sie inne und wendet sich mir zu: „Ich hoffe, das kannst du aber besser als dein hässlicher Hund."

Ich schaue nach Rupert. Er vergewaltigt gerade eine Plastiktüte, die er irgendwo gefunden hat, und sieht dabei noch hässlicher aus als sonst. Ich habe den Eindruck, sein Zahn bohrt sich durch die Nase hindurch. Doch für genauere Studien habe ich keine Zeit. Ich muss aufräumen. Schließlich kommt heute noch eine junge Frau vorbei, deren Name ich noch immer nicht kenne.

Ein fieser Gestank macht sich in meiner Wohnung breit. Rupert hat es sich auf dem Wohnzimmerteppich gemütlich gemacht. Allerdings hege ich den Verdacht, dass es sich bei dieser besonderen Duftnote nicht nur um die Exkremente dieses wunderbaren Hundes handelt. Da steckt noch mehr dahinter. Ich mache mich auf die Suche. Ausgerechnet in meiner Wohlfühl-Oase werde ich fündig. Vom Fußboden meines Badezimmers schauen mich gleich fünfzehneinhalb tote Fischaugen an. (Ein halbes Auge klebt am Boden fest.) Offensichtlich war Christoph angeln. Vermutlich hat er sowohl die Nachmittagsbeschäftigung als auch den neuen Aufenthaltsort der Fische bereits wieder vergessen. Von ihm fehlt nämlich jede Spur. Er ist einfach ein Vollidiot. Ich versuche, mit ein wenig Deo den Gestank zu bekämpfen. Schließlich sind es zwei Flaschen, die ich benötige, um den penetranten Fisch-Geruch loszuwerden. Dann will ich Christoph anrufen. Er soll die Fische verschwinden lassen. Wie, ist mir egal. Und wenn er sie roh isst, bis er kotzt. Christoph geht nicht an sein Handy. Hätte mich auch gewundert. Über ihn sollte ich mir nun wirklich keine Gedanken machen, denn viel Zeit zum Aufräumen bleibt mir nicht mehr. Ich schmeiße einfach alles, das weder mit Hundeexkrementen noch mit Fischaugen zu tun hat, in meinen Kleiderschrank. Auch Rupert. Nach fünf Minuten habe ich Mitleid und lasse ihn wieder raus. Eigentlich habe ich viel mehr Angst, dass das Vieh mir auf meine Hosen kackt. Er grinst mich an. Warum grinst er jetzt schon wieder? Also mache ich die Schranktür noch mal auf und vergewissere mich, dass er nicht wirklich in meinen Schrank gekackt hat. Ich finde nichts. Der penetrante Fischgestank wird wieder schlimmer. Ich würde die Fische ja gerne in meinem Tiefkühlfach verstauen, doch das ist bereits voll. In der wahnwitzigen Idee neue Eissorten zu kreieren, hat Christoph das ganze Tiefkühlfach in Beschlag genommen. Vor drei Jahren. Auf Genussergüsse wie Leberwurst-, Kartoffelpüree- oder Spargelcreme-Eis hat er laut eigener Aussage zurzeit wirklich keinen Bock. Kann ich verstehen. Doch trennen kann er sich von seiner Idee auch nicht. Ich habe Angst, dass er einen Heulkrampf bekommt und seinen Kopf gegen die Wand schlägt, wenn ich seine Kreationen wegschmeiße. Also bleiben sie da wo sie sind. Vielleicht kommt ja demnächst noch Rupert-Eis hinzu. Der soll bloß weiter so grinsen. Also landen Fische und die Zeitungen auf dem Balkon. Mir bleibt noch eine gute Stunde Zeit, um für ein wenig Romantik zu sorgen. Frauen stehen auf Romantik. Das weiß ich. Eine Kerze ist ziemlich romantisch, glaube ich zumindest. Also stelle ich eine im Wohnzimmer auf. Sie ist ziemlich einsam, aber sie ist die einzige, die ich besitze. Ich glaube, ich habe sie vor ein paar Jahren an Weihnachten als Geschenk gekauft und dann doch vergessen. Sie stinkt nach Honig. Honig und Fisch ist übrigens keine besonders angenehme Kombination. Zumindest in der Nase. Also lüfte ich ein weiteres Mal. Ich öffne die Balkontür. Ich gehe zurück zum Wohnzimmertisch und begutachte die Kerze. Sie sieht aus wie ein orangener Engel. Ich für meinen Teil finde sie jetzt nicht so wirklich romantisch. Ich bin aber auch ein Mann. Frauen finden Kerzen romantisch, Männer finden einen Heiratsantrag im FC-Stadion romantisch. Coole Idee. Ich nehme mir einen Block und notiere: „Hochzeit im FC-Stadion." Damit kriege ich doch bestimmt jede Frau zum „Ja". Anne auch? Ich glaube, momentan ist noch nicht der richtige Zeitpunkt, sie zu fragen. Vielleicht sollte ich den komischen Engel doch wegstellen? Ich lasse ihn stehen. Der Fischgestank geht mir langsam echt auf die Nerven. Er ist wieder stärker geworden. Ein Schmatzen. Ich drehe mich um. Rupert hat die Gunst der Stunde genutzt und sich gleich vier Fische auf einmal unter den Nagel gerissen. Auch den mit dem halben Auge. Er ist nicht nur hässlich und inkontinent, er ist auch eklig. Er lässt kurz von den Fischen ab, um sich am Arsch zu schnüffeln. Ich sehe, wie er abwägt, was ihn gerade mehr reizt. Er entscheidet sich für den Fisch, um sich dann doch nochmal am Arsch zu riechen. Jetzt reicht's mir. Rupert verbringt die nächsten Stunden auf dem Balkon. Soll er doch an einer Fischvergiftung sterben. Ich versuche es noch einmal mit dem Deo, doch der üble Geruch bleibt. Mittlerweile werde ich das Gefühl nicht los, dass der Gestank aus meinem Schlafzimmer kommt. Je näher ich dem Raum komme, umso schlimmer wird es. Ein komisches Röcheln lässt mich aufhorchen. Ich öffne die Tür. Christoph liegt mitsamt Angeloutfit in meinem Bett und schläft. Rupert steigt plötzlich in meiner Gunst. Ab jetzt heißt er Christoph für mich und Christoph Silvio oder noch besser Rupert.

Ich bin den Gestank nicht losgeworden. Dafür Christoph oder Rupert, eigentlich beide. Rupert, formerly known as Christoph habe ich rausgeschmissen und mit dem sicheren Tod gedroht, falls er vorhat, innerhalb der nächsten acht Stunden nach Hause zu kommen. Christoph alias Rupert darf sich in der ein Quadratmeter großen Kammer austoben. Alles, was mir fressbar erschien, habe ich vorsichtshalber auf das oberste Regalfach gestellt. Ein Hund frisst doch keinen Staubsauger, oder?

  Obwohl mein Schlafzimmerfenster sperrangelweit offen steht und ich den letzten Rest Deo aus der Dose gepresst habe, werde ich den Fischgestank nicht los. Ich muss umdenken und das schnell. Die junge, hübsche Frau wird in wenigen Minuten da sein. Wenn Christoph mein Zimmer versaut hat, wieso sollte ich dann nicht sein Zimmer „benutzen". Ich öffne die Tür und komme augenblicklich vom Regen in die Traufe. Hier stinkt es nicht nach Fisch, aber trotzdem bestialisch. Irgendwie süßlich. Eine wunderbare Auswahl bietet sich mir: Entweder ich locke die junge Frau in die Kajüte eines Hochseeanglers oder in die Höhle eines Messis. Mir wird schlecht, wenn ich daran denke, dass ich mit Christoph (oder Rupert) mitsamt seiner Insekten, Wanzen und Maden unter einem Dach wohne. Hier werde ich heute nicht erfolgreich, das steht fest. Das große Finale des Abends findet also in der Wohnzimmer-Arena statt. Und da sich Christoph in einem Sex-Kino gerade den neusten Film von Whoreny Daisy reinzieht und Rupert aus rein pädagogischen Gründen die stille Kammer aufsucht, wird das Endspiel vor leeren Rängen stattfinden. Bevor ich mich unter die Dusche stelle, werfe ich einen letzten Blick ins Wohnzimmer. Die einsame Kerze sieht ziemlich verloren aus. Ich würde gerne eine Pflanze hinstellen, doch die einzigen Pflanzen, die diese Wohnung je gesehen hat, hat Christoph gezüchtet und ihr Anbau ist nach dem Bundesgesetzbuch illegal. Da ich von der jungen Frau weder Namen noch Beruf kenne, wäre mir das ein wenig zu heikel. Bei meinem Glück stellt sie sich als Drogenfahnderin heraus, die uns seit Wochen observiert und jetzt zuschlagen will. Also lasse ich Pflanzen Pflanzen und Kerze Kerze sein und verschwinde unter die Dusche. Neulich ist mir aufgefallen, dass ich hier die besten Einfälle habe. Wahre Geistesblitze schießen mir dann immer in den Kopf. So ist mir vor kurzem die Idee gekommen, Christoph zu erzählen, dass man in Venezuela mit dem Drogenhandel das ganz große Geld verdienen kann.

Schon als ich die Kombination „Venezuela, Drogen und Geld" ausgesprochen hatte, hatte Christoph seine neuste Idee mit einer Imitations-TV-Sendung „on air" zu gehen, über den Haufen geworfen. Er will jetzt nach Venezuela auswandern. Damit schlage ich zwei Fliegen mit einer Klappe. Zum einen bin ich die Nervensäge vorerst los, zum anderen wäre er weit weg und damit außer Reichweite des „Kindergeldes" meiner Oma. Das Problem ist, besorge ich dem Kerl nicht das Ticket, hat er spätestens im Reisebüro wieder vergessen, wo er eigentlich hinwollte. Da wird aus Venezuela ganz schnell Venedig. Das ist mir definitiv zu nah. Denn findet er raus, dass man in Venedig eher schlecht mit Drogen Geld machen kann und die Straßen sich von unseren in der Konsistenz deutlich unterscheiden, ist der Vogel in Nullkommanichts wieder hier. Wahrscheinlich stolpert er in Italien über ein Eisgeschäft und entwickelt auf dem Rückweg ganz neue Eiskreationen. Auch heute erreicht mich ein wahrer Geistesblitz unter der Dusche. Ich kenne noch immer nicht den Namen der jungen Frau, was unter Umständen zu einem peinlichen Moment der Stille führen könnte. Ich kann mich beim besten Willen nicht erinnern. Meinen Namen hat sie, sonst hätte sie ja nicht meine Nummer abspeichern können. Ich stelle die Dusche ab und mache sie wieder an, weil ich hoffe, dass mir die Dusche im zweiten Anlauf die erhoffte Antwort bringt. Tut sie aber nicht. Ich trockne mich ab und sehe auf der Ablage meine Kladde. Gerade als ich die Worte: „unbedingt am Namensgedächtnis arbeiten", aufschreiben will, fällt mir auf, dass ich Christophs Kladde in der Hand halte. Er hat die gleiche Angewohnheit wie ich. Nur das in seiner Kladde ausschließlich zusammenhangloser Schwachsinn steht. Ich schlage willkürlich eine Seite auf: *Wasser, Saccharose, Glucose, Säureregulator Natriumcitrate, Kohlensäure, Taurin (0,4 %), Glucuronolacton (0,24 %), Koffein (0,03 %), Inosit, Vitamine (Niacin, Pantothensäure, B6, B12), Aroma, Farbstoffe. Ersetze 0,03% Koffein durch 0,3% Koffein und füge ein wenig* $C_{17}H_{21}NO_4$ *hinzu.*

Ich habe nicht die leiseste Ahnung was das zu bedeuten hat, aber sicher nichts Gutes. Ich würde sehr gerne die letzte Formel googlen, weil sie mir irgendwie bekannt vorkommt. Auf der Ablage stehen

verschiedene kleine Döschen mit verschiedenen Pulvern und Substanzen. In einem Sektglas befindet sich eine gelbliche Flüssigkeit. Es riecht verdächtig nach einem koffeinhaltigen Energydrink. Probieren will ich es lieber nicht. Keine Ahnung, was Christoph da zusammengemischt hat. Ich schlage eine weitere Seite auf:
RUPERT-EIS!!!
Der Dreckskerl hat meine Idee geklaut. Wütend schlage ich das Buch zu. Es klingelt. Ich schmeiße mir meinen weißen Frottee-Bademantel über, verstaue die Döschen in einer Schublade, nehme das Sektglas, ziehe mir meine goldene Armbanduhr an und renne zur Tür. Aus Angst vor Stalkern, Spionen oder Schläfern hat Christoph schon vor Jahren den Tür-Spion ausgebaut, ein Foto von David Hasselhoff in Kleinstarbeit hinein gefriemelt und das Loch wieder mit einer kleinen Glasplatte versehen. Er beömmelt sich jedes Mal aufs Neue, wenn es klingelt und ein vermeintlicher Michael Knight vor der Tür steht. Ganz spontan wächst das Verlangen in mir, Christoph noch einmal über die Vorteile Venezuelas aufzuklären. Vielleicht sage ich direkt Ecuador. Die Chance, dass er dann am Äquator landet, ist zwar relativ groß, aber der ist je nachdem auch noch weit genug entfernt. Ich öffne die Tür. Eine hübsche junge Frau steht mir gegenüber. Sie sieht noch besser aus als heute Mittag. Würde sie doch bloß lächeln. Doch sie schaut etwas skeptisch erst auf meinen Bademantel, dann auf meine goldene Armbanduhr und schließlich auf das Sektglas. Es ist peinlich still. Dann sagt sie: „Hallo Marc", und betont den Namen so, als wolle sie mich testen, ob ich ihren Namen kenne. Jetzt habe ich den Salat. Ich versuche, die Situation cool zu retten. Mehr als ein Augenzwinkern, eine coole Schnute und die überaus intelligenten Worte: „Hi Baby", wollen mir aber nicht gelingen. Mir fällt auf, dass ich mich selten dämlich anstelle und dazu auch noch wie der letzte notgeile Bock aussehen muss. Mir fehlt nur das Goldkettchen um den Hals und die nach hinten gegelten Haare. Wobei meine nassen Haare sicherlich so wirken müssen. Schließlich ist es das Mädchen, das die Situation rettet. Unfreiwillig. Sie blickt wieder auf das Sektglas, fragt, ob es für sie sei, nimmt es mir aus der Hand und trinkt es in einem Zug leer. Es ist erstaunlich schwer, ein Lachen zu unterdrü-

cken, doch irgendwie gelingt es mir. Dafür tut mir nun die Wange weh, auf die ich extrem feste gebissen habe. Das Mädel verzieht kurz das Gesicht, drückt mir das Glas zurück in die Hand und geht selbstsicher an mir vorbei.

„Gab es bei dir heute Fisch?", fragt sie mich und guckt mich etwas schief an.

Ich denke einen Moment nach.

„Fischstäbchen", sage ich schnell und wundere mich über meine eigene katastrophale Kreativität.

„Sollen wir feiern?", fragt sie wie aus dem Nichts und beginnt etwas seltsam zu tanzen. Langsam mache ich mir ein wenig Sorgen. Sie ist irgendwie abgespaced. Vielleicht nimmt sie Drogen. Ich weiß es nicht, aber sie scheint voll drauf zu sein. Sie ist der erste Mensch, der auf Roxettes „It must have been love" einen perfekten Charleston tanzen kann. Obwohl diese Darbietung mehr als abstrus ist, gefällt sie mir nach wie vor. Sie hat wirklich einen Top-Körper. Ich nehme sie an die Hand. Sie lässt sich nur sehr schwer von ihrem Tanz abringen.

„Hey, bei dir ist es voll schön. Ich finde es hier richtig wohnlich, einfach schön. Wir können ja mal eine Riesen-Party hier feiern, ein paar Freunde einladen, weißt du. Ich habe viele Freunde, du auch? Das wäre doch super. Da vorne auf dem Tisch könnten wir verschiedene Cocktails mischen", sagt sie in einem solchen Höllentempo, dass meine Ohren auf Durchzug stehen. Sie erinnert mich an die kleine „Damals im Ferienlager"-Tante aus einem amerikanischen Slapstick-Film. Ich ziehe sie auf die Couch. Sie redet in einer Tour. An der Rheinpromenade kam sie mir nicht so redselig vor. Ich muss das Geplapper stoppen und schiebe ihr meine Zunge in den Mund. Das wirkt. Sie ist ziemlich still, doch dafür tanzt ihre Zunge in meinem Rachen einen wahren Mandel-Tango. Ich wäge ab, was schlimmer ist: Vor lauter Geplapper einen Tinnitus oder ein Schleudertrauma vom Knutschen zu bekommen. Ich ziehe das Schleudertrauma dem Tinnitus vor. Mit meiner rechten Hand streichle ich ihr übers Gesicht, berühre vorsichtig ihren Hals. Ihr Puls ist erschreckend hoch. Ich fühle ihn an meiner Brust, gegen die ihr Bauch im regelmäßigen Tempo schlägt. Sie sollte unbedingt einen Kardiologen aufsuchen. Plötzlich springt sie auf, reißt sich erst ihre und dann meine Klamotten vom Leib und setzt sich wieder auf mich. Irgendwie bin ich ein wenig enttäuscht. Ich habe mir soviel Mühe mit der Kerze und der Roxette-CD gemacht und sie beachtet das gar nicht. Doch der Sex entschädigt. Sie ist wild. Ich kann mich nicht erinnern, wann ich das letzte Mal so wilden Sex hatte. Entweder es war die kleine Argentinierin, die ich auf dem Klo einer Disco auf Malle geknallt habe oder die Asiatin bei der Thai-Massage in Köln. Ich muss schmunzeln. Anne lag damals im Nebenraum und wurde gleichzeitig massiert. Nachdem wir rausgegangen waren, fragte sie mich, ob mich das Ganze auch in irgendeiner Form stimuliert hätte. „Hat es", habe ich lachend geantwortet und dabei noch nicht einmal gelogen.

Die junge Frau reißt mich aus meinen Träumen. Besser gesagt, sie reißt meinen Kopf zurück und startet wieder eine wilde Zungenrotation. Plötzlich wird sie zärtlicher. Das muss an der Musik liegen. „Fading like a flower", noch so ein Blues, auf den man besonders gut poppen kann. Ein süßlicher Geruch steigt mir in die Nase. Da stimmt was nicht. Ich kann es nicht richtig zuordnen. Ich versuche an der Frau vorbeizulinsen, sehe in dem Kerzenschein jedoch nur leichten Rauch aufsteigen. Rauch? Feuer? Brennt es? Ich drücke sie ein wenig zur Seite. Damit sie nichts merkt, nehme ich vorsichtig eine ihrer untertassengroßen Brustwarzen in den Mund. Zunächst bin ich beruhigt. Es brennt nicht. Dann durchfährt mich ein Schock. Auf der Couch gegenüber sitzt Christoph und zieht genüsslich an einer Tüte. Er ist nicht allein. Auf Anhieb sehe ich drei seiner beknackten Freunde. Sie alle gehören Christophs „Blech-Band" an. Jeder von ihnen beherrscht ein selbst gebasteltes Blech-Instrument. Christoph reibt gewöhnlich einen Fingerhut über ein Wellblech. Armin ist Meister der Percussions, sagt er. Er trägt sein Musikinstrument, einen rostigen Mülleimer, auf dem Kopf und schlägt mit einem Holzlöffel rhythmisch dagegen. Dazu macht er ständig „wuuuuahhh" und „wooohaaa" in verschiedenen Tonarten. Das halle so toll, sagt er. Lars bindet sich bei „Auftritten" Erbsendosen unter die Füße und stampft im Rhythmus. Es müssen allerdings Erbsendosen einer bekannten Firma sein. Sie klingen angeblich professioneller. Die „Blech-Band" ist nicht besonders gut und – wie überraschend – in keiner Weise erfolgreich. Ich merke, dass mein Penis nicht mehr so will wie ich. Das Mädchen merkt es nicht. Sie hopst fröhlich weiter auf mir hin und her. Erst als ich ihr sage, dass wir nicht allein sind, wird sie langsamer, schaut mich an, dreht sich um, schaut Christoph an, dann Christophs Freund Albert, der geschätzte fünfzehn Zentimeter neben ihrer rechten Brust seine Digitalkamera hält und ganz gemütlich: „Halt mal still", hervorbringt. Albert beherrscht übrigens die Blech-Gießkanne. Das junge Ding schaut mich wieder an, fast sich an die Brust und fällt um. Albert entscheidet, dass die ohnmächtige nackte Frau ebenfalls ein gutes Fotomodell ist.

„Laura Weber", sagt einer der Sanitäter in sein Funkgerät. Schon eine seltsame Art den Namen des Mädels zur erfahren. Laura tut mir leid. Sie ist Anfang zwanzig und hatte schon ihren ersten Herzinfarkt. Ganze zehn Minuten hat der Notarzt gebraucht, um ihr Leben zu retten. Zehn Minuten, in denen Christoph ein wahres Wunder vollbracht hat. Er hat sämtliche Drogenspuren mitsamt Geruch beseitigt. Erstaunlich, wozu dieser Kerl fähig ist, wenn er will, beziehungsweise wenn das Gefängnis droht.

„Kann es sein, dass sie Drogen zu sich genommen hat?", fragt mich der Notarzt. „Vielleicht Kokain?"

„Nicht als sie hier war. Hier gibt es keine Drogen", lüge ich und fühle mich sofort ertappt, denn der Notarzt schaut lächelnd und kopfschüttelnd Christoph an. Christoph grinst ganz komisch, als hätte er was zu verbergen. Da er das aber grundsätzlich hat, mache ich mir darüber keine weiteren Gedanken. Immerhin scheint er ein schlechtes Gewissen zu haben. Er fragt den Notarzt, wie er an die Adresse der Eltern kommen kann.

„Warum?", fragt der Mann in Weiß etwas skeptisch.

„Wissen Sie, ich spiele in einer Band. Die „Blech-Band". Vielleicht haben Sie von uns gehört?" Der Notarzt schaut ihn regungslos an. Christoph wartet noch zwanzig Sekunden. Als der Notarzt nicht reagiert, fährt er fort: „Falls sie es nicht schafft, würden wir uns spontan dazu bereit erklären, an der Beerdigung für einen geringen Obolus zu spielen. Oder Jungs?" Doch die Jungs geilen sich gerade an dem Foto der ohnmächtigen Frau auf. Nur Lars stampft rhythmisch auf den Boden. Das Geräusch ist nicht so toll. Er trägt aber auch keine Erbsendosen.

Eine halbe Stunde später sind der Notarzt und die Rettungsassistenten mit Laura Weber verschwunden. Während ich die bizarren vergangenen Stunden Revue passieren lasse, hat Christoph die Spielkonsole hervorgekramt.

„Es wird gewiiiiiiiiiiiit", schreit Albert springt auf die Couch und macht mit den Armen eine seltsame Armbewegung. So als könne er fliegen. Kann er nicht, ich weiß das. Doch mit diesem Wissen scheine ich ziemlich alleine zu sein. Christoph und seine beknackten Freunde schauen Albert an und nicken. Plötzlich rufen sie im Chor: „Wii, wii, wii, wii, ahuu". Ich komme mir vor wie im letzten Affenzirkus. Das muss langsam ein Ende haben. Vielleicht bin ich aber auch nur sauer, weil ich heute doch keinen Stich gelandet habe. Das frustet schon irgendwie. Für den Herzinfarkt der Kleinen, also Laura, fühle ich mich nicht verantwortlich. Sie hat die Drogen ja selbst zu sich genommen. Es dauert nicht lange und Christoph und seine Schwachmaten verwandeln das Wohnzimmer in eine einzige Dunstwolke. Es stinkt erbärmlich und ich merke umgehend, dass auch ich leicht berauscht bin. Bester Zeitpunkt, Rupert endlich aus seiner stillen Kammer zu befreien und mit ihm eine kleine Runde zu drehen. Ich hoffe, er hat die Kammer nicht vollgekackt. Völlig gespannt öffne ich die Tür. Rupert liegt auf dem Rücken, streckt alle Viere von sich und schläft tief und fest. Seine Lefzen fallen hinten rüber und der eine hässliche Zahn sieht schlimmer aus denn je. Gott, ist dieser arme Hund hässlich. Zu meiner Überraschung hat Rupert nur eine kleine Plastiktüte angeknabbert. Er sieht glücklich aus, also kann diese nicht schlimm für ihn gewesen sein. Und er hat nicht gekackt. Was für seine Verdauung spricht. Vielleicht bekommt er ab Morgen nur noch Plastiktüten. Vorsichtig stupse ich ihn an. Einen Hund zu wecken, fällt mir überraschend schwer. Als er nach dem dritten Rufen noch immer nicht reagiert, rüttele ich ihn ein wenig stärker. Streng genommen haue ich ihn liebevoll auf den Boden. Rupert wacht auf und guckt mich ziemlich verstört an. Er grinst noch immer, aber irgendwie anders. Irgendwie viel relaxter. Seine neue Art irritiert mich sehr. Ich kann das nicht richtig einordnen. Er hat sich verändert. Er scheint erwachsen geworden zu sein. Ich nehme mir vor, der Super-Nanny am Morgen eine E-Mail zu schreiben, dass ihre stille Kammer auch bei Hunden ein adäquates Lehrmittel ist. Rupert ist ein seriöser, lieber, relaxter Hund geworden. Auch beim Gassi gehen komme ich aus dem Staunen nicht raus. Er läuft die ganze Zeit neben mir und guckt verträumt in der Gegend herum. Kein Ziehen, kein Reißen, kein Aufreiten. Nichts. Einfach ein verträumter Blick. Entspannt gehe ich zurück in die „grüne" Wohnung. Ich merke, wie der Frust langsam von mir abfällt. Jetzt, wo sich mein Gemütszustand beruhigt hat, traue ich mir zu, ein wenig mit den Schwachmaten abzuhängen. Vielleicht finde ich ja noch ein Bier oder etwas Wodka, und wenn sie mir zu sehr auf die Nüsse gehen, schlucke ich drei Antibiotika und die Welt ist in Ordnung.

Ich wache mit entsetzlichen Kopfschmerzen auf. Mein Kopf dröhnt geradezu. Ich habe zwar die drei Antibiotika nicht zu mir genommen, dafür aber mindestens drei Liter Wodka. Zumindest lässt mich mein Kopf in dem Glauben. Nur langsam lassen sich meine Augen öffnen. Ein weißer Schleier lichtet sich und ich blicke in ein grinsendes Gesicht. Na klasse, mein Hund ist schizophren. Er ist wieder der Alte. Er beutelt gerade mein zweites Kissen. Mein Kopf lässt es nicht zu, dass ich mich aufrege. Aus dem Augenwinkel vernehme ich ein Glitzern. Als würde der Köter merken, dass ich ihn anstarre, bleibt er sitzen und dreht seinen Kopf zur Seite. Das Glitzern. Mein Hund hat einen Ohrring. An seinem schiefen Ohr trägt mein Hund einen Ohrring. Christoph! Ich schaue zur Tür, zum Ohrring, in ein grinsendes Gesicht. Was hat sich dieser Vollspasti dabei gedacht? Nicht nur das. Rupert trägt neuerdings nicht nur einen Ohrring, eine weiße Schleife ziert seinen kleinen Kringelschwanz. Zum ersten Mal fällt mir ernsthaft auf, dass mein Hund einen mickrigen Schwanz hat. Ich kann nur hoffen, dass es bei pubertierenden Hunden nicht so alberne Spielchen wie „Schwanzvergleich" gibt. Der Arme hätte so dermaßen keine Chance. Ich entscheide mich, ihm den Ohrring als Kompensation zu lassen. Ich will ja nicht, dass er jetzt auch noch Minderwertigkeitskomplexe bekommt. Er ist schon gestraft genug. Mühsam klettere ich aus meinem Bett. Mein Kopf dröhnt nach wie vor. Ich brauche einen Kaffee oder einen Konterwodka oder einen Kaffee mit Wodka. Irgendetwas, das mich zu neuem Leben erweckt. In der Küche stehen verschiedene leere Flaschen. Für einen kurzen Moment habe ich ernsthaft die Hoffnung, Christoph habe aufgeräumt. Doch wenn ich nur den Hauch einer Sekunde darüber nachdenke, wird mir bewusst, dass dem nicht so sein kann. Vorsichtshalber gehe ich ins Wohnzimmer. Ich freue mich, dass mein Verstand noch funktioniert. Christoph hat natürlich nicht aufgeräumt. Er liegt mitten auf dem Boden. In der rechten Hand hält er eine halbvolle Flasche Bier. Der Typ ist echt ein Phänomen. Er würde aus Versehen seine eigene Mutter überfahren, aber eine Flasche Bier fällt ihm noch nicht einmal im Schlaf aus der Hand. Auf den verschiedenen Sitzmöglichkeiten liegen die Überreste seiner komischen Freunde. Sie sind allesamt nicht ansprechbar. Was nicht wirklich erstaunlich ist, schließlich waren sie alle rattenvoll. Wer kommt auch auf die Idee, einem Hund einen Ohrring ans Ohr zu tackern? Ich schaue mich ein wenig um. Mein Herz stolpert, als ich auf den Tisch blicke. Blut, Wodka, noch mehr Blut, ein Feuerzeug und vor allem eine Stricknadel. Mein Magen zieht sich zusammen. Dann fällt mir wieder ein, wie ich die Stricknadel über das Feuer gehalten habe. Oh Gott, mir wird übel. Das kann nicht sein. Ich kann nicht ernsthaft meinen eigenen Hund mit einer Stricknadel gepierct haben!

Rupert II

Es ist Herbst geworden. Das kalte Nass trägt nicht gerade zu einer positiven Stimmung bei. Von Anne habe ich lange nichts mehr gehört. Seit sechs Wochen lebt dafür nun Rupert bei mir. Langsam haben wir uns aneinander gewöhnt. So ein Hund ist auch viel unkomplizierter als eine Freundin. Vergesse ich, ihn zu füttern, beschwert er sich nicht. Er nimmt halt nur ab. Gebe ich einer Frau Essen, beschwert sie sich, dass sie zunimmt. Wenn ich vergesse, mit ihm rauszugehen, bedankt er sich mit einem kleinen Präsent in meinen Schuhen. Sonst kackt der kleine Kerl nicht mehr wahllos in meiner Wohnung herum. Ich könnte mir vorstellen, dass das bei Babys auch irgendwann aufhört. Als Training könnte ich Rupert ja mal eine Windel anziehen. Den Ohrring habe ich ihm gelassen. Wie gesagt, wegen der Komplexe. Er ist sehr entspannt geworden. Komischerweise hat er in der stillen Kammer seine Wohlfühl-Oase gefunden. Er sitzt stundenlang im Flur und glotzt die Holztür an. Öffne ich sie, legt er sich in Nullkommanichts auf die alte Decke, die ihm als Bett dient. Nur morgens macht er noch immer Radau. Vielleicht sollte ich ihn auch nachts in die Kammer sperren. Sie hat offensichtlich einen guten Einfluss auf den kleinen Köter.

Meine Frauen-Ausbeute ist trotz Rupert eher dürftig. Weitere Herzensdamen habe ich durch ihn jedenfalls nicht kennengelernt. Und das ist schlecht. Denn wenn ich im Biologie-Unterricht aufgepasst habe, rennt mir so langsam die Zeit davon. Rupert hat sich zu einem unnützen Zeitvertreib entwickelt. Zwischenzeitlich hatte ich mir überlegt, dass er sich gut an der Autobahnraststätte an der A3 Richtung Ratingen machen würde. Doch irgendwie ist er mir ans Herz gewachsen. Vor allem jetzt, wo er deutlich entspannter ist. Christoph geht mir dagegen nach wie vor tierisch auf den Sack. Der Typ kommt jeden Morgen mit einer neuen Schnapsidee an. Er wolle jetzt den großen Reibach machen, mal richtig absahnen. Ich habe ihn noch einmal auf Ecuador angesprochen. Er scheint von der Idee angetan. Doch er kann sich noch immer nicht aufraffen. Ich kann nur hoffen, dass er unserem Vater von meiner grandiosen Idee nichts erzählt. Sonst werde ich zu allem Überfluss auch noch enterbt. Wenn ich in der Erbplanung überhaupt noch eine Rolle spiele. Wahrscheinlich erbt nur Hannah, meine kleine und aus der Sicht meiner Eltern völlig gut geratene Schwester. Ich blicke auf Rupert. Der kleine Hund sitzt ganz relaxed vor der Wand und schaut sich die neue Musterung der Tapete an. Der weißen Tapete. Der eigentlich weißen, ungemusterten Tapete. Hauptsache er hat Spaß. Irgendwie ist er dick geworden. Dabei vergesse ich oft, ihn zu füttern. Und er schnüffelt sich in einer Tour am Arsch rum. Ich habe schon mal darüber nachgedacht, mit ihm einen Tierarzt aufzusuchen. Doch solange er sich nur am Arsch rumschnüffelt und er laufend an Gewicht gewinnt, kann es ihm ja nicht schlecht gehen. Vielleicht morgen, heute steht noch ein wichtiges Ereignis auf dem Plan. Jens hat mich zu einem FIFA-Soccer-Duell auf der Playstation herausgefordert. Wenn Christoph heute nicht zufällig mit seinen Jungs „wiiiiiiiiiiien" will, ist das meine Tagesaufgabe.

Am frühen Nachmittag bin ich mit Rupert einkaufen gefahren. Es war gar nicht so leicht, den Kerl aus der Kammer zu bekommen. Das wundert mich, schließlich befindet sich in dem kleinen Räumchen nicht viel außer Putzzeug, dem Staubsauger und Christophs altem Rucksack. Wie ein Esel hat er sich gewehrt, alle Viere von sich gestreckt. Seine Krallen haben tiefe Spuren auf dem Laminat hinterlassen. Mittlerweile sollte er eigentlich wissen, dass sich seine Pfoten und das Laminat nur bedingt vertragen. Christoph hat nämlich eine neue nicht-olympische Sportart entwickelt. Rupert-Weitrutschen. Er hält den Hund im Arm, nimmt im Wohnzimmer Anlauf und an der Schwelle zum langen Flur lässt er ihn dann los. Gewertet wird der Moment, in dem Rupert wieder sicher steht. Der neue Weltrekord liegt bei 3,77 Metern. Nur knappe 50 Zentimeter mehr und er erreicht die Tür. Eigentlich eine ziemlich bösartige Sache, wenn sie nicht so verdammt lustig wäre. Doch wegen der starken Gewichtszunahme des Hundes ist ein weiterer Rekord momentan unwahrscheinlich. Es sei denn, Christoph entwickelt eine neue Wurftechnik oder eine Art Katapult.

Eigentlich wollte ich Rupert mit in den Supermarkt nehmen. Meine Tante, ebenfalls seit vielen Jahren stolze Hundebesitzerin, hat mir geraten, mit Rupert unter Menschen zu gehen. Eigentlich höre ich nicht auf den Ratschlag einer Frau, die sich die Freizeit mit dem Auswendiglernen des Privatlebens von Howard Carpendale und Semino Rossi vertreibt, aber im Fall Rupert ist mir eigentlich jeder Tipp recht. Ich würde echt gerne wissen, warum dieser Köter alles anbellt, was sich bewegt. Bereits auf dem Parkplatz verfluche ich meine Tante für ihren gut gemeinten, aber völlig schwachsinnigen Rat und wünsche ihr sowohl Carpendale als auch Rossi an den Hals. Autos bewegen sich, Einkäufer bewegen sich, selbst eine alte Plastiktüte bewegt sich im Wind. Eben in der Kammer war er noch so relaxed. Jetzt dreht er wieder völlig am Rad. Ich hasse meine Tante, meinen Hund und vor allem Christoph, der nicht in der Lage war, einen ruhigen, kleinen Labrador zu besorgen. Die sehen in der Werbung immer so normal aus, wenn sie für ein Leckerli eine Frisbee-Scheibe fangen oder dem lustigen Melitta-Mann die Zeitung bringen. Tolle Hunde. Ich bezweifle, dass Rupert überhaupt ein Hund ist. Doch der Parkplatz war erst der Anfang. Es ist schon erstaunlich, was sich in einem Supermarkt so alles bewegt. Und wenn es sich nur um einen Einkaufswagen handelt. Am Schlimmsten sind aber Kinder. Ich habe gleich mehrfach Angst, dass Rupert sie direkt auffrisst und dann deren Eltern mich. Ich schaffe es mit Rupert gerade einmal bis in den Schokoladengang. Das dürfte der dritte, gefühlt aber mindestens zwanzigste, Gang dieses Supermarktes sein. Genau zwei Minuten später sitzt Rupert im Kofferraum und bellt die anderen Autos an. Scheiß auf die Möglichkeit, Frauen kennenzulernen. Rupert drückt seine hässliche Schnauze gegen die Fensterscheibe und guckt mich traurig an. Sein schiefer Zahn sieht irgendwie gefährlich aus. So gelb. Wie putzen sich Hunde eigentlich die Zähne?

So ist der Einkauf doch viel entspannter. Christoph hat mir zwei, drei Sachen aufgeschrieben, die ich ihm mitbringen soll. Eigentlich bin ich geneigt, ihm diese Wünsche zu verwehren. Doch die Angst, dass der Kerl demnächst meine Zahnbürste benutzt, um sich die Zeh-Zwischenräume zu säubern, ist zwar eklig, aber alles andere als abwegig. Er war schon immer ganz gut im Finden gemeiner Bestrafungen. Ich frage mich bloß, wofür der Vogel zwei Paletten Red Bull-Dosen auf einmal braucht. Also bringe ich ihm die wenigen

Sachen mit, auch wenn ich mir ziemlich sicher bin, dadurch die Hälfte meiner potentiellen Einkäufe noch ein wenig länger im Supermarkt liegen lassen zu müssen. Als ich zurück zu meinem wunderschönen Audi A3 komme, hat Rupert ein neues Muster in die Sitzbezüge gefressen. Toll. Die Idee von der Raststätte bei Ratingen gefällt mir ganz spontan wieder hervorragend. Ich platziere die Einkaufstüten auf der Rückbank und schenke Rupert noch einen bösen Blick. Er ist gerade mit seinem Hintern beschäftigt und interessiert sich herzlich wenig für meine Erziehungsmaßnahmen.

Zu Hause angekommen, bringe ich die Einkäufe hoch in die Wohnung. Zunächst verfluche ich Christoph wegen seiner Red Bull-Paletten, dann die Firma Red Bull für ihre Erfindung, schließlich den Architekten, da er weder einen Aufzug für Menschen noch einen Speiseaufzug für dieses Haus konzipiert hat und zu guter Letzt mich, weil ich der Idiot bin, der Christoph die Red Bull-Dosen hochträgt. Als ich mit viel Mühe – das Jonglieren mit zwei Paletten, einer Einkaufstüte und einem Schlüsselbund mit 28 Schlüsseln erweist sich als echte Herausforderung – die Wohnungstür aufschließe, trifft mich der Schlag. Geschätzte 30 Paletten des Energydrinks säumen den Flur. Christoph kommt gerade aus seinem Zimmer. Er trägt einen Blaumann und einen Bauhelm. Auf dem Helm ist eine Dose befestigt, ein Schlauch führt von ihr direkt in Christophs Mund. Christoph kichert und verschluckt sich. Er prustet los und ein Schwall Alkohol, nach dem ersten Eindruck Bier, touchiert mein Gesicht.

„Was ist denn hier los?"

„Baumaßnahmen!" Christoph schaut mich stolz mit den Augen eines Kindes an.

„Was baust du denn?" Christoph kichert nur. „Warum hast du einen Blaumann an?", frage ich und schaue mich panisch nach einem Loch in der Wand oder freiliegenden Stromkabeln um.

„Der passt zum Helm", antwortet er ganz selbstverständlich. Langsam reißt mir der Geduldsfaden.

„Warum trägst du den Helm?", frage ich, um ihm ein wenig auf die Sprünge zu helfen.

„Na, da ist doch die Dose drauf."

Das stimmt. Er hat Recht. Da ist 'ne Dose drauf. Warum bin ich nicht selber auf die Idee gekommen? Ich könnte ihn darauf hinweisen, dass man eine Dose auch auf den Tisch stellen und mit der Hand zum Mund führen kann. Und das wiederum weitaus weniger Arbeit macht, als erst eine Dose an einen Helm zu friemeln und dann jedes Mal den Strohhalm in den Mund zu führen. Ich lasse es. Reine Energieverschwendung. Er würde es eh nicht verstehen.

„Was hat es mit den Red Bull-Dosen auf sich?"

„Das ist eine praktische Art, das Getränk dem Rezipienten anzubieten." Woher kennt er das Wort Rezipient? „Papier eignet sich nicht so gut. Das durchweicht so eklig." Er sagt das mit einer solchen Selbstverständlichkeit, dass ich davon ausgehen kann, er hat es bereits ausprobiert. Am liebsten würde ich ihn gemeinsam mit Rupert an der Raststätte in Ratingen aussetzen. Ich bin mir sicher, Rupert findet eher den Weg zurück als Christoph.

„Ich meine die Paletten da draußen."

„Ach so. Cool, 'ne?"

„Was hat es damit auf sich? Christoph!" Mein Ton wird von Sekunde zu Sekunde rauer.

„Na, ich war doch im Getränke-Großhandel."

Ich überlege, ob mein Gewaltpotenzial rapide steigt, weil er mich umsonst seine Paletten hat schleppen lassen oder vielleicht eher, weil er einfach nicht mit der Sprache rausrücken will.

„Und?", frage ich leicht gereizt.

„Das musst du dir vorstellen. Das sind solche Vollidioten. Die schenken einem pro Palette eins dieser stylishen Longdrink-Gläser. Das habe ich voll ausgenutzt und direkt 32 Paletten geholt. Das sind 32 Gläser. Cool, oder? Guck mal, alle mit Logo. Da können wir eine Longdrink-Party machen", gluckst er. Christoph freut sich wie ein Honigkuchenpferd. Der Typ kann nicht wirklich so ein Vollidiot sein. Das kann definitiv nicht nur von der Kuh kommen.

„Hast du dir auch welche geholt?", fragt er mich und deutet mit seinem Schädel auf die beiden Paletten, die ich noch immer in der Hand jongliere. Langsam werden sie ein wenig schwer.

„Ich wette, du hast keine Gläser bekommen. Aber ich gebe dir gerne eins oder zwei von mir ab. Bin ja nicht so."

Vor meinem geistigen Auge sehe ich, wie sich die Palette auf Christophs Nasenbein machen würde. Obwohl die Fantasie ziemlich rot, blutverschmiert und fies ist, gefällt sie mir außerordentlich gut.

„Ich habe sie mitgebracht, weil du welche haben wolltest."

„Ui."

„Ui?" Hat dieser Idiot gerade wirklich so einen Laut wie „Ui" gemacht? Ich glaube, er ist sich gar nicht bewusst, an welchem seidenen Faden sein Leben gerade hängt.

„Das hättest du nicht tun müssen. Ich habe mir doch selber ein paar Paletten geholt. Siehst du?" Er erkennt, dass ich es sehe. Aber offenbar wirke ich verdutzt. Also schiebt er noch eine Erklärung hinter her: „32 Stück. Na, wegen der Gläser!" Lächelnd hält er eins der Gläser hoch. Er sieht, dass ich koche, guckt das Glas an und dreht es ganz langsam mit dem Logo nach vorne.

„Mit Logo", stammelt er.

„Was ist mit Ecuador?", frage ich und verschwinde in der Küche.

„Ecuador?" Ich zähle ganz langsam bis zehn. Als ich die Zehn erreicht habe, hat er die Frage verstanden.

„Ach ja. Da wollte ich eh mit dir drüber reden." Ich bin irritiert.

„Also erstmal muss ich sagen, Papa war von der Idee nicht so begeistert."

Spasti! Mein Herz bleibt einen Moment stehen. Er hat tatsächlich unseren Vater darauf angesprochen.

„Ich konnte ihm natürlich nicht sagen, was ich da machen will. Na, wegen der Drogen. Papa hat es ja nicht so mit Drogen. Trotzdem war er nicht so begeistert. Ich habe gesagt, ich würde geschäftlich gerne dahin."

„Und jetzt?"

„Dann habe ich mit Albert gesprochen. Er ist damit einverstanden. Ostern geht's los. Ich habe die Hin- und Rückflüge gebucht. Das musst du dir vorstellen zwei Flüge von Frankfurt nach Quito für knapp 3.200 Euro."

Ein schlechtes Gewissen plagt mich. Nicht weil er 3.200 Euro ausgegeben hat. Viel mehr, weil ich ihn unterschätzt habe. Ich hätte nie gedacht, dass er das jetzt ernsthaft durchzieht. Eigentlich war das doch nur ein Spaß. Vor allem hat er Vater davon erzählt. Das ist nicht gut.

„Wann hast du Papa von dem Plan erzählt?"

„Ich habe ihn heute Morgen deswegen angerufen. Wie gesagt, er war nicht begeistert, er wollte sich mal bei dir melden."

Tja, jetzt habe ich den Salat. Ich kann nur hoffen, dass Christoph und Albert schnell merken, dass das mit den Drogen keine ernst zunehmende Idee war und beide wieder gut gelaunt und unversehrt zurückkehren. Vielleicht schaffe ich es ja auch noch, ihn davon abzubringen. Just in diesem Moment klingelt mein Handy. Ich erkenne auf dem Display Vaters Nummer und drücke ihn weg. Zum Glück hat er viele Funktionen des Handys noch nicht durchschaut, und wenn ich wiederum Glück habe, denkt er, die Verbindung wäre zu schlecht gewesen. Um meine Gewissensbisse zu beruhigen, gönne ich mir einen Wodka Red Bull. Dann noch einen. Und noch einen. Und gerade als ich merke, dass mein Puls von 92 Schlägen pro Minute (ich habe grundsätzlich ein wenig mehr Puls als andere Menschen) auf 126 hochschnellt, gönne ich mir einen weiteren. Ich bin schon ziemlich blau, als ich wieder zurück ins Wohnzimmer komme. Christoph trägt noch immer seinen Bauhelm und sitzt auf der Couch. Zu meiner Überraschung kifft er gerade nicht und schaut auch kein Fernsehen. Er ist in ein gelbes Buch vertieft und wiederholt flüsternd komische Worte. Ich pirsche mich leise heran und lausche vorsichtig:

„Acabar – enden, beendigen, sterben; Acacia – Akazie; Acachetear – ohrfeigen; Academia – Akademie, Hochschule."

„Was in Gottes Namen machst du da?"

„Ich bereite mich vor!"

„Worauf?"

„Na, auf Ecuador!"

Jetzt bin ich baff. Offensichtlich versucht er, Spanisch zu lernen. Das wundert mich, denn ich hätte schwören können, er würde erst einmal versuchen Ecuadorianisch zu lernen.

„Und du lernst das Wörterbuch auswendig?"

„Nicht dumm, oder? Wenn ich alle Wörter kenne, kann ich alles übersetzen. Bin schon bei „Ac"."

Okay. Grundidee wirklich nicht dumm. Ich werde ihn auch in dem Glauben lassen, so könne er wirklich die Sprache lernen. Allerdings muss ich mir langsam mal ernsthaft darüber Gedanken machen, wie er das Abitur bestehen konnte. Er ist jedenfalls so in seinem Element, dass mein Plan, ihn mit der Ecuadorreise von der Kinderprämie abzubringen, offenbar funktioniert hat. Ich kann mich jedenfalls nicht daran erinnern, wann er das letzte Mal ein Kind gelockt hat. Da ich ziemlich betrunken bin, sich alles dreht und ich von Gedankenspielen Übelkeit bekomme, lege ich mich erst einmal ins Bett.

Um halb zehn am nächsten Morgen wache ich mit schrecklichen Kopfschmerzen auf. Doch dieses Mal nicht mit einem gepiercten Hund neben mir. Warum eigentlich nicht? Ich kann meine Gedanken noch nicht wirklich sammeln. Ich stehe auf und gehe ins Wohnzimmer. Christoph sitzt mit verquollenen Augen auf der Couch.

„Was ist los?", frage ich ihn.

„Rupert!"

„Was ist mit Rupert?"

„Er ist weg. Ich glaube, er ist entführt worden!"

„Wie kommst du auf die schwachsinnige Idee?"

„Siehst du ihn irgendwo? Wo soll er sonst sein?"

„Vielleicht hat ihn der Spee-Fuchs gefressen", antworte ich etwas belustigt, habe allerdings ganz vergessen, dass der Spee-Fuchs für Christoph alles andere als lustig ist. Ich möchte nicht wissen, was in seiner Kindheit falsch gelaufen ist. Wie kann man Angst vor dem Spee-Fuchs haben?

Christoph blickt sich jedenfalls nervös um.

„Wo ist der Spee-Fuchs?"

„Vielleicht ist er mit Rupert durchgebrannt", sage ich und ernte den nächsten bösen Blick.

„Das würde Rupert nie tun. Nicht mit dem Spee-Fuchs." Natürlich nicht. Vielleicht mit Kermit, Miss Piggy und dem komischen Fuchs von Schwäbisch Hall, aber sicher nicht mit dem Spee-Fuchs. Christoph ist total verstrahlt.

„Natürlich nicht, Christoph. Hast du denn schon überall geschaut?"

„Ja klar. Überall, in der Küche, im Wohnzimmer, im Bad, in deinen Schränken, unter deinem Bett. Einfach überall."

„Unter meinem Bett? Du warst in meinem Schlafzimmer? Als ich da geschlafen habe?"

„Ja. Er hätte doch dort sein können!"

„Hast du in der Kammer geguckt?"

„Ja klar. Er muss entführt worden sein. Bestimmt vom Geheimdienst. Die quetschen den sicherlich aus."

„Sicherlich. Und du glaubst, er redet ganz plötzlich?"

„CTU-Agent Jack Bauer bringt jeden zum Reden!"

Gegen diese Logik kann selbst ich nichts mehr sagen. Das ist mir einleuchtend. Also einigermaßen. Vielleicht will ich aber auch einfach nicht weiter darüber reden. Das geht gar nicht.

„Wahrscheinlich hast du Recht. Vielleicht sollten wir aber sicherheitshalber mal vor der Tür schauen. Vielleicht ist er irgendwie ausgebüxt."

Immerhin scheint ihn mein Vorschlag ein wenig zu beruhigen. Er zittert nur noch mit den Händen und nicht mehr am ganzen Körper. Ich konzentriere mich und überlege, wo ich Rupert zuletzt gesehen habe. Das müsste auf dem Parkplatz beim Einkaufszentrum gewesen sein. Es dauert einen Moment, bis mir die Verbindung bewusst wird. Ein kalter Schauer überkommt mich. Selbst ein Funken schlechten Gewissens plagt mich. So schnell ich kann, renne ich die Treppe runter. Nicht aus Angst, Rupert könne etwas zugestoßen sein, vielmehr, weil ich Angst habe, der kleine Dreckshund könnte mein teures Auto vollgekackt haben. Als ich den Kofferraum öffne, fällt mir ein Stein vom Herzen: Er hat nicht gekackt. Rupert geht es allerdings nicht ganz so gut. Er atmet flach und blinzelt ziemlich schwach. Ich bin ein wenig überfordert und muss mir eingestehen, dass ich mir sogar ein wenig Sorgen um den kleinen

Racker mache. Obwohl er mein Auto weitestgehend unversehrt hinterlassen hat (Mal abgesehen von den leichten Kratzspuren an der Windschutzscheibe), hat er über Nacht wieder zugenommen. Ich stupse ihn vorsichtig an. Seine Reaktionen lassen ein wenig zu wünschen übrig. Vielleicht habe ich ihn kaputtgemacht. Vielleicht wäre auch jetzt der richtige Zeitpunkt, Rupert mal einem Tierarzt vorzuführen. Ich schaue auf die Uhr. Es ist kurz vor zehn. Ein Tierarzt sollte doch geöffnet haben. Ich rufe Christoph auf seinem Handy an. Mailbox. Dann rufe ich die Auskunft an und erkundige mich nach einem Tierarzt. Zwanzig Minuten später sitze ich im Behandlungszimmer von Dr. Fritzsche. Er begrüßt mich zwar mit Handschlag, doch wirklich freundlich wirkt er nicht. Das könnte am gepiercten Ohr meines Hundes liegen. Vermutlich kommt das beim Tierarzt nicht wirklich gut an. Ich entscheide mich, ihm nicht die ganze Wahrheit zu erzählen.

„Was ist passiert?"

„Tja. Das ist eine gute Frage. Anscheinend hat ihn mein Bruder im Auto eingeschlossen und erst heute Morgen gemerkt, dass er nicht mehr da ist."

„Wann hat er ihn eingeschlossen?"

„Ähm. Vielleicht gestern Abend", antworte ich vorsichtig.

„Ihr Bruder also. Passt Ihr Bruder öfter auf Daisy auf?"

„Nein. Das war das erste und sicher auch das letzte Mal. Das geht ja so nicht. Außerdem heißt der Hund nicht Daisy, sondern Rupert. Das Halsband haben wir geschenkt bekommen", sage ich. Trotzdem blickt mich dieser Arzt etwas merkwürdig an.

„Okay, dann wollen wir sie uns mal genauer angucken."

Ich bin ein wenig stutzig. Zum einen, was meint er mit „wir"? Wieso wollen „wir" sie uns angucken? Ich kann mich nicht erinnern, Veterinärmedizin studiert zu haben. Zum anderen stört mich das „sie" ein wenig. Hat er das mit dem Halsband nicht verstanden?

„Was heißt SIE?", will ich wissen.

„Wie? Was heißt sie? Ich spreche von Ihrer Hündin."

„Hündin?"

„Ja. Hündin." Er steht auf, geht auf Rupert zu und drückt etwas unsanft die Beine des Tieres auseinander. „Oder würde für einen Rüden nicht etwas Entscheidendes fehlen?"

Grundsätzlich muss ich ihm Recht geben. Da fehlt was, etwas ziemlich Entscheidendes.

„Ich dachte, er wäre kastriert." Der Veterinär lächelt mich süffisant an und schüttelt den Kopf. Okay, das scheint ziemlich lustig gewesen zu sein. Ob er ein zweistündiges Gespräch mit Christoph über eine Kastration auch so lustig finden würde? Ich überlege, ob ich mein Handy zücken soll.

„Okay, Ihr Hund ist ein wenig schwach. Wahrscheinlich Sauerstoffmangel. Aber ich denke, wir haben noch ein ganz anderes Problem."

Ich hasse es, auf die Folter gespannt zu werden. Das erlebe ich mit Christoph täglich. Dementsprechend gelassen antworte ich:

„WAS?"

„Wann waren Sie zuletzt beim Tierarzt?"

Das ist eine durchaus berechtigte Frage, doch die Antwort „Noch nie" ist mir im Moment äußerst unangenehm. Zum Glück wartet der Tierarzt gar nicht auf eine Antwort.

„Ihr Hund ist trächtig!"

„Rupert ist schwanger?"

„Das wollte ich Ihnen mit dem Satz ‚Ihr Hund ist trächtig' wohl mitteilen. Wobei ich mir an Ihrer Stelle mal Gedanken über den Namen machen würde. Es geht mich ja nichts an, aber ich finde Rupert passt nicht wirklich."

Ich überhöre die spitze Bemerkung, denn ich habe ganz andere Probleme. Ich habe mit einer Hündin die vergangenen Wochen mein Bett geteilt und jetzt ist sie schwanger. Das hört sich lustiger an, als es ist. Wie hat sie oder er das geschafft? Ich hoffe nicht, dass die Babyprämie auch für Rupert gilt. Ich kann mir das breite Grinsen schon vorstellen, wenn meine Oma dem Köter den Scheck überreicht. Langsam wächst mir die Situation über den Kopf. Denn ich habe keinen Bock, die ganze Welpenscheiße wegzumachen und vor allem, mir neben einem gestörten Bruder und einem gestörten Hund in Zukunft auch Gedanken über Welpen machen zu müssen.

Ich muss mir was einfallen lassen. Aber erst einmal muss ich Christoph auf den neusten Stand bringen. Ich verlasse also die Praxis.

Dr. Fritzsche hat Rupert, ich bleib bei dem Namen, um sowohl den Hund als auch Christoph nicht unnötig zu verwirren, noch eine Aufbau-Spritze verabreicht. Die Nachricht an sich hat Christoph überraschend gut aufgenommen. In erster Linie freut er sich, dass Rupert wieder da ist.

„Hast du im Tierheim denn nicht nach dem Geschlecht gefragt?"

„Keine Ahnung. Wie soll ich mich daran erinnern? Das muss Jahre her sein. Du hast es doch auch nicht gemerkt."

Das klingt wieder unglaublich logisch. Auf einmal lächelt Christoph. Er strahlt gerade zu. Wahrscheinlich ist auf eine geldbringende Idee gekommen. Welpen-Eis oder sowas.

„Können wir ein Welpenkind Lisa nennen?"

„Wieso sollten wir das tun? Ich hatte nicht vor, eins zu behalten."

„Können wir trotzdem?"

„Du kannst meinetwegen sämtlichen Welpen irgendwelche Namen geben. Aber du weißt doch gar nicht, ob es Männchen oder Weibchen sind."

„Das wissen die doch auch nicht, oder?"

Eine überraschend logische Antwort. Also nicke ich und gönne mir einen Wodka Red Bull. Ich habe heute einfach zu viel Stress. Vielleicht sollte ich auch mal so eine komische Zigarette von ihm rauchen.

„Also nennen wir eins Lisa, okay?"

„Okay."

„Juhuuuuu!", schreit er und macht einen fast zwei Meter hohen Sprung. Er rennt weg und kommt wenige Minuten später strahlend wieder.

Dann pappt er Rupert einen Aufkleber auf den Hintern. In einem kleinen Warnschild stehen die Wörter *Lisa an Bord*.

Keine Woche später ist Rupert glückliche Mutter, bzw. Vater von vier gesunden Welpen. Sie alle unterscheiden sich in Form und Farbe. Wenn ich es nicht besser wüsste und Hunde tatsächlich dazu in der Lage wären, würde ich glauben, sie alle stammen von verschiedenen Vätern. Erstaunlich ist es allemal, was sich in den vergangenen Wochen so alles in Rupert angesammelt hat. Zum Teil sind die Welpen jetzt schon größer als die Mutter. Nachdem ich Christoph klar gemacht habe, dass wir keins der kleinen Hundekinder, auch nicht Lisa, behalten werden, hat er tatsächlich eine Annonce aufgegeben. Innerhalb weniger Tage sind die Hunde aus dem Haus. Auch der komische Mischling, der aus einem uns nicht ganz erklärbaren Grund immer wieder gegen verschiedene Wände gelaufen ist. Das mag mit Christophs neuer Wurftechnik zu tun haben. Apropos, seitdem Rupert wieder schlank ist, hat Christoph den Rekord bereits zweimal verbessert. Er und Rupert verstehen sich besser denn je. Irgendwie ähneln sich die beiden auch immer mehr. Der Wechsel zwischen absolut tiefenentspannt und nervtötend aufdringlich ist bei beiden eklatant. Ich habe die Hoffnung mittlerweile aufgegeben, durch Rupert die Frau meiner Träume kennenzulernen. Sieht so aus, als müsste ich mich wohl oder übel für Annette entscheiden. Sie sieht zwar nicht schlecht aus, aber als Mutter meiner Kinder kann ich mir sie nicht vorstellen. Brauche ich aber auch noch nicht. Das Thema Kinder ist spätestens seit Ruperts erschreckender Geburt in weite Ferne gerückt. Es war schon angsteinflößend, wie groß Ruperts Nachwuchs auf die Welt kam. Wer weiß, zu was ein Mensch dann in der Lage ist. Andererseits brauche ich das Geld dringend.

Da ich schon länger keinen Sex mehr hatte, lade ich Annette an diesem Abend ein. Nachdem sie vor nicht allzu langer Zeit in einer dunklen Gasse überfallen worden ist, traut sie sich nicht, alleine von der Bahn zu meiner Wohnung zu kommen. Ich werde sie also abholen müssen. Das ist zwar eigentlich nicht meine Art, aber in letzter Zeit entwickle ich mich immer mehr zu einem wahren Gentleman. Rede ich mir zumindest ein. Ich will gerade aufbrechen, als mich ein komisches Geräusch hellhörig werden lässt. Ich betrete das Wohnzimmer. Christoph sitzt mit einem Messer bewaffnet auf einer Leiter. Er hat gerade einen kleinen Streifen Klebeband abgerissen und fixiert damit rotes Krepppapier an der Wohnzimmerlampe.

„Was machst du da?", frage ich entsetzt.

„Für die Lightshow", sagt er ganz selbstverständlich.

„Darf ich fragen, für welche Lightshow?"

„Natürlich darfst du."

„Und?", frage ich nach, nachdem er mich zwanzig Sekunden warten lässt.

„Na, für die Show heute Abend." Klar, wie konnte ich das vergessen?

„Eine Show also", sage ich. „Ich frage lieber nicht, worum es geht, oder?" Christoph schüttelt ungläubig den Kopf.

„Marc, langsam musst du lernen, auch mal Dinge zu behalten. Du bist fast 30. Da musst du doch langsam in der Lage sein, selbständig zu handeln", erklärt er mir. Auf Anhieb würden mir an die 50 passenden Antworten einfallen, aber ich halte den Mund. Christoph konzentriert sich eh schon wieder auf die Lampe. Ich will später nicht auch noch an einem Messer in seiner Brust schuld sein. Wobei ich mir einen kleinen Tritt gegen die Leiter nur sehr schwer verkneifen kann. Das rote Krepppapier lässt mich jedenfalls erahnen, was er für eine Party schmeißt. Vielleicht kann ich mit Annette teilnehmen. So wie ich sie einschätze, hat sie gegen ein wenig Partnerwechsel auf einer Swingerparty nichts einzuwenden. Wobei ich mich allerdings frage, was für Frauen Christoph für seinen besonderen Abend wohl gewonnen haben mag.

Annettes Bahn hat eine halbe Stunde Verspätung. Die Kombination Herbst und dünne Jeansjacke macht diesen Umstand ganz besonders ärgerlich. Rupert, der heute wieder einen seiner aktiven Tage hat und an sämtlichen Gegenständen schnüffeln und jede Pfütze als Badewanne benutzen muss, trägt seinen Teil zu meiner perfekten Stimmung bei. Als die Bahn endlich einfährt, hat sich meine Laune so sehr verschlechtert, dass ich Annette eigentlich gar nicht mehr sehen will. Ihr unglaublich kurzer Minirock und ihre traumhaften langen, nackten Beine lassen meinen Gemütszustand aufleben. Allerdings nur kurz.

„Ich hab gestern Anne gesehen", sagt sie mir ganz trocken. Vermutlich um meine Reaktion zu testen. Würde ich mich nicht auf dem besten Weg zu einem Gentleman befinden, hätte Annette vor wenigen Sekunden Rupert verschluckt. Rupert ahnt von diesen Gedanken nichts. Er hat sich gerade in einer Pfütze gewälzt und direkt neben mir geschüttelt. Immerhin hat Annette auch etwas abbekommen. Das hindert sie leider nicht daran, weiterzuerzählen.

„Ich glaube, Anne hat 'nen neuen Freund. Zumindest lief sie mit so einem Typen Hand in Hand durch die Stadt", stellt sie fest und lächelt mich etwas künstlich an. Ich schätze bereits Ruperts Rumpfdurchmesser und ihre Mundgröße ab. Bei ihrer Mundgröße habe ich keine großen Probleme. Die kenne ich. Ich blicke zu Rupert und dann zu Annette, dann nochmal zu Rupert.

„Du sagst ja gar nichts dazu", sagt sie und lächelt noch immer.

„Was soll ich dazu sagen?", frage ich und bemühe mich gar nicht erst, nicht genervt zu klingen.

„Naja, ist doch eigentlich Spitze. Jetzt ist für uns der Weg frei." Soll ich ihr direkt sagen, dass für uns niemals der Weg frei sein wird? Dass es für „uns" gar keinen Weg gibt und niemals geben wird? Zumindest nicht den Weg, der ihr vorschwebt. Da sie keine Kinder will, ist sie für mich eh keine Option. Sie redet außerdem zu viel. Ich lasse es bei dem Gedanken, schließlich habe ich mit ihr heute noch einiges vor. Während des gesamten Spaziergangs hält sich der Dialog in Grenzen. Das hat zwei Gründe: Ich will nach dieser bekloppten Frage gar nicht mehr reden und Annette redet ununterbrochen. Bis zu „Was ich dir noch erzählen wollte, ..." bin ich noch mitgekommen. Dann haben zum Glück meine Ohren und meine Auffassungsgabe versagt.

Leider fallen meine Ohren nicht komplett aus. Als ich die Haustür zum Treppenhaus öffne, höre ich bereits die seltsamen Geräusche.

„Wuhaaaa", „Wihoua", „Toc toc toc", schallt es in den Flur. Eine ältere Dame streckt den Kopf aus der Tür, schaut mich böse an und schüttelt verständnislos ihr Haupt, so als wäre ich die Ursache des Lärms. Mit jeder Stufe wächst allerdings die Vermutung, dass ich als Vermieter von Christoph tatsächlich mehr mit dem Lärm zu tun habe, als mir lieb ist. Zumal Rupert nun noch seinen Teil dazu tut und wild kläfft. Vor allem das „Wihoua" scheint ihm besonders gut zu gefallen. Wütend renne ich die Treppe rauf. Rupert hat

Schwierigkeiten, meinem Tempo zu folgen und macht eine etwas unsanfte Begegnung mit den Steinstufen. Trotz seiner unnatürlichen Haltung denkt er überhaupt nicht daran, seine Kläfforgie einzustellen. Als ich die Tür öffne, trifft mich der Schlag. Christophs Freund Albert bläst in den Hals einer kleinen Gartengießkanne. Dazu reibt Christoph rhythmisch über ein Wellblech und Lars stapft mit den Erbsendosen hin und her. Ab und zu macht er in bester Steppmanier einen kleinen Ausfallschritt und eine einladende Armbewegung. Den meisten Lärm verursacht jedoch Armin, der wie ein Irrer auf den Blecheimer auf seinem Kopf einschlägt und komische Geräusche macht. Christophs Wellblech-Band gibt offenbar ihr erstes Konzert. Etwa 15 Gäste, die aussehen, als wären sie einer Öko-Kommune entsprungen, lauschen gebannt den komischen Klängen. Sie scheinen zu meiner Überraschung tatsächlich interessiert. Was für ein seltsames Volk, denke ich mir. Eine grüne Wolke hat sich unter dem Rotlicht breitgemacht. Ruperts Gebell geht in dem Lärm zum Glück unter. Dennoch habe ich ein wenig Angst, dass er vor lauter Aufregung einen Herzinfarkt bekommt. Das will ich ja nicht. Obwohl ... Ich sperre ihn schließlich in seine kleine Kammer und hoffe, dass er sich dort ein wenig entspannt. Sein gefletschter schiefer Zahn lässt mir da jedoch wenig Spielraum für Optimismus. Annette hat sich mittlerweile ebenfalls zu den Gästen gesellt und lauscht aufmerksam. Da meine Laune nun ihren absoluten Tiefpunkt erreicht hat, lege ich mich sofort ins Bett. Um den Krach besser auszuhalten, gebe ich mir vorher eine Wodka Red Bull-Ladung. Davon haben wir ja mehr als genug.

Mal wieder wache ich unter enormen Kopfschmerzen auf. Allerdings nicht vom Alkohol. Das Getrommel hat mir eine schlaflose Nacht beschert und sich tief in mein Hirn gefressen. Ich bin froh, dass die Jungs mittlerweile aufgehört haben. Auch von Rupert ist nichts zu hören. Trotz der Schmerzen raffe ich mich auf. Rupert muss sicher mal an die frische Luft. Ich verlasse mein Bett nur sehr ungern, aber gehe ich nicht mit der kleinen Töle, tut es vermutlich niemand. Von Christoph fehlt jede Spur. Ich meine mich dunkel daran zu erinnern, dass die „Blech-Band" irgendwann auf die Straße gegangen ist und dort weitergespielt hat. Christoph hat irgendwas von Prozession durch die Stadt gefaselt. Vermutlich hat er den Rest der Nacht in irgendeiner Zelle verbracht. Ich hoffe es für ihn. Ich öffne die Kammertür. Rupert liegt mit allen Vieren von sich gestreckt, direkt vor meinen Füßen. Er macht einen sehr entspannten Eindruck. Um ihn herum liegen etliche Plastiktüten und Reste von Christophs Rucksack. Erst jetzt fällt mir auf, dass Rupert deutlich zu entspannt ist. Ich schüttele ihn unsanft, doch er bewegt sich nicht. Ich versuche eine Stelle zu finden, an der ich seinen Puls fühlen kann. Wo liegen bei einem Hund noch einmal die Arterien? Ich weiß es nicht. Eine Mund-zu-Mund-Beatmung scheitert jedenfalls an seinem schiefen Zahn. Das ist mir eindeutig zu gefährlich. Nach einigen Minuten muss ich mir eingestehen, dass jede Hilfe für den kleinen Racker, (ist Rackerin eigentlich die weibliche Form von Racker?) zu spät kommt. Ich schaue mich traurig im Schrank um. Erst jetzt fallen mir die verschiedenen Tablettenpackungen auf. Alle zerfetzt und leer. Ich weiß nicht, was es ist. Doch wenn ich mir die Packungen anschaue und an den kleinen Plastikbeuteln rieche, erklärt sich zum einen die Schizophrenie des kleinen Hundes, zum anderen wird mir schlagartig bewusst, dass Rupert vermutlich der erste Hund ist, der an einer Überdosis Rauschgift gestorben ist. Und wieder ist eine vermeintliche Frauen-Option dahin.

O DU FRÖHLICHE ...

Eine dünne Schneedecke hat sich auf den Straßen gebildet. So dünn, dass ein Windstoß sie wegblasen würde. Für Kölner Verhältnisse kommt das schon einem Schneeinferno gleich. Zumindest lässt der aufgebrachte Nachbar, der seit heute Morgen halb vier mit einem krächzenden Geräusch die Straße von den „Unmengen" Schnee befreit, keinen anderen Schluss zu. Es ist kurz vor Weihnachten. Noch an diesem Nachmittag wollen Christoph und ich die alljährliche Reise zu unseren Eltern antreten. Ich hasse diese Zeit. In diesem Jahr ganz besonders. Ich muss zugeben, dass ich mich ziemlich einsam fühle. Anne hatte vor ein paar Wochen noch einmal angerufen. Nur für einen kurzen Moment hatte ich die Hoffnung, sie zurückgewinnen zu können. Die Hoffnung starb in dem Moment, in dem Christoph mir das Telefon aus der Hand riss und Bryan Adams „Please forgive me" in den Hörer schrie. Unabhängig von der Qualität seiner Imitation, war das offenbar der falsche Ansatz. Es stellte sich schnell heraus, dass Anne mir eigentlich nur mitteilen wollte, dass sie unsere gemeinsame Wohnung aufgegeben hat. Sie würde im Januar mit ihrem neuen Freund, einem Hendrik, zusammenziehen. Laut einem sozialen Netzwerk ist Hendrik ein schnöseliger Immobilienmakler. Nicht, dass ich ihm nachspioniert hätte oder gar ein Stalker wäre. Bei meiner täglichen Netzsuche auf Annes sozialer Netzwerkseite ist er mir eher zufällig über den Weg gelaufen. Das passiert nun mal, wenn man täglich an die 300 Fotos der ehemaligen Partnerin durchschauen muss. Ich muss zugeben, dass Ruperts plötzlicher Tod uns doch sehr mitgenommen hat. Christoph mehr als mich. Mein Bruder ist noch ein wenig paranoider geworden. Stundenlang sitzt er am Fenster und starrt hinaus. Gut, viel anderes bleibt ihm im Moment auch nicht übrig. Zu allem Überfluss ist uns gestern der Strom abgedreht worden. So langsam sollte wieder dringend Geld in die leere Kasse gespült werden. Nicht nur, dass ich mich allmählich von meinem Q5 verabschieden muss, die finanzielle Ebbe nimmt langsam existenzbedrohende Formen an. Vielleicht war es keine gute Idee, die Briefe ungeöffnet, mit der Aufschrift „unbekannt verzogen" wieder in den Briefkasten zu werfen. Zwischenzeitlich hatte ich ihm Rechnungen auf sein Kopfkissen gelegt, in der Hoffnung, er würde sie übernehmen. Hat er nicht. Er hat sich ein gelbes T-Shirt angezogen, die Briefe in unseren Briefkasten geworfen und mit dem freudigen Ausruf „Die Post war da" meine Laune ungemein verbessert. Nun hockt der Doofe stundenlang vor dem Fenster. Das ist seine Art fernzusehen. Zunächst dachte ich, er würde nach Rupert Ausschau halten und hoffen, dass der kleine Racker wieder zurückkommen würde. Tatsächlich hat er jedoch Angst, er könnte abgeholt werden. Von der Hundepolizei. „Die wissen alles", hat er geflüstert und sich den Finger auf die Lippen gelegt.

„Woher sollten ‚die' alles wissen?", habe ich ihn gefragt, ohne genau zu wissen, wer „die" überhaupt sind.

„Spezielle Abhörtechniken." Meine nächste Frage hat er dann mit einer harschen Handbewegung unterbunden. „Wir haben ihnen schon genug verraten." Erst nachdem ich mit ihm drei Tage lang die Wohnung auf Wanzen untersucht habe, hat er wieder in einer angemessenen Lautstärke mit mir gesprochen. Ansonsten steckt Christoph in den Vorbereitungen einer wichtigen Reise. Auch wenn ihn die Sache mit Rupert sehr traurig macht, ist er alles in allem noch immer der Alte. Gut, er trägt seit einigen Wochen einen Trauerflor und bringt Blumen an Ruperts Grab. (Wir haben ihn im Vorgarten vergraben – zumindest glaubt Christoph das.) Seine seltsamen Einfälle hat er immer noch. Ab und zu kommt er an meinem Zimmer vorbei, steckt den Kopf hinein, schnalzt mit der Zunge und ruft „Glaub nicht, dass ich dir irgendwie helfe. Mein Marvin-T-Shirt bekommst du sicher nicht." Das ist grundsätzlich sehr schade, doch eigentlich nicht weiter schlimm. Auch ich vermisse Rupert sehr. Er hat tatsächlich ein wenig Abwechslung in unser Leben gebracht. Aktuell spiele ich mit dem Gedanken, im Frühling wieder nach Mallorca zu reisen. Jordi, ein niederländischer Animateur, hat mir eine Stelle angeboten. Soll Anne es sich doch mit Hendrik gemütlich machen, während ich auf Malle Conchita, Margareta oder Annette flachlege.

„Marc?", fragt Christoph, als er in die Küche geschlichen kommt.

„Ja", antworte ich überraschend freundlich.

„Du kannst doch malen, oder?", fragt er mich. Ich bin zwar kein van Gogh, aber mit dem Stift kann ich schon ein wenig umgehen.

„Was soll ich denn malen?"

„Na, Rupert!" Er sieht mich mit großen Augen an.

„Ich weiß nicht, ob das eine gute Idee ist, Christoph. Vielleicht sollten wir nicht mehr so viel an Rupert denken. Was meinst du?"

„Alles eine Frage der Technik", antwortet er und tippt sich mit dem Zeigefinger gegen die Stirn. Gut, ich habe nicht die leiseste Ahnung, was er sowohl mit seiner Aussage als auch mit der Geste meint, aber ich werde den Teufel tun und nachfragen.

„Also?", fragt er.

„Dann besorg mir mal einen Stift." Christoph lächelt. Er zieht einen Bleistift und einen kleinen Block Papier aus seinem Hipbag, den er neuerdings immer trägt. Darin befindet sich neben allerlei unnützem Zeug auch das Spanisch Wörterbuch. Er ist mittlerweile beim Buchstaben „G" angelangt.

Mit ein paar gekonnten Strichen ziehe ich die Konturen von Rupert nach. Mit Ohrring und Vampirzahn. Christoph legt seinen Kopf auf meine Schultern. „Ist er nicht süß", fragt er wie die Mutter eines Neugeborenen. Ich habe die Zeichnung kaum fertig, da reißt er sie mir schon aus der Hand. Mit einem Klebestift klebt er den Zettel auf einen Brief, stopft beides etwas ungeduldig in einen Umschlag, leckt eine Briefmarke an, klebt sie sich versehentlich erst auf den Arm, dann auf den Brief und verlässt die Wohnung. Ich denke, es ist reichlich spät für Kondolenzkarten, aber mein Gott, wenn er Spaß daran hat.

Irgendwann glaube ich nicht mehr, dass Christoph nur einfach zum Briefkasten gelaufen ist. Zumindest bezweifele ich, dass man für die geschätzten 1500 Meter vier Stunden benötigt. Selbst bei diesen Witterungsverhältnissen dürfte das eigentlich schneller gehen. Eigentlich wäre es mir egal, käme mir vielleicht sogar gelegen, dass Christoph länger wegbleibt als gedacht, wäre da nicht die geplante Reise zu meinen Eltern. Vor einer knappen halben Stunde hätten wir anscheinend eintreffen müssen. Zumindest hat mein Vater seit 30 Minuten vier Mal angerufen und gefragt, wo wir denn blieben. Dass sich dieser Status innerhalb der letzten 30 Minuten nicht verändert hat, kann er nicht verstehen. Dass er damit den Akku meines Handys arg strapaziert und ich keinen Bock habe, wieder beim Nachbarn zwecks Aufladen zu klingeln, würde ihn völlig überfordern. Man muss dazu wissen, dass mein Vater ein Mann von Recht und Ordnung ist. Selbst eine Verspätung von nur wenigen Sekunden ist nicht akzeptabel. Da ich aber keinen Einfluss auf die Abwesenheit meines beschränkten Bruders habe, muss ich die minütlichen Anrufe meines Vaters akzeptieren. Als das Handy erneut klingelt – vermutlich will mein Vater mir mitteilen, dass wir noch immer nicht da sind –, öffnet mein Bruder die Tür. Er trägt eine hässliche türkise Pudelmütze mit einem riesigen Bommel. Allein der Anblick dieser Mütze macht mich so aggressiv, dass ich Christoph den Bommel am liebsten ins Maul stopfen würde.

„Wo warst du?", schnauze ich ihn an.

„Draußen", antwortet er selbstverständlich, aber aus meiner Sicht nicht zufriedenstellend.

„Wir hätten schon längst da sein sollen. Papa hat schon fünf Mal angerufen."

„Und?", fragt er freundlich. „Hast du ihm einen schönen Gruß von seinem jüngsten Kind bestellt?"

„Christoph, du bist nicht sein jüngstes Kind. Es gibt noch Hannah. Erinnerst du dich? Deine Schwester?"

„Weißt du, ob sie sein Kind ist?", fragt er mich. Darauf gebe ich keine Antwort. „Siehst du?"

„Bist du dann soweit?", will ich wissen. Ich will zumindest losgefahren sein, bevor mein Vater ein weiteres Mal anruft. Christoph schaut mich mit großen Augen an. Dann steht er auf und geht in sein Zimmer. Wenige Augenblicke später kommt er mit einem DinA-4-Blatt zurück.

„Wir warten noch auf Albert!", bestimmt er.

„Nein!", antworte ich ungläubig. „Wieso sollten wir auf Albert warten? Wir werden ihn auf gar keinen Fall mitnehmen."

„Doch", antwortet Christoph und schaut mich böse an. „Ich habe ein Recht, ihn mitzunehmen."

„Wie kommst du denn darauf?", will ich wissen. Auf diese Frage scheint Christoph nur gewartet zu haben. Stolz wedelt er mit dem Blatt Papier.

„Das ist die E-Mail von Papa. Die Einladung!", erklärt er stolz. „Hier steht wir dürfen ruhig unseren Partner mitbringen."

„Und?", frage ich und komme nicht auf seine Absichten.

„Na, Albert ist doch mein Partner." Auf diese Diskussion freue ich mich jetzt schon. Mein beschränkter Bruder erklärt meinem extrem konservativen Vater, dass er jetzt einen männlichen Partner habe. Das allein wäre eigentlich eine Reise mit Albert wert. Doch ich halte den Gießkannen-Kasper keine zehn Minuten aus.

„Papa meinte sicherlich einen Liebespartner. Meinst du nicht auch?", versuche ich ihm zu erklären.

„Davon steht da nichts. Albert ist mein Geschäftspartner", sagt er, wedelt mit seinem Kopf damit sich der große Bommel ein wenig im Kreis dreht. „Partner", wiederholt er ernst.

„Christoph, ich werde Albert nicht mit zu unseren Eltern nehmen. Jetzt pack dein Zeug."

„Dann fahre ich halt selber."

„Du hast gar kein Auto", stelle ich trocken fest.

„Leihst du mir deins?"

Meint er die Frage ernst?

„Nein. Ich fahre ja selber."

„Aha", sagt er erstaunt. „Nimmst du mich mit?", will er wissen.

„Christoph, wir drehen uns im Kreis", stelle ich müde fest.

„Okay", sagt er, breitet die Arme aus und dreht sich. „Huiiiii!" Christoph ist unglaublich schnell, aber auch kurz davor, an seinem eigenen Wollbommel zu ersticken. Etwas ungehalten stoppe ich seine Rotation.

„Christoph. Pack deine Sachen, wir fahren in zehn Minuten los! Ohne Albert!", mit einem nicht gespielten aggressiven Gesichtsausdruck verleihe ich meinen Worten Gewicht. Das wirkt. So sehr, dass ich meine, eine Träne in seinem Auge gesehen zu haben. Da es langsam dunkel wird, bin ich mir aber nicht sicher. Ich habe kein

Mitleid. Nach wenigen Sekunden steckt er seinen Kopf wieder durch die Küchentür.

„Marc?", fragt er lieb.

„Ja?"

„Wer ist denn dein Partner?", will er wissen. Jetzt habe ich doch Mitleid. Wie lieb von ihm. Er macht sich Gedanken um mich.

„Du weißt doch, dass Anne und ich nicht mehr zusammen sind. Ich nehme keinen Partner mit." Christophs Miene hellt sich ein wenig auf.

„Wenn du keinen Partner mitnimmst, darf ich dann Albert und Armin mitnehmen?"

Natürlich kommt Christophs lustiger Mülleimer-Freund nicht mit. Genauso wenig wie Albert. Und dennoch zögert sich die Abreise weitere Minuten hinaus. Wie ein Irrer läuft er mit seiner Taufkerze bewaffnet durch die Wohnung und sucht etwas. Er öffnet alle Schränke im Wohnzimmer, klettert mühsam unter Couch und Bett und flucht schließlich in der alten Besenkammer, in der Rupert seine letzte Ruhe gefunden hat. Völlig aufgescheucht kommt er in die Küche gerannt. Auch hier reißt er alle Schränke auf. Im Tiefkühlfach des Kühlschranks wird er endlich fündig. Mühsam zerrt er ein Stück Plastik aus dem nicht mehr ganz so kalten Kühlgerät. Er setzt sich die auftauende Skibrille auf. „Jetzt können wir!", sagt er endlich.

„Bist du jetzt komplett bescheuert?", frage ich ungläubig. „Wofür in Gottes Namen brauchst du die Skibrille?"

„Naja, es schneit doch", stellt er fest.

Ungeduldig sitze ich im Auto und warte auf meinen Bruder. Christoph bringt alle naselang ein weiteres „Gepäckstück", das mitkommen muss. Immerhin darf ich mitentscheiden. Christoph ist ein wenig genervt, weil ich mich gegen die meisten seiner Wünsche entscheide. Ich weiß aber auch nicht, was er mit einem Schneebesen, einer Weltkarte und einer Spardose bei meinen Eltern will. Letztlich gebe ich auf und erlaube ihm, alles mitzunehmen, das im Kofferraum noch Platz findet. Schmollend setzt er sich schließlich neben mich und wir können endlich losfahren. Ich habe keine Ahnung, warum er schmollt. Vermutlich, weil seine Angelausrüstung nicht in mein Auto gepasst hat.

Es ist stockduster, als wir loskommen. Wenn ich ganz ehrlich bin, hätte Christoph noch Stunden weitermachen können. Ich hasse Familienfeste. Zum einen natürlich wegen der Anreise. Wegen meines – naja, nennen wir es – gesunden Respekts vor möglichen Selbstmordattentätern fällt ein Flug aus. Mal ganz abgesehen davon wüsste ich nicht, ob Bitburg mittlerweile einen eigenen Flughafen hat. Mit Christoph aber zwei Stunden durch die verschneite Eifel zu fahren, dabei bei jedem Rutscher hysterische Schreie und ansonsten ellenlose Verschwörungstheorien über irgendwelche rothaarigen Zeichentrick-Werbefiguren offenbart zu bekommen, ist alles andere als schön. Schlimmer als die Anreise ist jedoch das Familienfest an sich. Das liegt schon an der Infrastruktur. Mein Vater ist, wie bereits erwähnt, eher konservativ. Sehr konservativ. „Neutral", nennt er seine politische Haltung. Das ist sie auch. Solange man nicht aus einem fernen Land kommt, eine andere Hautfarbe hat und der deutschen Sprache nicht vollends mächtig ist. Dann ist er möglicherweise neutral. (Es gibt definitiv noch weitere „Grenzen", die die Neutralität meines Vaters auf eine harte Probe stellen. Würde Christoph von einem männlichen Partner sprechen, wäre eine weitere Grenze sicherlich schnell erreicht.) Ich würde seine politische Haltung als leicht bräunlich bezeichnen. Immerhin wählt er nicht in diese Richtung. Seine Meinung ist sein gutes Recht, und auch wenn ich anders denke, will ich sie nicht in Frage stellen. Einzig um unendlichen Diskussionen aus dem Weg zu gehen. Tatsächlich wird Papa der Einzige sein, der die Trennung von Anne begrüßen wird. Anne kommt aus der Nähe von Görlitz und damit für meinen Vater aus Polen. Polen beginnt übrigens da, wo uns noch bis 1989 ein Mauerwerk vor „den Dieben" beschützt hat. Über Jahre hinweg hat mein Vater Anne persönlich dafür verantwortlich gemacht, bestohlen worden zu sein. Im Krieg hat man seiner Familie das ganze Hab und Gut geraubt. Wer war es? Die Polen. 1994 wurde sein brandneuer Mercedes in der Kölner Innenstadt gestohlen. Er ist nie wieder aufgetaucht. Warum nicht? Die deutsche Polizei ermittelt doch nicht in Ost-Schlesien. Vielleicht sollte er diesbezüglich mal Christoph fragen, der zu dieser Zeit Freundschaften im Rotlichtbezirk pflegte und Schulden in Höhe von mehreren Tausend Euro begleichen musste. Zu guter Letzt haben Christoph und ich auch noch Onkel Ulis Erbe gestohlen. Wer ist mit einer Polin liiert? Oder liiert gewesen? Ich. So schließt sich der Kreis für meinen Vater wieder. Erstaunlicherweise ist meine Mutter politisch gesehen eher das Gegenteil. Angeblich soll sie 1967 nur hauchdünn der Festnahme wegen eines vereitelten Rauchbomben-Attentats auf den US-Vizepräsidenten Hubert Humphrey entgangen sein. Zudem soll sie ein Auto, das den Schah von Persien in Berlin eskortierte, außer Gefecht gesetzt haben. Glaubt man den Erzählungen meiner Großmutter, habe ich meine Wurftechnik wohl nicht von meiner Mutter geerbt. Mit dem Blockstein soll sie ganz gut umgegangen sein. Ihre Kommune, die natürlich für freie Liebe und Drogen stand, soll angeblich sehr mit der RAF sympathisiert haben. Meine Mutter bestreitet das alles. Unbestritten ist, dass sie nach der Ermordung Dutschkes auf die Straße gegangen ist, sich unglückliche Prellungen an Armen und Beinen zugezogen hat und anschließend von meinem Vater im Krankenhaus behandelt wurde. Dort haben sich die beiden kennen – und lieben – gelernt. Angeblich hat meine Mutter meinen Vater noch auf der Behandlungsliege in die Praktiken der freien Liebe eingeweiht. Diese politische Mischung hat aus mir und meiner kleinen Schwester erstaunlicherweise politisch neutrale (und das jetzt wirklich im eigentlichen Sinn) Menschen gemacht. Nur Christoph ist natürlich ein wenig speziell. Er ist Verfechter des Marxismus. Das hat weniger politische als pragmatische Gründe. Er steht einfach auf Ches Bart und Hut. Besser gesagt er stand. Eine Zeitlang ließ er sich einen ähnlichen Bart wachsen. Das hat gefühlte drei Jahre gedauert. Die passende Mütze durfte nicht fehlen. Dann haben wir uns auf meinen Wunsch hin einen Fernsehbeitrag über Marxismus angesehen. Dieses Unterfangen erwies sich als kontraproduktiv. Zum einen ist sein Hass auf die USA noch größer geworden, zum anderen hat er Aufnahmen von Karl Marx gesehen. Schon als sich die Augen weiteten, war mir klar, dass aus seinem kleinen Ziegenbärtchen ein stolzer Karl-Marx-Rauschebart werden sollte. Als er ein paar Jahre später auf offener Straße von zwei Skinheads verprügelt wurde, die ihn offenbar für einen Islamisten hielten, wurde der Bart wieder abrasiert. Jetzt trägt er ab und an mal wieder die Che-Mütze. Aktuell trägt Christoph jedoch seine Pudelmütze. Und die Skibrille. Komplettiert wird meine Familie noch von zwei Großvätern und einer Großmutter, die natürlich an einem Weihnachtsfest nicht fehlen dürfen. Opa Heinz ist der Vater meiner Mutter. Er ist die gute Seele der Familie, lässt nichts auf seine Tochter und Enkelin Hannah kommen und findet immer die passenden Worte, um die eskalierende Stimmung bei Familienfesten zu beruhigen. Opa Robert hat bei seiner politischen Erziehung bei meinem Vater offensichtlich nicht versagt. Auch er hat eine ähnliche abenteuerliche politische Meinung. Er sitzt im Rollstuhl. Angeblich hat er die Beine in der russischen Kriegsgefangenschaft verloren. Irgendwo in Polen. Noch ein Grund mehr für meinen Vater, die Polen des Diebstahls zu bezichtigen. Opa Robert ist ein mürrischer alter Mann, der nur meckert, flucht und schimpft. Seine Meinung ist Gesetz. Seine Untergebene, Oma Gerda, ist für ihr Alter überraschend aktiv und körperlich gut beieinander. Geistig hat sie in den letzten Jahren allerdings extrem nachgelassen. Sagt zumindest mein Vater. Ich kenne sie nicht anders. Solange ich zurückdenken kann, ist sie auf eine spezielle Art und Weise verwirrt. Vielleicht liegt auch darin die tiefe Verbundenheit zu meinem Bruder begründet. Die beiden können stundenlang Nonsens reden und den auch noch komplett aneinander vorbei. Auch wenn sie nicht wirklich aufnahmefähig ist, hat Christoph sie dazu bekommen, ebenfalls erhebliche Zweifel an den Absichten des Spee-Fuchses zu haben. Einen Karl-Marx-Bart wollte sie sich trotz Christophs Bitte nicht wachsen lassen. Aber sie hat Geld. Viel Geld. Geld, das sie gerne gegen gewisse Gegenleistungen unters Volk bringt. Und gerade deswegen graut es mir vor der Frage, wo Anne denn sei. Und die Frage wird kommen.

 Christoph schmollt nicht mehr. Er klatscht im Rhythmus zu einem Queen-Song, der im Radio läuft. Dafür, dass er Lead-Blech-Spieler der Blech-Band ist, hat er ein erschreckend schlechtes Taktgefühl. Mein Gott, es kann doch nicht so schwer sein, den scheiß Takt von „We will Rock You" mitzuklatschen. Das schaffen Millionen andere Menschen auch. Nur Christoph nicht.

„Christoph! Das Klatschen macht mir Kopfschmerzen", sage ich.
„Du klatschst doch gar nicht", stellt er fest. Richtig.
„Nein, aber du. Könntest du es bitte lassen?"
„Okay." Christoph klatscht nicht mehr. Christoph klopft. Aufs Armaturenbrett.

„Christoph, wenn du nicht auch Kopfschmerzen haben willst, hör auf zu klopfen", schimpfe ich und stelle mir vor, wie ich den richtigen Rhythmus in Christophs Schädel kriege. Spontan fallen mir ein Ringergriff, Christophs Kopf und das Armaturenbrett ein. Christoph klopft nicht mehr. Christoph öffnet im falschen Rhythmus das Fenster und schließt es wieder.

„Was machst du da?", raunze ich ihn an.

„Fenster auf, Fenster zu", erklärt er und untermalt seine verbale Beschreibung mit einem weiteren Versuch. Ich könnte kotzen. Wenn ich sage, er soll damit aufhören, fällt ihm sicherlich etwas Neues ein.

„Christoph, entscheide dich endlich. Entweder Fenster auf oder Fenster zu!", schimpfe ich und hoffe, er ist nicht so idiotisch und entscheidet sich bei diesen Witterungsbedingungen für Fenster auf. Er ist so idiotisch. Das Fenster bleibt offen. Schmollend starrt er aus dem Fenster.

„Du kannst doch bei dem Wetter nicht das Fenster offen lassen", schreie ich ihn an.

„Klar, kann ich. Siehst du doch", antwortet er und streckt mir die Zunge raus. „Und ich kann noch viel mehr." Mutig streckt er bei voller Fahrt den Kopf aus dem Fenster. Mit Pudelmütze und Skibrille muss das für entgegenkommende Fahrzeuge ziemlich bescheuert aussehen. Ganz spontan halte ich nach einem Brückenpfeiler Ausschau. Nach gefühlten fünfzehn Minuten nimmt Christoph wieder Kontakt zu mir auf.

„Ha. Jetzt hättest du auch gerne die Skibrille!" Nein, hätte ich nicht. Ich hätte gerne einen normalen Bruder. Als er seinen Kopf wieder rausstreckt, kommt mir endlich die rettende Idee: Auch auf meiner Seite des Fahrzeugs befinden sich Fensterheber für sämtliche Fenster. Christoph gerät kurz in Panik, als ich den Knopf betätige. Hektisch sucht er mit den Händen die Tür ab. Ich befreie ihn aus seiner misslichen Lage.

„Na, was bringt dir die scheiß Skibrille?", frage ich ihn, als er mich böse ansieht.

Christoph hat sich in Ruperts alte Hundedecke eingerollt. Er schmollt wieder. Eine halbe Stunde lang. Dann fällt ihm wieder ein, dass er mir auf den Sack gehen könnte.

„Ich muss mal!", sagt er plötzlich.

„Wir sind in fünf Minuten da!"

„So lange halte ich nicht aus."

„Fünf Minuten. Die musst du wohl aushalten", bestimme ich.

„Kann ich aber nicht." Er schaut sich suchend um. „Hast du 'ne Plastikflasche?"

„Nein!", sage ich erschrocken. Ich will keinen Christoph-Urin in meinem Auto.

„Dann nehme ich meinen Rucksack. Der kennt sich ja aus mit Flüssigkeiten", schlägt er vor. Eine Minute später halten wir an einem Gasthof.

„Können wir einen Kakao trinken gehen?", fragt mich Christoph, als er das kleine Restaurant sieht.

„Ich dachte, du müsstest pinkeln."

„Alles Fassade", sagt er, kneift das linke Auge zu und formt mit der rechten Hand eine Pistole.

Christoph hat seinen Urindrang offensichtlich vergessen. Zumindest vorerst. Er trinkt seinen zweiten Kakao. Ich habe mich für einen Bacardi-Cola entschieden. Auf den letzten Kilometern bis zum Haus meiner Eltern dürfte eigentlich nichts mehr passieren. Da ich aber die Komponente Christoph niemals außer Acht lassen darf, ist ein wenig Alkohol vielleicht genau das richtige Beruhigungsmittel.

„Darf ich dich mal was fragen?", will Christoph von mir wissen.

„Bitte", antworte ich.

„Warum magst du Albert nicht?", fragt er. Ich atme genervt aus.

„Ich habe nichts gegen Albert."

„Und warum darf er dann nicht mitkommen?", hakt er nach.

„Weil Albert nicht zur Familie gehört."

„Aber angenommen, du hättest Anne mitgenommen. Dann wäre das doch auch falsch. Sie gehört auch nicht zur Familie." Das ist gar nicht so unlogisch und ich bin überrascht. Vielleicht sollte man seinen Kopf öfter an die frische Luft halten.

„Nicht mehr. Aber damals praktisch schon", versuche ich zu erklären.

„Nein", sagt er verschränkt die Arme und schüttelt mit dem Kopf.

„Wie ‚nein'?", frage ich entrüstet. „Wir waren Jahre zusammen."

„Wir haben keine Ausländer in der Familie!" Für einen Moment bin ich geschockt. Das hört sich zu sehr nach meinem Vater an.

„Albert ist, so viel ich weiß, Russe!", sage ich.

„Weißrusse! Aber der gehört auch nicht zur Familie", verbessert er mich. Damit hat er Recht, und weil ich dem Ganzen nicht mehr folgen kann, endet die Diskussion an diesem Punkt.

„Wollen wir dann weiter?", frage ich ihn und blicke etwas übertrieben auf meine Armbanduhr.

„Ich muss noch Anrufe tätigen", antwortet Christoph entschieden. Um den ganzen Prozess zu beschleunigen, reiche ich ihm mein Smartphone.

„Nee!", schimpft er. „Das wird abgehört."

„Das wird was?"

„Abgehört, Marc. Der große Lauschangriff. Noch nie gehört? Glaub mir, ich weiß, wovon ich rede", flüstert er verschwörerisch und nickt seltsam. Hat er immer so große Augen? Kopfschmerzen breiten sich aus. Ich bestelle mir einen weiteren Bacardi-Cola. Das kann länger dauern.

„Ich suche eine Telefonzelle! Wäre doch gelacht!", ruft er.

„Mach aber nicht zu lange. Nicht, dass der Motor auskühlt und wir nicht mehr wegkommen." Christoph blickt mich fragend an. Dann lächelt er. Er hat meine kleine Lüge offenbar als falsch erkannt. Dann dreht er sich um und verschwindet in der Kälte.

Eine Stunde und vier Bacardi-Cola später steht er wieder vor mir.

„Fertig?", frage ich ihn und muss zugeben, dass ich ein wenig lalle.

„Fertig!", antwortet er mit einer gehörigen Portion Stolz. „Kannst du überhaupt noch fahren? Du machst einen angesäuselten Eindruck." Manchmal frage ich mich, wo er diesen bescheuerten Wortschatz her hat.

„Klar kann ich noch fahren." Ich werde den Teufel tun und ihm meinen Audi anvertrauen. Auch wenn ich erste Ausfallserscheinungen bemerke. Für die wenigen Kilometer zu meinen Eltern muss es einfach reichen. In meinem Zustand merke ich nicht, dass das Auto gar nicht abgeschlossen war bzw. nicht mehr ist. Ich setze mich direkt hinter das Steuer und starte den Motor. Zufrieden nickt Christoph, als er merkt, dass dem Motor wohl doch nicht zu kalt ist. Eine seltsame Müdigkeit überfällt mich, als wir die einsamen Straßen bewältigen. Ich habe Schwierigkeiten die Augen offen zu halten. Die Nase funktioniert dagegen einwandfrei. Das ist in diesem Moment nicht unerheblich, denn ein leichter Gestank macht sich ganz langsam breit. Es dauert ein wenig, bis ich den Geruch einordnen kann. Irgendetwas schmort hier vor sich hin. Da keine Warnlampe aufleuchtet, mache ich mir vorerst keine Sorgen. Vielleicht hat Christoph eine brennende Zigarette in seiner Tasche. Wir kommen noch genau 500 Meter weit, dann schießt eine Stichflamme aus der Motorhaube.

„Cool", sagt Christoph und starrt gebannt auf das Feuer. Ich finde das aktuell gar nicht so cool. In dem Bruchteil einer Sekunde ist die Müdigkeit aus meinen Knochen verschwunden und auch der Alkohol macht sich nicht mehr so bemerkbar. Ich ziehe mein Smartphone aus der Tasche. Christoph reißt es mir aus der Hand und schmeißt es aus dem Fenster. Ich gucke ihn entsetzt an.

„Bist du völlig bescheuert?"

„Sie werden uns finden", erklärt er mir. Ich öffne mit dem Hebel unter dem Lenkrad die Motorhaube und stürze aus dem Auto. Mit einer hastigen Bewegung schiebe ich das Metall in die Höhe. Der Motor brennt lichterloh. Ich bin völlig hilflos, überfordert und den Tränen nahe. Christoph nicht. Todesmutig springt er auf das Dach, ruft „Superchristoph" und zieht sich die Hose runter. Dann lässt er laufen. In dem Moment bin ich froh, dass er eben nicht auf Toilette war. Er schafft es fast. Wieder ruft er „Superchristoph!" und wedelt mit seinem Geschlechtsorgan. Das ist mir gerade völlig egal. Den beiden Polizisten hinter mir nicht. Ich habe sie gar nicht bemerkt. Mit schnellen Schritten laufen sie zu meinem Audi und löschen die wenigen Flammen. Ich bin ihnen unendlich dankbar, muss mich aber aufstützen. Der Rausch ist zurück.

„Danke", flüstere ich.

„Sind Sie der Halter dieses Fahrzeugs?", fragt der jüngere der Beiden und mustert mich skeptisch.

„Ja", antworte ich. Nur mühsam kann ich mich auf den Beinen halten. Er zieht ein Plastikgerät aus der Tasche.

„Sind Sie auch gefahren?", will er wissen. Ich schaue Christoph Hilfe suchend an. Doch Hilfe werde ich von seinem wedelnden Geschlechtsorgan nicht bekommen. „Hui!", ruft er.

„Ja."

„Okay. Sorgen Sie dafür, dass der Mann seinen Penis unter Kontrolle bringt und dann dürfen Sie in das Röhrchen blasen", fordert mich der ältere Polizist auf und wundert sich sicherlich selber, diese Worte mal in einem einzigen Satz gesagt zu haben.

Papa ist nur bedingt gesprächsbereit. 1,6 Promille sind leider zu viel, um die Fahrt selber fortzusetzen. Das ist insofern nicht schlimm, da mein Auto natürlich nicht weiterfahren kann. Die netten Herren der Polizei haben uns mit auf das nächste Revier genommen, einem Drogentest unterzogen und meinen Bruder nach psychischen Krankheiten ausgefragt. Kurz vor Mitternacht hat uns Papa schließlich abgeholt. Wenn ich es nicht besser wüsste, würde ich denken, er hat uns absichtlich noch eine Stunde sitzen lassen. Ich hätte nie gedacht, einmal diesen einen legendären Anruf tätigen zu dürfen. Obwohl wir uns seit einigen Monaten nicht mehr gesehen haben, ist Papa nicht wirklich redselig. Tatsächlich sagt er keinen Ton. Die Schimpftirade wird aber sicherlich noch kommen. Christoph plappert dafür ununterbrochen. Er hat offenbar einen aufregenden Tag hinter sich und lässt keine Kleinigkeit aus.

Die Wogen haben sich über die letzten beiden Tage ein wenig geglättet. Es tut überraschend gut, sich im Kreise der Familie zu bewegen. Die Stimmung ist vorweihnachtlich. Den großen Knall erwarte ich für heute Abend. Pünktlich an Heiligabend fliegen bei uns traditionell die Fetzen. Die gute Stimmung hat sicherlich damit zu tun, dass ich Mutter noch nicht von der Trennung erzählt habe. Weihnachten läuft bei uns alljährlich nach demselben Schema ab. Morgens schmücken Hannah und Mama gemeinsam den Baum, bevor sie sich der Zubereitung des Abendessens widmen. Papa ist den ganzen Tag nicht ansprechbar. Er verzweifelt am Versuch, die Geschenke einzupacken. Christoph sitzt seit jeher am Fenster und starrt hinaus. Ich glaube, er hält nach dem Weihnachtsmann Ausschau. Nicht aus Vorfreude auf seine Geschenke, vielmehr weil er schon längst dahinter gekommen ist, dass der Weihnachtsmann eine Erfindung der USA beziehungsweise eines amerikanischen Limonadenherstellers ist. Ich schätze, er befürchtet, der Weihnachtsmann habe Kameras und Richtmikrofone in den Geschenken versteckt. Er wird auf jeden Fall wachsam bleiben. Am frühen Abend gehen wir in die Christmette, dann folgt das Abendessen. Das Abendessen ist legendär. 90 Minuten Nonsens pur. Es ist das Highlight eines jeden Weihnachtsfestes. Bevor es schließlich an die Bescherung geht, werden Hannah und Mama noch ein musikalisches Stück zum Besten geben. Gegen Mitternacht werde ich mich wie immer betrunken zurückziehen.

Am Vormittag gehe ich in die Stadt. Ich liebe es, hektische Menschen beim verzweifelten Versuch die letzten Weihnachtsgeschenke zu kaufen, zu beobachten. Mich würde es nicht wundern, wenn ich Christoph antreffe. Vermutlich liegt er schon längst auf Weihnachtsmann-Lauer. Ich habe meine Geschenke schon vor Monaten gekauft. Im Internet. Den Stress tue ich mir doch nicht an. Die Sonne scheint und die Luft ist ganz klar. Ich genieße diese winterlichen Tage. Ich setze mich in ein Café und beobachte die Leute. An einem anderen Tisch erregt ein dunkler Wuschelkopf meine Aufmerksamkeit. Eigentlich stehe ich auf blond, doch die Seitenansicht dieses Wesens gefällt mir sehr gut, vor allem auf Brusthöhe. Geschult wandert mein Blick zunächst über ihre Hände – nicht verheiratet – dann über ihre Begleitung. Weiblich. Sie gefällt mir immer besser.

„Kann ich Ihnen noch etwas bringen?", fragt mich die Kellnerin. „Ein Fernrohr vielleicht?" Sie hat Humor. Doch genau das geht mir tierisch auf die Eier. Ich bestelle eine Cola und schenke der Kellnerin keine Beachtung mehr, nehme mir aber ihren ungewollten Ratschlag zu Herzen und verstecke mich ein wenig halbherzig hinter der Speisekarte. Der Wuschelkopf hat ein unglaubliches Lachen. Ihre Freundin, nicht ganz so hübsch, aber sicherlich einen Quickie wert, starrt mich plötzlich an. Mist. Meine 1A-Tarnung ist aufgeflogen. Sie tuschelt etwas. Dann dreht sich der Wuschelkopf um. Sie mustert mich skeptisch. Ich lächele verlegen. Sie mustert mich noch skeptischer. Sie ist bildhübsch. Ihr skeptischer Blick macht sie noch attraktiver, scheint mich aber in eine etwas blöde Situation zu manövrieren. Wie erklärt man einer Frau, dass man sie einfach aus Notgeilheit angestarrt hat? Plötzlich steht sie auf und kommt in meine Richtung. Na toll. Auf so eine Diskussion habe ich gar keinen Bock. Ich überlege einen Moment, wie wahrscheinlich eine vorgetäuschte Blindheit ist. Da ich weder Stock, Brille noch gelbe Binde dabei habe, eher nicht so.

„Marc?", fragt sie mich. In meinen Gedanken lasse ich die letzten Jahre Mallorca Revue passieren. Sie hätte mir in Erinnerung bleiben müssen. So hübsche Dinger vergisst man doch nicht einfach. Sie kommt mir tatsächlich bekannt vor, doch nicht von Mallorca.

„Der mutige Marc", durchbricht sie meine Gedanken. „Ich fasse es nicht. Zurück in der Heimat?", fragt sie freundlich. Ich kann sie noch immer nicht einordnen. „Dass du mich nach all den Jahren wiedererkannt hast", fügt sie hinzu. Hab ich? Vermutlich hat ihre Freundin mein Starren so interpretiert.

„Ja klar. Wie könnte ich so ein hübsches Ding vergessen", antworte ich und versuche logisch zu denken. Da sie mich „mutiger" Marc genannt hat, werde ich sie aus meiner Kindheit kennen.

„Naja, ist ja schon ein paar Jahre her", sagt sie schließlich. „Und damals hast du auch nicht wirklich viel mit mir gesprochen." Sie meint es sicherlich gut, doch eine große Hilfe ist sie mit dieser Aussage auch nicht. „Vielleicht weil ich nicht so gut sprechen konnte", lacht sie. Sie scheint also auf derselben Grundschule und der deutschen Sprache nicht mächtig gewesen zu sein.

„Ich muss los, Bilgin", sagt ihre Freundin, lächelt mich an, drückt dem Wuschelkopf einen Kuss auf die Wange und verlässt den Laden. Bilgin. Bilgin Özgür. In der Grundschule haben wir sie nur liebevoll „Kanakenkind" genannt. Dass ich mich nicht mit ihr unterhalten habe, hatte tatsächlich zwei Gründe. Zum einen hat mein Vater zu meiner Grundschulzeit viel Wert auf den aus seiner Sicht richtigen Umgang gelegt (Gastarbeiter-Kinder gehörten seiner Meinung nach nicht dazu), zum anderen hatte Bilgin schon damals gefürchtete Brüder. Vier Stück. Wer Bilgin geärgert hat, hat von Cem, Ibo oder Alpay tierisch was auf den Sack bekommen. Im wahrsten Sinne des Wortes. Der älteste Bruder Tekin soll angeblich eine beeindruckende Karriere im Kölner Rotlichtmilieu hingelegt haben. Wie in einem schlechten Krimi nennen sie ihn „Den Türken". Die Familie hatte schon damals nicht den besten Ruf. Sicherlich spielten jede Menge Vorurteile eine Rolle. Doch die Brüder haben auch viel zu den Vorurteilen beigetragen. Ich denke, dass jeder von ihnen schon Erfahrungen mit der JVA gemacht hat. Nach meiner Aufforderung setzt sich Bilgin zu mir an den Tisch. Gott, ist sie hübsch. Und erst ihr Körper. Wir unterhalten uns stundenlang. Ihre Anwesenheit ist mir überraschend angenehm. Ich wünschte, mein Vater wäre hier. Das Gespräch verläuft so positiv, dass wir sogar einen gemeinsamen Spaziergang machen. Er endet tatsächlich in ihrer Wohnung. Sie ist sehr liebevoll eingerichtet. Ein wenig orientalisch. Darüber kann ich hinwegsehen. Wir unterhalten uns weiter nett. Ich finde heraus, dass sie keinen Freund hat und, ähnlich wie ich, an der Suche verzweifelt. Sie ist offenbar an etwas Ernstem interessiert. Ich auch. Doch nicht mit ihr. Bilgin ist unheimlich hübsch und mehr als sympathisch. Dennoch sprechen zwei Gründe gegen eine Beziehung und vor allem gegen die Verlockung „Baby-Prämie". Ihre Familie und mein Vater. Ich vermag nicht zu beurteilen, was im Endeffekt schlimmer ist. Doch die Dinge, die man über Tekin so hört, sind alles andere als beruhigend. Als sie mir schließlich die Zunge in den Mund schiebt, überlege ich, ob der körperliche Kontakt schon zu einem Ehrenmord führen wird. Sie zieht ihren Pullover aus und ihr perfekter Körper macht mich mutig. Ein Foto ihrer Familie an der Wand tritt jedoch deutlich auf meine Euphoriebremse. Als ihre Hand schließlich den Weg in meine Hose findet, bin ich überzeugt.

Es ist bereits früher Abend, als wir genug voneinander haben. Ein komisches Gefühl macht sich in mir breit. Eigentlich bin ich froh, meinen Zauber offenbar nicht verloren zu haben. Ganz im Gegenteil. Bilgin ist nicht nur eine der hübschesten Errungenschaften, es war auch erschreckend einfach, sie rumzukriegen. Seit Monaten entwickele ich Strategien und schließlich reicht ein Ausflug in ein Café. Andererseits nagt ein unheimlich schlechtes Gefühl an mir. Sorge. Diese Nummer darf niemals an die Öffentlichkeit geraten. Mein Vater würde mich enterben, aber viel schlimmer, Tekin und seine Brüder würden mich umbringen. Ich hoffe, Bilgin sieht das ähnlich. Doch spricht man eine Frau auf dieses Thema unmittelbar nach dem Sex an?

„Ich habe es genossen", fange ich vorsichtig an. Bilgin lächelt. Dann schwingt sie sich nackt aus dem Bett.

„Ich auch, Marc." Ihr Aussehen ist einmalig. „Aber mach dir nichts vor", fügt sie plötzlich hinzu. „Das war eine einmalige Sache." Ich weiß nicht wieso, aber obwohl mir ihre Aussage eigentlich entgegenkommen sollte, bin ich irgendwie enttäuscht. „Du bist ganz süß, Marc." Der Gesprächsverlauf gefällt mir ganz und gar nicht. „Aber du bist nicht gerade ein Model." Okay, damit hatte ich nun gar nicht gerechnet. Und irgendwie tut es weh. Sie muss meine Enttäuschung gesehen haben, denn sie setzt einen sehr bemitleidenden Blick auf. Das passt mir nun mal gar nicht. „Hey. Sei nicht böse. Was hast du erwartet? Das war eine Nummer. Mehr nicht. Wir spielen hier nicht Papa, Mama, Kind", fährt sie unbarmherzig fort. Ich bin mehr als irritiert. Macht sie gerade Schluss mit mir? Irgendwas läuft gewaltig schief. „Komm schon, du wirst sicherlich jemanden finden, der zu dir passt." Wütend packe ich meine Sachen zusammen. So einen Schwachsinn habe ich ja noch nie gehört. Kein Wunder, dass früher niemand was mit ihr zu tun haben wollte. „Mach's gut", flüstere ich, als ich die Wohnung verlasse.

Die Welt scheint wie ausgestorben, als ich ins Freie trete. Eine angenehme Ruhe hat sich in der dunklen Stadt breitgemacht. Weihnachtsbeleuchtung verleiht der Umgebung etwas Romantisches. Nur das Knirschen des Schnees durchbricht bei jedem Schritt die Stille. Bilgins Vortrag ist mir gehörig gegen den Strich gegangen. So sehr, dass ich die Zeit völlig vergessen habe. Erst als ich das Läuten einer Kirchenglocke höre, wird mir bewusst, dass ich die Christmette verpasst habe. Das wird vermutlich Ärger geben. Tatsächlich habe ich ein schlechtes Gewissen, als ich die Haustür meiner Eltern öffne. Ich schleiche durch den Flur, renne in mein altes Zimmer und ziehe meinen Anzug an. Von unten höre ich laute Stimmen. Ich meine, meinen Opa Robert wahrzunehmen, der vermutlich einen Vortrag über die Sinnlosigkeit des Weihnachtsfestes hält. Bevor ich schließlich das Esszimmer betrete, atme ich noch einmal tief durch. Das Stimmen-Chaos setzt in dem Moment aus, als ich die Tür öffne. Alle blicken mich an.

„Wo warst du?", schimpft mein Vater. Alle warten gespannt auf eine Antwort.

„Ich weiß es", sagt Christoph, zieht eine Augenbraue hoch, verschränkt die Arme und macht eine Schnute. Die Blicke wandern für einen Augenblick von mir auf meinen Bruder. Nur für einen kurzen Moment. Als sie merken, dass keine Erklärung kommen wird, blickt meine Familie wieder mich an.

„Es ist das Fest der Liebe", sagt meine Mutter und versucht Papa damit zu beruhigen. Das scheint zu funktionieren.

„Gott wird schon wissen, was er davon zu halten hat", flüstert mein Vater und widmet sich dem Hirschbraten. Naja, gegen ein wenig Liebe im Sinne der interkulturellen Völkerverständigung wird Gott sicherlich nichts und somit bestimmt auch Verständnis für meine Verspätung haben.

„Jungchen, setz dich zu uns", sagt Opa Heinz und zeigt auf den leeren Stuhl neben meiner Oma. Da ich zu spät bin, habe ich die Arschkarte gezogen. Neben Oma zu sitzen, ist alles andere als schön. Das hängt natürlich mit ihrer nachlassenden Körperhygiene, mit ihren Schwierigkeiten, Nahrung während des Gesprächs in ihrem Mund zu behalten, aber vor allem mit ihrem verwirrten Gehirn zusammen. In ihrem Hirn spult sich eine Endlos-Schleife ab, die sie dieselben Fragen in schnellem Rhythmus wiederholen lässt.

„Wo ist Anne?", fragt sie mich, als ich mich gerade gesetzt habe. Sie zieht aus der Tasche ihres geblümten Kleides einen Fünf-Euroschein und winkt damit lächelnd. Die Frage ist nicht verwunderlich, denn bislang habe ich noch niemandem von der Trennung erzählt. Sie steckt die Note wieder ein.

„Annette", korrigiert sie Christoph. Ich schaue meinen Bruder irritiert an.

„Wie Annette?", frage ich genervt.

„Oma will wissen, wo Annette ist!", erklärt er mir liebevoll.

„Anne!", sage ich.

„Wo ist denn nun Anne?", wiederholt Oma und zieht den Geldschein erneut aus der Tasche.

„Annette", antwortet Christoph.

„Anne wird nicht kommen", erkläre ich.

„Und Annette?", fragt Oma. Christoph grinst zufrieden. „Siehst du!", sagt er.

„Weder Anne noch Annette werden kommen." Meine Laune verschlechtert sich zunehmend. Oma verstaut das Geld wieder tief in ihrer Tasche zwischen benutzten Taschentüchern und Bonbon-Papier.

„Vielleicht ja doch", glaubt Christoph.

„Hast du zwei Freundinnen?", fragt mich Vater entsetzt.

„Nein", sage ich laut. Will der mich verarschen? Er kann das Nonsensgespräch doch nicht verpasst haben.

„Eigentlich hat er gar keine Freundin", mischt sich Hannah endlich ein. An und für sich sollte ich ihr dankbar sein. Doch ich höre ihren Unterton. Hannah und ich konnten uns noch nie wirklich gut leiden. Seitdem ihre beste Freundin vor einigen Jahren auf mich reingefallen ist und sich zeitgleich mein Kumpel Frank nach dem gemeinsamen ersten Mal mit Hannah nicht mehr bei ihr gemeldet hat, ist unser Verhältnis mehr als angespannt. Sie versucht mich, wann immer es geht, in die Pfanne zu hauen. „Sie haben sich getrennt", fährt sie lächelnd fort.

„Weil sie dich beklaut hat?", fragt Papa.

„Wieso sollte sie mich beklauen?", frage ich.

„Polen", singt er und wedelt theatralisch die Gabel durch die Luft.

„Nein. Er hat sie betrogen", erklärt Hannah dankenswerterweise.

„Mit Annette?", mischt sich nun auch Opa Robert ein. „Auch eine Ausländerin?" Schön, wie sich dieses Gespräch entwickelt.

„Wo ist denn diese Annette?", will Oma wissen.

„Nicht da", sage ich.

„Noch nicht", fügt Christoph hinzu und kniept mir verschwörerisch zu.

„Könnten wir vielleicht das Thema wechseln?", schlage ich vor.

„Ist es dir peinlich?", fragt Hannah.

„Nein. Aber das gehört jetzt nicht hier hin", beende ich die Diskussion und untermauere mit einer herrscherischen Geste meine Worte. Das imponiert. Zumindest meiner Oma, die aufsteht klatscht und „Bravo, bravissimo" ruft. Für einen kurzen Augenblick kehrt Ruhe ein. Nachdem Vater ein weiteres Stück Hirsch vertilgt hat, wechselt er tatsächlich das Thema.

„Hast du schon einen Leihwagen organisiert?", will er von mir wissen. „Ihr habt doch bestimmt nicht vor, länger als geplant zu bleiben!" Das war keine Frage, sondern eine Feststellung.

„Ich habe den ADAC angerufen. Sie stellen mir ein Fahrzeug zur Verfügung", lüge ich ihn an. Gott möge mir eine Lüge am Geburtstag Jesu verzeihen. Es ist im Sinne des Familiensegens.

„Sieh nur ja zu, dass du keinen Ausländer kriegst!", stellt er fest. Christoph lacht. Vermutlich stellt er sich vor, wie ich auf einem menschlichen Ausländer meine Heimreise antrete.

„Ich glaube, es war ein Fiat", läute ich nun doch fröhlich die nächste Diskussionsrunde ein. Ich bin sehr gespannt, wie mein Vater reagiert.

„Ein Fiat?", schreit er. „Mit ihren kleinen Fingern können die Itaker doch noch nicht einmal Schrauben drehen", erklärt er anschließend. Jetzt fehlen nur noch die schmutzigen Hände. „Und anschließend backen sie bei Luigi mit ihren schmutzigen Fingern die Pizza." Danke.

„Vielleicht habe ich mich vertan und es war ein Japaner. Ist doch egal", so langsam komme ich auf Hochtouren. Die Gesichtsfarbe meines Vaters hat sich schon in ein vorweihnachtliches Violett verfärbt. Er sieht, dass ich ihn provozieren will.

„Ja. Mach ruhig deine Witze. Wenn der Japsen-Motor den Geist aufgibt, wirst du dich nach guter deutscher Wertarbeit umsehen", schimpft er.

„Das ist nicht nett", mischt sich nun Mama ein.

„Wo ist Annette?", will Oma wissen, während sie wieder in ihrer Tasche kramt. Ich ignoriere die weiblichen Tischnachbarn.

„Die gute deutsche Wertarbeit hat auf der Fahrt den Geist aufgegeben", erinnere ich meinen Vater an den brennenden Motor meines Audis.

„Der verträgt nun mal keinen Urin", erklärt er, auch wenn er da die zeitliche Reihenfolge durcheinanderbringt.

„Wieso sollte er Urin vertragen?", will Opa Robert wissen.

„Annette und du, ihr habt euch vertragen?", hakt Oma neugierig nach.

„Die Idioten haben in ihr Auto gepisst!", schreit mein Vater nun.

„Es ist Weihnachten", mahnt meine Mutter.

„Genau, Weihnachten", wiederholt meine Oma. Eine weitere äußerst nervende Eigenschaft meiner Großmutter. Das Gespräch verstummt. Opa Heinz guckt mich fassungslos an. Oma Gerda nicht. Sie versucht, mit ihrer Serviette die Birne Helene zu zerteilen und wiederholt alle paar Sekunden das Wort „Weihnachten". Ein ziemlich erfolgloses Unterfangen. Langsam mache ich mir Sorgen, ob sie ihre ausgelobte Prämie noch lange auf dem Schirm haben wird. Ich sollte schleunigst fündig werden, sonst wären meine ganzen Mühen umsonst.

Eine knappe Stunde später ist auch der Nachtisch vertilgt. Nun warten wir mehr oder weniger gespannt auf den musikalischen Höhepunkt des Abends. Zu meiner Überraschung bleiben meine Mutter und Hannah sitzen, als mein Vater das Musikstück ankündigt. Wir schauen uns einige Augenblicke etwas verwundert an.

„Christoph?", fordert ihn schließlich meine Mutter auf. Christoph dreht sich suchend um, springt auf und rennt aus dem Zimmer.

„In diesem Jahr will Christoph das Weihnachtslied spielen", erklärt Hannah.

„Worauf?", frage ich entsetzt, bekomme aber keine Antwort. Wir warten geschlagene zehn Minuten. Ab und zu klappert irgendwas oder Christoph flucht. Dann fliegt die Esszimmertür mit einem lauten Knall auf. Christoph marschiert mit seinem Blech bewaffnet ins Zimmer und schrabbt mit einem Fingerhut darüber. „Schrab, schrab". Zeitgleich bläst er in eine Papiertröte, die er offenbar von seinem Brunch noch übrig hat. „Tröööööt." Nur wenige Zentimeter dahinter pustet Albert wie ein Idiot in seine rostige Gießkanne. Wo kommt der Volltrottel auf einmal her?, frage nicht nur ich mich. Mein Vater starrt die Parade völlig entsetzt an. Aus Alberts Gießkanne kommt nicht ein Mucks. Umso lauter ist ein weiteres Geräusch, das ich vor der Tür ausmache. „Tong, tong, tong." Armin. Natürlich. Der Idiot hat sich seinen Blecheimer über den Kopf gestülpt und schlägt arhythmisch mit einem Kochlöffel darauf herum. „Tröööt, schrab, pfffft." Die drei befinden sich bereits auf der dritten Runde um den Esstisch, als endlich auch Lars mit seinen Erbsendosen dazustößt. „Stampf, stampf."

„Die Schnürsenkel", ruft Lars und versucht krampfhaft, den richtigen Rhythmus zu finden. Nachdem ich mich endlich gefangen habe, wage ich einen Blick in die Runde. Meine Familienmitglieder starren ungläubig auf die Blech-Band. Nur Oma Gerda nicht. Enthusiastisch schunkelt sie – ebenfalls in einem abenteuerlichen Takt – und klatscht dazu. Die Jungs stapfen gerade zum fünften Mal an meinem Vater vorbei, als dieser endgültig die Faxen dicke hat. Er packt Albert – der gerade hinter meinem Vater ein pfeifendes Solo mit Tanzeinlage von sich gibt – am Kragen, drückt ihm die Gießkanne bedrohlich tief in den Mund und schmeißt ihn aus dem Wohnzimmer. Christoph und Lars hören augenblicklich mit ihrem Beitrag auf und starren Papa ängstlich an. Langsam verlässt das letzte bisschen Luft Christophs Tröte … „tröt?" Lars bekommt es offenbar so sehr mit der Angst zu tun, dass er Hals über Kopf aus dem Esszimmer rennt. Dabei achtet er natürlich tunlichst darauf, dass sein Musikinstrument keinen Schaden nimmt, aber ordnungsgemäß benutzt wird. Nur Armin, der die ganze Aktion ja nicht sehen kann, macht munter weiter. „Tong, tong, tong."

„Was machst du mit Albert?", schreit Christoph. Als Papa dem komischen Gießkannen-Menschen eine schallende Ohrfeige verpasst.

„Wo ist Annette?", will Oma wissen, als sie aufhört zu klatschen.

„Was haben die Idioten an Weihnachten hier zu suchen?", raunzt Papa Christoph an.

„Das ist mein Partner", schreit Christoph zurück. „Der war eingeladen", fügt er hinzu. Nimmt die Tröte in den Mund und will offenbar seine Einlage zu Ende bringen. „Tröööt." Papa lässt Albert augenblicklich los. „Tong, tong, tong." Obwohl Armin wie blöd gegen seinen Schädel hämmert, kehrt irgendwie Stille ein.

„Was heißt dein Partner?", flüstert Papa. Jetzt wird es lustig, denke ich mir und animiere Oma dazu, weiterzuklatschen. Sie geht sofort darauf ein. „Trööööt?", fragt Christoph vorsichtig.

„Bist du ein verdammter Homo?", schaltet sich jetzt auch Opa Robert ein. „Sowas hätte es früher nicht gegeben!" Christoph schüttelt ängstlich den Kopf. Er trötet nicht mehr. Mit Tränen in den Augen legt er das Wellblech auf den Boden und die Tröte auf den Tisch. „Tong, tong, tong." Armin befindet sich vermutlich in der neunten Runde, scheint aber niemanden wirklich zu stören.

„Könnt ihr den Radetzkymarsch?", will Oma wissen. Christoph macht noch immer große Augen. Er hat wirklich Angst vor meinem Vater. Dann schüttelt er den Kopf, greift in seine Tasche und zieht eine Visitenkarte hervor.

„Wir können alles, Oma. Ruf mich einfach an", erklärt er.

„Jetzt?", will sie wissen und schaut Opa Robert fragend an. Dieser schüttelt nur den Kopf.

Christoph ist noch immer den Tränen nahe, als wir eine gute Stunde später kurz vor der Bescherung stehen. Es hat erstaunlich lange gedauert, bis wir alle Spuren beseitigt haben. Vor allem Armin hat uns ein wenig Kopfzerbrechen bereitet. Dem Kopfschläger ist nach der vierzehnten Runde erstaunlich schlecht geworden. Der Drehschwindel hatte sich nach zehn Minuten wieder gelegt. Als mein Vater Christoph schließlich einen neuen Satz Fingerhüte spendiert, ist die gute Stimmung wieder hergerichtet. Für einen kurzen Moment. Bis ich entsetzt feststelle, dass ich ohne Geschenke dastehe. Das hat einen einfachen Grund. Nein, ich habe nicht vergessen, Geschenke zu kaufen. Ich habe Christoph vergessen, der meine Geschenke planlos an sämtliche Familienmitglieder verteilt. Immer mit den freundlichen Worten „Von mir und auch ein bisschen von Marc." Papa ist über das Kochbuch genauso wenig erfreut, wie Opa Robert über das neue Negligé meiner Schwester. Als Christoph fertig ist, gehe ich die Familienmitglieder durch und tausche die Geschenke ihrem rechtmäßigen Besitzer zu. Zwar freut sich Papa genauso wenig, über die in Japan gefertigte neue Bohrmaschine, aber das ist mir egal. Glücklicherweise hat uns Oma einen Briefumschlag mit einigen Banknoten geschenkt. Zwar reicht das Geld lange noch nicht für meinen Audi-Traum, es dürfte aber zumindest das Stromproblem für zwei, drei Monate lösen.

Weit nach Mitternacht sitzen wir alle gemeinsam mit einem Glas Sekt wieder am Esszimmertisch. Eigentlich eine schöne Tradition, die wir über die Jahre gepflegt haben. Keiner sagt etwas. Wir genießen die Ruhe. Ich hätte nicht gedacht, dass wir heute noch diesen Moment der Ruhe erleben können. Und doch fühle ich mich einsam. Komischerweise verspüre ich aber nicht das Verlangen, Anne anzurufen. Viel mehr will ich Bilgins Stimme hören. Plötzlich springt Christoph auf. Es wäre ja auch zu schön gewesen. Er verlässt das Esszimmer und kommt wenige Minuten später wieder. Ohne Blechinstrument, ohne Blechband.

„Marc?", fragt er freundlich.

„Ja?"

„Ich hätte beinahe dein Geschenk vergessen. Weil du mein Lieblingsbruder bist, habe ich etwas ganz Besonderes für dich besorgt", erklärt er mir. Ich bin positiv überrascht. „Es hat die ganze Zeit in Papas Auto gesessen." Gesessen? Er wird mir doch nicht einen neuen Rupert besorgt haben. Die Tür geht auf. Annette steht fröstelnd, aber lächelnd im Esszimmer meiner Eltern und meine Oma hat den Fünf-Euroschein wieder in der Hand.

Frohes neues Jahr

Um Amnesty International, Human Rights Watch oder ähnliche Organisationen vorweg zu beruhigen: Christoph lebt. Das ist insofern mehr als verwunderlich, als dass ich sehr sauer auf Christoph bin. Äußerst sauer! Zum einen natürlich wegen der weihnachtlichen Überraschung. Es hat mich viel Ausdauer und Nerven gekostet, meiner Familie – allen voran meiner Oma – zu erklären, dass Annette nicht meine Freundin ist. Das Ganze Annette zu erklären, war sogar noch schwieriger und kostete mich zudem ein überteuertes Bahnticket, dass die Hälfte von Omas Weihnachtspräsent schon wieder aufgefressen hat. Zum anderen und das ist der größere Grund für mein Ärgernis, hat sich die KFZ-Versicherung gemeldet. Wie sich herausgestellt hat, ist sie nicht bereit, die Kosten für ein neues Fahrzeug zu übernehmen. Wolldecken im Motorraum sind laut Vertrag offenbar nicht abgedeckt. Aus Angst der Motor könne wegen der Kälte nicht mehr anspringen, hatte Christoph diesen in Ruperts alte Hundedecke gehüllt. Das Fass hätte Christoph fast mit den Worten „Du hast doch auf der Hinreise so einen Stress gemacht" und „Dann kaufen wir dir halt einen schönen neuen Wagen" zum Überlaufen gebracht. Nur fast. Ich habe mit dem Gedanken gespielt, einen Kredit für einen Neuwagen aufzunehmen. Doch die Worte „arbeitslos" und „leicht verschuldet" sind nicht bei jeder Bank willkommene Gäste. Momentan hält meinen Bruder einzig das Wissen, das er Deutschland nach Ostern verlässt, am Leben. Für ihn gibt es seit Jahresbeginn kein anderes Thema mehr. Er hat seine Lernmethode nach eigener Aussage etwas ausgefeilt. Er lerne nun nur doch die Wörter, die in seinem „Geschäftszweig" wichtig seien. Ich lasse ihn bei seinem Unterfangen alleine.

Momentan fühle ich mich ein wenig einsam. Es ist nicht mehr Anne, die mir fehlt, es ist die Partnerin an sich, die ich gerne hätte. Über einen alten Schulkameraden habe ich versucht, Bilgins Nummer zu bekommen. Er konnte mir tatsächlich eine Zahlenreihe nennen. Nur leider nicht die von Bilgin. Ich habe mich eine halbe Stunde mit Bilgins Vater unterhalten. Das ist insofern verwunderlich, da ich kein Türkisch spreche und Bilgins Dad kein Deutsch.

Dennoch meine ich verstanden zu haben, dass ich besser meine Finger von ihr lasse. Das war eindeutig. Schließlich habe ich sie bei Facebook gefunden und „geaddet". Tatsächlich hat sie meine Freundschaftsfrage angenommen. Mehr aber auch nicht. Ein Dialog hat zwischen uns nicht stattgefunden. Zwischen ihr und Christoph schon. Christoph ist ein „Freunde-Klau". So nenne ich die Menschen, die die Profile anderer durchstöbern, nur um die eigene Freundschaftsliste aufzupolieren. Natürlich kennt auch Christoph Bilgin, befreundet waren die beiden aber sicherlich nicht.

„Jetzt schon", wie er sagt. Als ich ihn gefragt habe, wie er darauf komme, hat er mir den Beziehungsstatus im sozialen Netzwerk gezeigt.

„Siehst du? Da steht ‚Christoph ist mit Bilgin befreundet'. Das müsste doch Beweis genug sein!"

Naja, nach dieser Logik wäre Christophs Freundeskreis mit 4.371 Freunden erstaunlich groß. Mir soll es egal sein. Ich habe laut Facebook nur rund 400 Freunde, dafür aber richtig gute. Einer davon kommt gleich vorbei. Jens und ich fahren heute Angeln. Bevor ich den Job auf Malle angenommen hatte, sind wir vier Mal im Jahr zu einem kleinen Teich gefahren, um ein paar Forellen zu angeln. Diese alte Tradition wollen wir wieder aufleben lassen. Die Kosten übernimmt vorerst mein Kumpel. Überhaupt hält er mich momentan über Wasser. So langsam freunde ich mich mit dem Gedanken an, meine Wohnung zu verkaufen. Denn wenn ich im Biologie-Unterricht damals richtig aufgepasst habe, muss ich mich nun ordentlich ranhalten, wenn ich das „Kindergeld" bis Jahresende einstreichen will. Wenn ich mich recht entsinne, waren das doch so um die neun Monate. Also bis Anfang März sollte ich mein Unterfangen schon erledigt haben. Wenig, aber noch immer ausreichend Zeit, einer potentiellen Braut ein Ei ins Nest zu legen.

Christoph habe ich natürlich nichts von dem Trip erzählt. Die vergangenen Ausflüge haben einfach zu viele Nerven gekostet. Da Jens und Christoph sich nicht sonderlich gut leiden können, habe ich aber auch wenig Bedenken, dass Christoph mitkommen will. Es ist kurz nach neun, als Jens endlich eintrifft. Er hat sich einen Van bei einem Freund geliehen. Wir packen meine Angelausrüstung und ein paar Flaschen Bier ins Auto und schmieren uns ein paar alte, trockene Brötchen.

„Was ist das?", fragt Christoph, als er in die Küche kommt. Wir kommen gar nicht dazu, eine Antwort zu geben. „Oh, macht ihr einen Ausflug?", will er wissen. Die Vorfreude ist jetzt schon nicht mehr zu übersehen. „Ins Happyland? Da gab es doch diesen süßen Pinguin. Und Zuckerwatte."

„Nein, Christoph, wir fahren nicht ins Happyland."

„Dann fahrt ihr bestimmt Mama und Papa besuchen", stellt er ernüchtert fest. „Da will ich nicht mitkommen." Also nicke ich zustimmend. Christoph setzt sich an den Küchentisch und widmet sich seiner Cornflakes-Packung. „Bitte, lieber Gott, mach, dass das klappt!", flüstert er plötzlich mehrfach und in einem unglaublich schnellen Rhythmus. Ich habe nicht die leiseste Ahnung, was ihn jetzt schon wieder reitet. Vermutlich hat es was mit dem Wetter zu tun. Seit Tagen regnet es. Auch heute. Insofern kann ich sein Gebet verstehen. Wenn ich ehrlich bin, hält sich meine Lust zu angeln bei diesem Sauwetter in Grenzen. Christoph starrt apathisch auf das Telefon. Er erwartet sicherlich keinen Anruf. Das Telefon wird ja abgehört. Es sieht so aus, als versuche er, den Hörer zu hypnotisieren oder durch einfache Willenskraft zum Klingeln bringen zu wollen. Würde ich ihn fragen, ob er mitkommen will, würde er sicherlich nicht antworten. Das Risiko ist mir aber eindeutig zu hoch.

„Und wir wollen wirklich fahren?", frage ich und hoffe, dass Jens meine Bedenken teilt. Vergeblich. Jens lächelt und nickt. „Nach Much? Bei dem Wetter?"

„Komm schon. Das wird lustig! ", versucht er mich vergeblich zu überzeugen.

„Wir haben Winter. Da gibt es doch gar keine Fische", versuche ich es ein letztes Mal. Wieder dieses Lächeln.

„Marc, natürlich gibt es Fische. Wir fahren zu einem Forellenpuff." Christoph dreht sich abrupt um. Er erinnert mich an einen Köter, der auf den Schlüsselreiz „Pipi machen" reagiert.

„Ihr fahrt in einen Puff?", grinst Christoph und strahlt über beide Ohren. „Ihr seid mir ja welche", kichert er. Manchmal frage ich mich, zu welchem Zeitpunkt seiner Pubertät die Entwicklung ausgesetzt hat. Es muss noch ein sehr frühes Stadium gewesen sein. Christoph kriegt sich gar nicht mehr ein. Das Telefon scheint jetzt völlig nebensächlich. Er rennt aus dem Zimmer. Irgendwo in der Wohnung höre ich es poltern und knallen. Dann wird es ganz plötzlich still.

„Wir sollten die Chance nutzen und uns verdrücken", schlage ich Jens vor. Er nickt. Wir packen die Brote in einen Korb und verlassen leise die Wohnung. Das Wetter ist wirklich ungemütlich. Ich verfluche Jens für diese Scheißidee. Andererseits kann es sicherlich nicht schaden, die Wohnung mal zu verlassen. Der Van ist erstaunlich komfortabel und sollte die Anfahrt angenehm gestalten. Die Heizung funktioniert jedenfalls. Nach anderthalb Stunden erreichen wir den Teich. Der Regen hat zwar etwas nachgelassen, dennoch sträuben sich meine Nackenhaare bei dem Gedanken, in die nasse Kälte zu müssen. Ich ärgere mich, dass ich Jens nicht abgesagt habe. Wir holen das Gepäck aus dem Laderaum. Ein seltsames, quietschendes Geräusch lässt mich kurz hellhörig werden. Da Jens nicht reagiert, scheint es sich jedoch nicht um etwas Schlimmes zu handeln. Voll bepackt erreichen wir den Teich. Außer uns beiden ist niemand so verrückt, an einem regnerischen Tag im Winter Forellen zu angeln. Zumindest nicht hier in Much. Wir bauen einen überdimensionalen Regenschirm auf, platzieren die Klappstühle und gönnen uns das erste Bier des Tages. Die Stille und das leichte, rhythmische Plätschern des Regens haben etwas sehr Beruhigendes. Von Sekunde zu Sekunde ändert sich meine Meinung. Es tut gut, die Natur zu genießen. Jens kramt bereits die ersten Köder aus seinem Angelkoffer. Ich sitze einfach nur da und denke über das Leben nach. Über Anne, über meine Familie und über die Zukunft. Wenn Christoph das Land wirklich verlässt, habe ich niemanden mehr, um den ich mich kümmern muss oder darf. Spätestens dann werde ich wieder nach Mallorca gehen. Was soll ich sonst tun? Mich hält hier ja nichts mehr. Etwas wehmütig denke ich an andere Zeiten zurück.

„Wo ist denn dieser Puff?", fragt mich plötzlich eine hysterische Stimme. Jens lässt vor lauter Schreck seine Angel fallen. Die Stimme kommt mir bekannt vor, der Mensch zunächst nicht.

Schnell mache ich die Zähne, und vor allem den Pornobalken als falsch aus. Eine Federmaske verdeckt die Augen. Doch nicht nur am Kopf hat Christoph sein Äußeres verändert. Er trägt meinen weißen Frottee-Bademantel, rote Lederstiefel und eine Goldkette. Besonders gut gefällt mir sein Tanga. Er ist aus grauem Stoff und Christophs Geschlechtsteil ist in einen viel zu großen grauen Rüssel gehüllt. Elefantenohren machen das lustige Bild komplett.

„Was für ein Puff, Christoph?", frage ich und versuche, mir meine schlechte Laune nicht anmerken zu lassen. Kann uns dieser Idiot nicht einfach mal in Ruhe lassen? Wie ist er überhaupt hier hingekommen?

„Na, ihr wolltet doch in den Puff. Jetzt seid ihr hier beim Angeln." Sichtbar enttäuscht spielt er am Rüssel des Elefanten herum. „Torööööö", macht er. „Wie Benjamin Blümchen", grinst er nun doch. Etwas ängstlich schaue ich mich um, ob die Gefahr besteht, dass Christoph seinen Benjamin Blümchen vermeintlich interessierten Kindern zeigen könnte. Kann er zum Glück nicht. Dann tippt er sich plötzlich auf die Stirn und lächelt mich verschmitzt an. „Jetzt weiß ich es", sagt er und nickt. „Ihr habt kalte Füße bekommen!", stellt er fest und lacht. Ich habe tatsächlich kalte Füße. Aber nur, weil ich meine Gummistiefel zu Hause vergessen habe und nun mit nassen Sneakers an einem gottverdammten Teich in Much sitze und mir den Plüschpenis meines Bruders aus nächster Nähe ansehen muss.

„Christoph. Wir haben gesagt, wir fahren zum Forellen-Puff." Sein Gesichtsausdruck verrät mir, dass er ganz offensichtlich über meine Worte nachdenkt. Ein Wort scheint ihm dabei Kopfzerbrechen zu bereiten. Es rattert, es rattert. Dann weiten sich plötzlich seine Augen. Er hat es verstanden.

„Ein Puff, in dem es die Forellen treiben", erklärt er stolz. Er hat es doch nicht verstanden. „Bezahlen die Fische auch Geld für den Sex?"

„Christoph. Wir bezahlen Geld", erkläre ich.
„Für Sex?"
„Für Forellen!"
„Ihr treibt es mit Forellen?" Die Frage musste ja kommen.

„Nein, Christoph", entgegne ich nun doch völlig genervt. „Wir kaufen Forellen, die uns jemand in den Teich wirft. Diese Angeln wir dann." Christoph guckt mich an, als hätte ich ihm die Relativitätstheorie erklärt.

„Das ist ja vollkommener Schwachsinn", sagt er schließlich in seinem Bademantel und Elefantentanga gehüllt. Ich muss ihm leider Recht geben. Es ist Schwachsinn, aber es macht Spaß.

„Willst du dir nicht vielleicht etwas anziehen?", frage ich ihn.

„Und woher soll ich das nehmen, Einstein?" Christoph blickt sich suchend um. Seine komische Maske sieht unglaublich dämlich aus.

„Kauf dir was", schlage ich vor.

„Gute Idee. Ich habe eh noch was zu erledigen", sagt er schließlich, dreht sich um und verlässt den Teich.

Wir haben gerade einmal drei Forellen und einen seltsam verformten Fisch gefangen, als Christoph zurückkehrt. Er hat den Bademantel gegen einen gelben Regenmantel getauscht. Zudem trägt er Gummistiefel, auf die ich sehr neidisch bin, eine Gummi-Latzhose und einen gelben Angelhut. Dazu noch immer den falschen Schnäuzer. Er sieht noch dämlicher aus als vor seiner Verwandlung. Was die Kleidung betrifft, hat Christoph offensichtlich an alles gedacht. Was die Ausrüstung angeht, eher nicht. Eine Angel trägt er jedenfalls nicht mit sich rum. Braucht er anscheinend auch nicht. Denn er nimmt einfach meine.

„Bist du bescheuert?", pflaume ich ihn an und nehme sie ihm wieder weg. „Besorg dir 'ne eigene Angel."

„Brauche ich nicht", antwortet er und verschränkt wie ein Kleinkind die Arme. „Ich baue mir einfach eine Eigene!", sagt er und verschwindet in einem angrenzenden Stückchen Wald. Für die nächsten Minuten dürften wir somit wieder Ruhe haben.

Christoph ist bestimmt schon zwei Stunden weg, als ich mein viertes Bier trinke und mir zum ersten Mal Sorgen um meinen kleinen verstrahlten Bruder mache. Was stimmt mit diesem Idioten bloß nicht? Ich schaue mich suchend um. An den beiden anderen Teichen, die ebenfalls zu dem Gelände gehören, sehe ich nur einen einsamen Mann. Er steht einfach nur da und blickt sich suchend um. Das alleine ist nicht wirklich erstaunlich. Seine Kleidung macht mich allerdings etwas stutzig. Der Mann trägt ein Baumfällerhemd, eine tarnfarbene Schirmmütze und eine dazu passende Tarnhose. Seine Augen sind von grünlichen Farbklecksen untermalt. Einzig die prall gefüllte Angelweste passt nicht so recht zu seinem Outfit. Der Verdacht liegt natürlich nahe, dass es sich um Christoph handelt. Doch die Person ist deutlich größer als mein kleiner Bruder. Trotzdem stimmt mit dem Kerl irgendwas nicht. Als er sieht, dass ich ihn anstarre, versteckt er sich äußerst unglücklich hinter einem Busch. Die dunkelgrüne Tarnfarbe macht bei den kahlen winterlichen Bäumen auch nicht wirklich Sinn. Sein ganzer Kopf ist noch zu sehen. Ich widme mich wieder meiner Angel. Seit über einer Stunde habe ich nichts mehr gefangen. Ich habe auch schon ein wenig die Lust verloren. Immerhin hat der Regen mittlerweile abgenommen. Aus dem Augenwinkel nehme ich eine seltsame Bewegung wahr. Mehr oder weniger unauffällig robbt G.I. Joe etwas unbeholfen zu einem weiteren Strauch in unserer Nähe. Vorsichtshalber stecke ich das Messer, mit dem wir später die Fische ausnehmen, in meinen Hosenbund. Man weiß ja nie. Jens sitzt auf seinem Klappstuhl und starrt vor sich hin. Man könnte meinen, er schläft mit offenen Augen.

„Ist das der bekloppte Kumpel von deinem Bruder?", fragt mich Jens, als ich zu ihm herüber gehe.

„Nein, Albert ist nicht so dick."

„Das kann doch kein Zufall sein", stellt er fest und ich muss ihm Recht geben. So viele Idioten auf einem Haufen wäre schon ein ziemlich großer Zufall. „Was machen wir mit ihm?", will er schließlich wissen.

„Wir warten ab, was er vorhat."

„Ist das ein Fernrohr?" Tatsache. Die deutlich zu dicke Actionfigur beobachtet uns mit einem Fernrohr, versucht aber weiterhin, dabei „unauffällig" zu agieren. Was in Anbetracht seines Outfits, des überdimensional großen Fernrohrs und seiner unglaublich schlechten Deckung mehr als nur in die Hose geht. Zudem ist der Kerl höchstens 20 Meter von uns entfernt. Als er realisiert, dass wir ihn gesehen haben, guckt er auf den Boden, versteckt seinen Mund hinter einer Hand, imitiert einen schreienden Vogel, zeigt in die Luft und blickt dann durch das Fernrohr auf sein anvisiertes Ziel. Einen Schrei-Vogel sehen wir nicht, als wir seinem Blick folgen. Unseren kurzen Moment der „Unachtsamkeit" nutzt der Hobby-Ornithologe, um sich wieder zu verstecken. Schlecht. Hinter einem kahlen Baum. Dort harrt er einige Minuten aus.

„Attacke", schreit plötzlich eine Stimme hinter uns. Erschrocken drehe ich mich um. „Uhuhuhuhuhu." Christoph hat sich eine Schwalbenfeder um den gelben Angelhut gebunden. Er ist vermutlich der erste Indianer im Angeloutfit. Auch der Andere gibt seine Deckung auf und setzt sich in Bewegung. Er verzieht sein Gesicht dämlich, als er auf Jens zurennt. Zu spät sehe ich den Stock, den er in der Hand hält. Mit einer erstaunlichen Geschwindigkeit zieht er meinem Kumpel das Holz über den Schädel.

„Hab ich dich", ruft er. Christoph bleibt wie angewurzelt stehen. Offenbar ahnt er, was jetzt kommt. Ich renne zu Jens. Bevor G.I. Joe noch einmal zuschlägt, reiße ich ihm den Stock aus der Hand und verpasse ihm eine Kopfnuss. Ich packe ihn am Kragen und zerre ihn zum Wasser. Beeindruckt stelle ich fest, dass der Mann trotz deutlichem Übergewicht eine ganze Minute die Luft anhalten kann. Dann lasse ich ihn erschöpft los. Christoph starrt den falschen Soldaten ungläubig an.

Ich schäume vor Wut und überlege, was ich mit den beiden Vollidioten anfangen werde. Jens reibt sich über den Kopf. Ernsthaft verletzt scheint er nicht zu sein.

Nachdem der falsche G.I. Joe sich mehrfach bei Jens entschuldigt und erklärt hatte, dass er alles nur für ein Spiel gehalten habe und nicht wusste, dass wir ernsthaft angeln, entspannte sich die Situation etwas. Christoph war inzwischen ein wenig Holz sammeln und hat ein Lagerfeuer entzündet. Mittlerweile habe ich den Typen erkannt. Ich habe Armin sonst eigentlich nur mit Eimer auf dem Schädel erlebt. Im Militär-Outfit habe ich ihn jedenfalls noch nie gesehen. Er sitzt in einem Klappstuhl und starrt traurig auf das Wasser. Ich wundere mich, wo Christoph diese ganzen Idioten auftreibt. Armin toppt Albert noch um Längen. Kein Wunder, das

Spatzenhirn haut sich ja auch andauernd einen Kochlöffel auf den Kopf. Irgendwie habe ich Mitleid mit dem komischen Kauz.

„Willst du nicht auch angeln?", frage ich ihn. Er schüttelt schmollend den Kopf. „Ach, komm schon", fordere ich ihn auf.

„Geht nicht. Meine Angelausrüstung ist nass geworden", erklärt er. Gut. Ich finde das jetzt nicht so schrecklich. Eine Angelausrüstung, die nicht nass werden darf, hat sicherlich ihren Sinn verfehlt. Aber wenn er nicht angeln will, soll er es doch lassen.

„Ich muss sie noch trocknen", sagt er schließlich und steht auf. Er zieht seine nasse Weste aus, spannt sie über ein Seil und dieses über das Lagerfeuer.

„Kannst du überhaupt angeln?", fragt Jens ihn provokativ. Das scheint Armin zu ärgern.

„Junge, ich habe schon geangelt, da warst du noch nicht geboren", sagt er und kneift die Augen gefährlich zusammen. Diese tollkühne Behauptung mag ich nicht so recht glauben, da Jens mindestens fünf Jahre älter ist. „Ich bin ein Fachmann. Ein Angel-Fachmann", fährt er mutig fort. „Man nennt mich auch ‚The Angel'." ‚The Angel' also, denke ich und verkneife mir ein Lachen. Armin steht auf und geht zum Wasser. Er kniet sich hin und steckt den Zeigefinger in den Teich. Dann leckt er den Finger ab. „Süßwasser", stellt er fachmännisch fest und beeindruckt mit dieser überraschenden These genau einen Anwesenden. Er beugt sich vorne hinüber und taucht sein rechtes Ohr ins Wasser. „Forellen. Ich kann sie förmlich hören", erklärt er. Jens schüttelt ungläubig den Kopf. Armin steht auf und geht zu seiner Weste. Er zieht einen Block Papier raus. „Ich muss etwas recherchieren", erklärt er. „Also. Wann habt ihr zuletzt einen Fisch gefangen?", will er wissen. Mit ist das alles viel zu blöd. Doch Jens scheint an der Show gefallen gefunden zu haben. Er schaut auf seine Armbanduhr.

„Viertel vor eins würde ich sagen."

„Interessant", sagt Armin und klopft sich mit dem Bleistift auf die Zähne. „Eine Forelle, nehme ich an", fährt er fort. Jens nickt. Ich komme mir vor wie in einem schlechten Columbo. Einem äußerst schlechten Columbo. „Wie war zu diesem Zeitpunkt das Wetter?", fragt er nun.

„Ich vermute, es gibt gar keine Fische mehr", mischt sich Christoph ein.

„Es gibt Fische", sagt Armin trocken. „Die Frage ist, was mit ihnen passiert ist", schiebt er verschwörerisch nach.

„Tot?", will Christoph wissen und macht große Augen.

„Das kann ich noch nicht mit Bestimmtheit sagen." Jens lächelt. Er findet das unglaublich komisch. Mir geht diese ganze Show einfach nur auf den Sack.

„Sie haben sich bestimmt nur versteckt", schlägt Christoph vor.

„Möglich ist einiges", meint Armin.

„Ganz schön spannend", flüstert Jens und legt einen Arm auf meine Schulter. „Meinst du nicht auch, Marc?"

„Ich kann mich kaum noch halten", antworte ich genervt. Armin hat sich mittlerweile wieder ans Wasser gekniet und macht unmittelbar unter der Wasseroberfläche mit seinen Händen eine wellige Bewegung. Er sieht meinen skeptischen Blick. „Wegen der Strömung", erklärt er und nickt einmal bekräftigend. Plötzlich reißt Christoph sich seine Angelkleidung vom Leib und rennt ins Wasser.

„Ich gucke, wo sie sind", ruft er. Mitten im Teich bleibt er stehen und taucht bis zu den Haarspitzen unter. An seinem schwimmenden Haupthaar können wir sehen, wie er unter Wasser seinen Kopf hin und her bewegt. Er kann offenbar lange die Luft anhalten. Sehr lange. Die Bläschen, die an die Oberfläche stoßen, lassen mich hoffen. Dann taucht er plötzlich wieder auf. Traurig schüttelt er den Kopf. „Wir sind zu spät."

„Noch nicht", ruft Armin, rennt zu seiner Weste und zieht einen Gegenstand hervor. Mit einer ausholenden Bewegung schmeißt er den Behälter ins Wasser. Wir blicken gespannt auf die Oberfläche. Nach wenigen Sekunden ertönt ein dumpfer Knall und eine kleine Wasserfontäne schießt aus dem Teich. Augenblicklich treibt eine Vielzahl toter Forellen, Barben und anderer kleiner Fische an der Wasseroberfläche. Wir alle starren entsetzt auf das Wasser und im Wechsel auf Armin. „Ich habe doch gesagt, es gibt noch Fische. Man muss nur wissen, wie man sie fängt", erklärt er wie selbstverständlich. Ich bin mir nicht sicher, was ich gerade fühle. Einerseits bin ich unglaublich sauer auf diesen Volltrottel, andererseits unglaublich glücklich, dass der Sprengsatz nicht eben schon über dem Feuer losgegangen ist. Nur wenige Sekunden nach der Detonation taucht der Besitzer der Anlage auf. Trotz des gesamten Gepäcks sind wir ziemlich schnell am Auto. Die Flucht gelingt. Wir verstauen unser Gepäck gerade noch rechtzeitig im Auto, als der Besitzer aufschließen kann. Mit dem Handy am Ohr. Er ruft sicherlich die Polizei. Wir klettern in den Van und fahren los. Als wir an dem Besitzer vorbeifahren, lässt Christoph das Fenster hinunter, streckt dem Typen den Mittelfinger entgegen und schreit: „Das ist für die Fische! Wichser!"

Es ist bereits dunkel, als wir gemeinsam in unserem Wohnzimmer essen. Armin sitzt in meinem Ledersessel und ich frage mich ernsthaft, wieso. Was hat der verrückte Kerl in meiner Wohnung zu suchen? Christoph hat uns zu McDonalds „eingeladen". Darunter versteht er die Einladung, den Laden zu betreten, sicherlich nicht, die Rechnung zu übernehmen. Nach so einem Tag Fischen habe er richtig Appetit auf einen schönen leckeren Fisch, hat er uns erklärt und dann die amerikanische Fast-Food-Kette vorgeschlagen. Auf meinen aus meiner Sicht durchaus berechtigten Einwand, ob sich für sein Unterfangen nicht ein Fischrestaurant besser eignen würde, entgegnete er mir völlig entnervt, dass er dort ja bekanntermaßen nichts möge. Wie sich herausstellte, mag er auch keinen FishMac – zu fischig! Also beißt er nun herzhaft in seinen Big Mac. Ich erhole mich nur mühsam von den Geschehnissen am Nachmittag. Da hat mein Herz die eine oder andere Achterbahnfahrt mitmachen müssen.

„Wie bist du überhaupt an das Dynamit gekommen?", frage ich Armin und versuche nicht genervt zu klingen.

„Wieso? Brauchst du welches?", will er wissen und kneift die Augen wie Al Capone persönlich zusammen.

„Nein. Ich brauche keins!"

„Jeder braucht Dynamit", erklärt er mir. Ich kann mich nicht erinnern, jemals welches gebraucht zu haben, aber ich würde bei der Erklärung vermutlich nur meine Zeit verschwenden. „Du kennst doch Wile E. Coyote?" Natürlich kenne ich den bekloppten Kojoten aus der Road Runner-Serie. Allerdings frage ich mich, was der damit zu tun hat? „Der braucht auch Dynamit", fährt er schließlich fort. „Ich sag's dir. Jeder braucht Dynamit."

„Ich jedenfalls nicht!", versuche ich es erneut.

„Sicher?", möchte er wissen und lächelt mich verschwörerisch an. Was will der Spasti von mir?

„Ja, sicher." Er formt mit dem Finger eine Pistole und richtet sie auf mich.

„Ganz sicher?", hakt er nach. Ich glaube, ich verprügele ihn gleich.

„Ja, Armin! Ganz sicher!" Er drückt ab. „Peng". Dann zeigt er auf mich und tippt sich an die Schläfe. Ich würde zu gerne eine Erklärung bekommen, beschließe aber, es lieber gar nicht erst zu versuchen. Christoph legt mir die Hand auf die Schulter.

„Bei mir bekommst du es billiger", flüstert er mir leise ins Ohr und ich muss spontan an diesen seltsamen Verkäufer aus der Sesamstraße denken. Es fehlt nur der lächerliche Schlapphut. Das Telefon reißt mich aus meinen Gedanken. Christoph, der sich sein Gesicht in liebevoller Kleinstarbeit mit einem Käse-Fleisch-Gurken-Gemisch dekoriert hat, starrt auf den Hörer und springt wie von der Tarantel gestochen auf. Er rennt zum Telefon. Mit weit geöffneten Augen meldet er sich mit einem erwartungsvollen „Ja?". Seine Miene verfinstert sich umgehend. Wütend kommt er auf mich zu und „überreicht" mir das Telefon. Es tut gut, nach so langer Zeit Annes Stimme zu hören. Für einen Augenblick. Genau bis zu dem Moment, in dem mein Herz endgültig in tausend Stücke zerspringt. Hendrik, der schmierige Makler, habe ihr einen Antrag gemacht, erklärt sie mir in einem Ton, der sicherlich gut gemeint ist, bei mir aber vollkommen falsch ankommt. Irgendwie bemitleidend. Als habe sie von meinem gestörten Bruder erfahren. Hendrik sei genau der Richtige für sie. Kotz! Das habe sie von Anfang an gespürt. Seelenverwandt halt. Ich spüre eine unglaubliche Wut in mir aufkommen und blicke mich suchend nach einem Ventil um. Mein Blick bleibt an Armin hängen, der allen Ernstes seine Chicken McNuggets-Finger an meiner Ledergarnitur abschmiert. Ich solle die beiden doch mal besuchen kommen, schlägt Anne mir nun auch noch vor. Und ich dürfe auch Christoph mitbringen, wenn er keine Drogen konsumiert hat. Wie lieb von ihr. Plötzlich rammt mich genau dieser von hinten in bester American-Football-Manier um. „Das ist meins", schreit er, reißt mir den Hörer aus der Hand und legt auf. Ich bin völlig perplex und kann nicht reagieren. Doch die Wut kehrt augenblicklich zurück. Zumal ich mir bei dieser völlig hirnamputierten Aktion das Knie angestoßen habe.

„Bist du jetzt völlig verrückt?!", schreie ich ihn an, obwohl ich die Antwort seit 25 Jahren kenne. Er versteckt das Telefon hinter dem Rücken.

„Ich warte auf einen Anruf", erklärt er trotzig. „Schon den ganzen Tag."

„Wir waren den ganzen Tag angeln." Meine Stimme lässt selbst mich erschauern. Die ist besser als Michael Corleones.

„Na und", antwortet er. „Ich hatte das Telefon dabei!" Ich zähle langsam bis zehn. So blöd kann er einfach nicht sein. Das geht nicht. Völlig ausgeschlossen.

„Und du glaubst, das Telefon hat in Much Empfang?", frage ich ihn und bin überrascht, dass ich einen angenehmen Tonfall wähle.

„Hat deins doch auch!" Stimmt. Das klingt einleuchtend.

„Marc hatte sein Handy mit, Christoph", mischt sich Armin ein. „Wenn das Telefon nicht mit einer speziellen Agentensoftware ausgerüstet ist, wird es da wahrscheinlich keinen Empfang gehabt haben. Ich glaube nicht, dass dein Bruder sich so etwas leisten kann", führt er fort und mustert mich abschätzig. „Nicht billig. Aber ich kann dir beim nächsten Mal meins leihen." Ich würde zu gerne ausprobieren, ob das Telefon auch in seinem Arsch Empfang hat.

„Wo sind denn dann die Anrufe hingegangen?", fragt Christoph mit großen Augen. Armin steht auf. Entschlossen schreitet er durch das Wohnzimmer. Vor dem Sideboard bleibt er stehen und nimmt die Docking-Station in die Hand. „Ah. Das SL960 PX", liest er laut vor und nickt dabei, als habe er das gute Stück erfunden. „Nicht gerade die beste Wahl. Aber in eurem Fall durchaus ausreichend!" Unserem Fall? Was will mir der hässliche Blecheimer-Schläger damit sagen? Nun bin ich wirklich kurz davor, ihm das SL960 PX rektal einzuführen. Armin kramt sein Smartphone hervor und tippt wie wild drauf rum. Wir starren ihn eine geschlagene Minute an. „Hab ich's mir doch gedacht", erklärt er und nickt erneut, um seiner Aussage Ausdruck zu verleihen. „Das SL960 PX verfügt über einen AB", fährt er belehrend fort. „AB ist die Abkürzung für Anrufbeantworter." Christoph klebt an seinen Lippen. Ab und zu nickt er ebenfalls, vermutlich um zu zeigen, dass er verstanden hat. „Die entgangenen Anrufe werden vermutlich auf dem Anrufbeantworter gelandet sein", sagt er nun und macht mit den Armen eine Geste, als habe er gerade ein unglaubliches Geheimnis gelöst. Ich bin erschrocken, was das Schlagen auf einen Blecheimer anrichten kann. Christoph geht nickend auf Armin zu, legt seine Hand auf dessen Schulter und flüstert ein aufrichtiges „Danke!" Ich bin im falschen Film. Christoph klemmt sich die Docking-Station unter den Arm und verlässt, ohne diese auszustecken, das Wohnzimmer. Er sieht meinen skeptischen Blick. „Ist nichts für eure Ohren", versucht er vergebens mich zu beschwichtigen. Wenige Minuten später ist ein schriller Schrei aus seinem Zimmer zu hören. Ich kümmere mich nicht weiter darum.

„Kann ich den haben?", fragt mich Armin und zeigt auf einen der beiden Metalleimer, die wir mitgenommen hatten. „Ich glaube, der ist in C-Dur gestimmt."

D'r Zoch kütt

Nach einer durchzechten Nacht wache ich mit üblen Kopfschmerzen auf. Mein routinierter erster Blick verrät mir, dass ich mich in meinem Zimmer befinde. Alleine. Wieder mal alleine. Ich muss zugeben, Annes Anruf hat mich ein wenig aus dem Konzept gebracht. Unterbewusst hatte ich offenbar fest mit einer Versöhnung gerechnet. So langsam muss ich mich wohl an den Gedanken gewöhnen, dass wir vorerst kein Paar mehr werden. Zumal sich im weiblichen Teil meiner Familie das hartnäckige Gerücht hält, Anne sei schwanger. Da Hannah erschreckend viel über die vermeintliche Schwangerschaft weiß, gehe ich davon aus, dass sie und Anne noch Kontakt haben. Anne ist schwanger. Welch Ironie des Schicksals. Das Geld wäre mein. Die Erkenntnis, meine große Liebe ziehen lassen zu müssen, ist besonders schwer, da sich komischerweise seitdem auch sonst nicht mehr viel in meinem Bett getan hat. An One-Night-Stands habe ich den Spaß verloren, für eine Beziehung mit Annette fühle ich mich nicht bereit und werde es auch niemals tun. Leider muss ich zugeben, dass potentielle Partnerinnen nicht gerade vor meiner Haustür Schlange stehen. Was in Anbetracht meines WG-Partners weder schlimm noch verwunderlich ist. Christoph wohnt noch immer im Nachbarzimmer. Ich weiß nicht, ob er überhaupt auswandern will. Angeblich habe er noch kein Visum bekommen. Sein sentimentales Getue liegt möglicherweise an der fünften Jahreszeit. Karneval steht vor der Tür. Für einen Großteil der Bevölkerung ist das bunte Treiben wohl nur schwer nachvollziehbar. Erwachsene Menschen verkleiden sich, fangen Süßigkeiten und Blumen und singen Schlager-ähnliche Lieder in einer seltsamen Mundart. Wenn man in einer Hochburg wie Köln zu Hause ist, kommt man zwangsläufig nicht an diesen Feiertagen vorbei. Da ich nicht als Muffel dastehen will, nehme ich an diesen seltsamen Ritualen ebenfalls teil. Zumal das närrische Treiben auch Vorteile hat. In den letzten Jahren habe ich gelernt, dass an Karneval geflirtet und geknutscht wird, was das Zeug hält. Die Sünden, die man in dieser Zeit begeht, werden mit dem sogenannten „Nubbes" – einer Art Strohpuppe – am Ende der närrischen Tage verbrannt. Unglaublich praktisch. Ich werde mir diesen „Nubbes" auf Mallorca patentieren lassen. Somit kommt auch mir die fünfte Jahreszeit gerade recht. Nach den zuletzt eher kläglich gescheiterten Versuchen, eine Beziehung – ob kurz oder lang – aufzubauen, könnte Karneval zumindest ein wenig Abwechslung und vor allem Leben in mein einsames Bett bringen. Oma hat ja auch nichts von einer Hochzeit gesagt, sondern nur von Nachwuchs gesprochen. Vielleicht kann ich irgendeinem Mädel mit einem präparierten Kondom ein Balg unterjubeln. Irgendetwas muss jedenfalls passieren. Im Gegensatz zu mir liebt Christoph nicht das ungestrafte Rumhuren, Christoph lebt Karneval geradezu aus. Schon Wochen vor den legendären Tagen verbringt er Stunden im Keller und bastelt an seinem Kostüm. Es ist jedes Jahr etwas Besonderes. Aus der Enthüllung macht er ein wahres Staatsgeheimnis. Oft gelingt ihm die Überraschung. Manchmal auch nicht. Im vergangenen Jahr hatte er sich ein überdimensionales Penis-Ganzkörperkostüm aus Pappmaché gebastelt, das nicht nur bei den Damen gar nicht ankam. In der Straßenbahn ist er einer Gruppe Besoffener zu nahe gekommen, was wiederum eine Kastration zur Folge hatte. Auch heute steht der Idiot seit Stunden im Keller. Ich muss zugeben, dass ich ihn gerne etwas mehr um mich herum hätte. Mir ist langweilig. Schrecklich langweilig. Immerhin habe ich die Entscheidung getroffen, falls sich bis Mai kein Nachwuchs angekündigt hat, Deutschland wieder den Rücken zu kehren. Bis dahin schlage ich mir die Tage mit völlig schwachsinnigen Fernsehsendungen oder meiner Playstation um die Ohren.

Es ist Mittag, als Christoph den Keller an diesem Tag erstmals verlässt. Gesicht und Blaumann sind übersät mit weißen Flecken, seine Haare durcheinander. Er blinzelt etwas seltsam und lächelt ein erschreckend breites Lächeln. Zunächst glaube ich, er habe gekifft. Doch Christoph befindet sich in einer viel weiter entfernten Welt. Er wackelt irgendwie komisch hin und her und faselt seltsames Zeug vor sich hin, bevor er sich wie ein nasser Sack auf die Couch fallen lässt. Für einen Moment habe ich Angst um meine Ledergarnitur, denn ich weiß nicht, worum es sich bei den weißen Flecken handelt. Meine Kopfschmerzen retten Christoph zumindest vorerst über die Zeit. Zudem sieht er wirklich nicht besonders gut aus.

„Christoph?", frage ich und rüttle vorsichtig an seiner Schulter. Nach einem beherzten Schlag öffnen sich seine Augen. Seine Pupillen sind erschreckend geweitet und flackern wie wild hin und her. „Es sind die Vögel", ruft er und springt auf. „In all diesen Farben." Hektisch rennt er durch die Wohnung und ich beginne, mir ernsthafte Sorgen zu machen. In einem solchen Rauschzustand habe ich ihn noch nie gesehen. Ich rede mit Engelszungen auf ihn ein und kann ihn schließlich überreden, sich hinzulegen. Nach einer halben Stunde ist er endlich eingeschlafen. Jetzt ist es an der Zeit, meinen Kater in den Griff zu bekommen. Bevor ich zum Schnellimbiss aufbreche, vergewissere ich mich, dass Christoph noch nicht gestorben ist. Ist er nicht. Ich verlasse die Wohnung. Als ich den Flur betrete, fällt mir ein unangenehmer Geruch auf. Ich steige die Treppe runter und öffne die Kellertür. Der Gestank wird intensiver. In Christophs Hobbykeller entdecke ich schließlich die Ursache für Gestank und Christophs Rausch. Farbdeckel, Lacke und verklebte Plastiktüten. Christoph hat eine neue Droge für sich entdeckt.

Der Gyrologe, wie ich Costa, den Besitzer des griechischen Schnellimbisses nenne, hat mir tatsächlich wieder einmal über den Berg geholfen. Der Kater ist, Dank eines kleinen Spaziergangs durch die kalte Winterluft, überstanden und mir geht es deutlich besser. Als ich die Wohnung betrete, geht es Christoph anscheinend auch wieder gut. Er spaziert durch das Wohnzimmer. Einigermaßen gerade. Ein Tampon in der Nase verrät mir, dass er Nasenbluten hatte. Meine Vermutung scheint sich zu bestätigen. Christoph redet ununterbrochen. Zunächst denke ich, er führt Selbstgespräche. Als ich das Wohnzimmer betrete, zucke ich jedoch erschreckt zusammen. In meinem Ledersessel sitzt ein Mann. Ich habe ihn schon mal irgendwo gesehen, kann ihn aber nicht direkt zuordnen. Seine schwarzen Haare sind nach hinten gegelt und zu einem Zopf zusammengebunden. Er trägt einen schwarzen Seidenanzug. Toll. Der Anzug beeindruckt mich nicht wirklich. Der Typ schon. Auch wenn ihn eigentlich eher feminine Gesichtszüge prägen, hat er etwas Gefährliches an sich. Sein Lächeln wirkt gespielt und ich spüre die

Gefahr. Der Mann grinst mich einfach nur an, bewegt sich aber nicht. Christoph schleicht an mir vorbei und erzählt weiter vor sich hin.

„Christoph", flüstere ich, obwohl mich der Mann anstarrt und insofern meine Lippenbewegung sicherlich sehen kann. Christoph offensichtlich nicht. Er plappert ununterbrochen weiter. „Christoph!", schreie ich nun. „Da sitzt ein Mann." Christoph nickt. Immerhin hat er mich gehört. „Warum?", fahre ich fort.

„Er hat geklingelt", stellt mein Bruder fest.

„Setz dich", fordert mich der Mann auf. Obwohl sein Lächeln noch breiter geworden ist, weiß ich, dass es keinen Handlungsspielraum gibt. Also pflanze ich mich auf die Couch. „Mein Name ist Tekin", erklärt er schließlich. Jetzt dämmert es bei mir. Tekin Özgür. Bilgins Bruder. „Der Türke". Eine der Rotlichtgrößen der Stadt.

„Er hat mir einen Job angeboten", sagt Christoph und setzt sich ebenfalls. Mit dem Pfropfen in der Nase sieht er selten dämlich aus. „Als Kurier", führt Christoph fort. Na, das wäre sicherlich ein Heidenspaß für Tekin, würde aber sicherlich auch Christophs sicherem Tod gleichkommen.

„Christoph, würdest du uns bitte allein lassen? Wir haben etwas zu besprechen", fragt der Türke extrem freundlich. Christoph denkt einen kurzen Moment nach.

„Nein", entscheidet er sich. Zum ersten Mal ist für den Bruchteil einer Sekunde so etwas wie Unsicherheit auf Tekins Gesicht zu sehen. „Ich bin doch nicht blöd. Du bietest Marc sicherlich einen viel besseren Job an", führt Christoph fort. „Da mach ich nicht mit." Der Lack in seinem Gehirn scheint ihm Mut zu machen. Oder er hat noch gar nicht gepeilt, mit wem er da spricht. Tekin lächelt wieder. Er zieht eine Pistole aus seiner Jacke hervor, löst das Magazin und reicht sie Christoph.

„Wenn du uns kurz allein lässt, darfst du damit spielen", erklärt er. Ich bin überrascht, Tekin kennt meinen Bruder verdammt gut. Der Köder funktioniert.

„Wie Simon und Simon", ruft Christoph mit großen Augen und rennt aus dem Zimmer. „Peng, peng", höre ich ihn schreien und schaue ihm nach. Als ich mich umdrehe, fahre ich zusammen. Tekins Lächeln ist verschwunden. Dafür ist ein großes Messer zum Vorschein gekommen, mit dem sich der Zuhälter nun die Fingernägel säubert.

„Ich habe dir einen Vorschlag zu machen", sagt er. Ich versuche, mutig zu gucken, muss aber zugeben, dass ich mir fast in die Hose mache. „Du lässt ab jetzt die Finger von meiner Schwester", sagt er ganz sachlich und betrachtet die glänzende Klinge seines Messers.

„Warum sollte ich?", frage ich und bin erschrocken über meine Worte. Tekin ebenfalls. Mit so viel Gegenwehr hätten wir beide nicht gerechnet.

„Weil ich dann auch die Finger von dir lasse. Ganz einfache Regeln." Ich zwinge mich, den Mund zu halten und erst einmal nachzudenken. Da Bilgin eh nichts mehr mit mir zu tun haben will, kann ich dem Ganzen zustimmen.

„Ich wäre eh nicht so geil wie deine Schwester", versuche ich lustig zu sein. Mein Spaß trifft bei den Anwesenden auf geteilte Meinung. Ich fand ihn ganz okay, Tekin nicht so. Mit einer schnellen Handbewegung reißt er meinen Arm zu sich, knallt ihn auf den Tisch und sticht das Messer durch meinen Pulli in das Ikea-Holz. Ich bin sehr beeindruckt und nehme mir fest vor, mit Zuhältern in Zukunft keine Späße mehr zu treiben. Plötzlich stürzt Christoph ins Zimmer. Offenbar hat er uns belauscht.

„Hände hoch", schreit er und richtet die entladene Pistole auf den Türken. Tekin ist mindestens genauso verwirrt wie ich. Wir starren uns gegenseitig eine geschlagene Minute an, als die Türklingel die Stille durchbricht. Tekin steht langsam auf.

„Keine Bewegung", zischt Christoph.

„Jetzt fahren wir alle mal zwei Gänge runter", versuche ich die Situation zu beruhigen. „Ich werde jetzt die Tür öffnen." Ich greife nach dem Messer, doch Tekin ist schneller. Er zieht das Metall aus dem Tisch. Und fordert mich auf, den Besucher schnell abzuwimmeln. Als das Messer in seinem Anzug verschwindet, nimmt Christoph die Pistole runter. „Ich gehe zur Tür", ruft er fröhlich und rennt aus dem Zimmer. Zwei Minuten später kehrt er zurück. Mit Armin. Armin trägt einen Trenchcoat und einen seltsamen

Schlapphut. Tekin zuckt kurz zusammen. Seine Miene entspannt sich aber schnell wieder. Armin hält einen Pappkarton unter seinem Arm. Er wirkt nervös und blickt sich andauernd um. Mit seiner seltsamen Art scheint er nicht nur mich zu beunruhigen. Tekin fummelt in seiner Jacke nach dem Messer, hält es aber noch versteckt. Erst jetzt erblickt Armin den Türken. Er kneift die Augen zusammen und zieht eine Schnute. Dann nickt er, formt mit den Fingern eine Pistole und kniept verschwörerisch. Tekin kniept völlig überrumpelt zurück. Er hat keine Ahnung, wie er mit der neuen Situation umgehen soll. Armin hält die Hand seitlich vor den Mund. „Geschäftspartner, Muluck, Muluck!" Ich schaue Tekin fragend an. Er zuckt irritiert mit den Schultern.

„Deine Bestellung", flüstert Armin und überreicht mir vorsichtig das Paket.

„Was für eine Bestellung?", frage ich neugierig und rapple an der Kiste. Er reißt mir die Schachtel wieder aus der Hand.

„Bist du verrückt?", schreit er. „Du kannst das doch nicht schütteln. Das ist 1A-Sprengs…" In diesem Moment denkt er wohl wieder an Tekin, denn er schweigt und guckt den Türken mit großen Augen an. Der Volltrottel hat mir jetzt nicht ernsthaft ein Paket voll mit Sprengstoff gebracht?

„Ich glaube, er ist sauber", flüstert Christoph Armin ins Ohr.

„Aber ein Ausländer" entgegnet dieser ein wenig angewidert. Tekin hat nicht die leiseste Ahnung, was hier vor sich geht. Ich auch nicht. Er ist jedenfalls bei Weitem nicht mehr so selbstsicher wie vorher. Diese Chance will ich nutzen.

„Hör mal", beginne ich in ruhigem Tonfall. „Ich lasse meine Finger von deiner Schwester. Sie wollte eh nichts mit mir zu tun haben. Wirklich. Du hast mein Wort!"

„Obacht", ruft Christoph. Tekin und ich drehen uns beide genervt um. „Sein Wort ist nicht viel wert!", erklärt er und kassiert dafür einen bösen Blick von mir. „Er hat mir einen Pinguin versprochen, den ich nie erhalten habe", fügt er hinzu. „Nie!" Zum Glück lässt sich Tekin nicht auf den Schwachsinn meines Bruders ein.

„Das macht dann 3.000 Euro", mischt sich Armin in die muntere Gesprächsrunde ein.

„Was?", irgendwie überfordert mich die Situation. Wo soll ich soviel Kohle hernehmen und warum überhaupt?

„Na, das Paket, du Vogel!" Hat er mich gerade ,Vogel' genannt?

„Ich hab kein Paket bestellt." Armin schaut mich entsetzt an. Dann scheint er eine Idee zu haben. Er nickt und kniept nun mir verschwörerisch zu.

„Stimmt. Du hast kein Paket bestellt", erklärt er und tippt sich auf die Stirn. Er hält den Zeigefinger auf die Lippen und tippt sich dann ans Ohr. „Wir werden überwacht?", fragt er flüsternd. Christoph nickt eifrig.

„Armin, nimm dein Paket und verschwinde!", schreie ich wütend. Armin nickt und lächelt noch immer verschwörerisch.

„Ich nehme jetzt mein Paket und verschwinde", wiederholt er meine Worte übertrieben laut und extrem langsam. Dann nickt er und lächelt. „Bin fast schon weg", ruft er und stampft ein paar Mal auf der Stelle, als könne er so Schritte simulieren. Eine unglaublich schlechte Simulation. Er schleicht zu dem Sideboard und schreibt etwas auf den Notizblock neben dem Telefon. Vorsichtig reißt er den Zettel ab und bringt ihn mir. Ich traue meinen Augen nicht: „3.000 Euro! Cash! Smiley!" Tekin schüttelt noch immer den Kopf. Er ist sich nun sicher, im falschen Film zu sein. Wenn er bis eben noch Zweifel hatte, jetzt wird er wissen, dass ich mit seiner Familie nie wieder etwas zu tun haben darf.

„Armin, nimm dein Paket und geh!", presse ich wütend durch meine Zähne. Armin blickt mich skeptisch an und schüttelt dann verständnislos den Kopf. Plötzlich nickt er wieder.

„Du hast das Geld nicht", flüstert er nun. „Kein Problem. Eine Anzahlung!" Er zeigt auf meinen Fernseher.

„Nein. Keine Anzahlung, kein Geld, kein Paket", versuche ich es ihm möglichst einfach zu erklären. Leider kommt die Erklärung weder bei ihm noch bei meinem verstrahlten Bruder an.

„Du kannst die haben", sagt Christoph und überreicht Armin Tekins Pistole. „Die ist bestimmt 3.000 Euro wert."

„Cooool!", ruft Armin und greift nach der Pistole. Jetzt ist es Tekin, dem der Kragen platzt. Er springt über den Wohnzimmertisch, verpasst Armin eine Kopfnuss und reißt ihm die Pistole aus der Hand. Armin gibt sich jedoch alles andere als geschlagen, richtet sich auf und springt Tekin von hinten an. Der Zuhälter verfügt offenbar über die eine oder andere Kampftechnik. Gekonnt wirft er Armin zu Boden, tritt ihm in die Rippen und kniet sich auf seinen Hals. Armin läuft in einem erfreulichen Violett an.

„Bist du behindert? Du Opfer!", schimpft Tekin und spricht mir trotz Asi-Möchtegern-Sprache absolut aus der Seele. „Fass mich nie wieder an, verstehst du?" Armin ist fast schon lila. Christoph tippt Tekin vorsichtig auf den Arm.

„Ich glaube, er kriegt keine Luft!"

„Ihr seid doch alle behindert!", schreit er jetzt und lässt endlich von seinem Opfer ab. Armin reibt sich den Hals. Er zieht eine Schnute und ist den Tränen nahe. Doch es gibt etwas Positives an dieser Situation. Tekin ist offenbar nicht mehr so sehr wütend auf mich. Er klopft sich den Staub von der Jacke und verstaut seine Pistole. Dann blickt er mir tief in die Augen.

„Lass die Finger von meiner Schwester", fordert er mich auf. Seine Ausstrahlung hat etwas Unheimliches und ich verspreche ihm, mich daran zu halten. Der Zuhälter dreht sich langsam um, schüttelt den Kopf und geht. Ich atme erleichtert aus. Erleichtert, weil ich eigentlich mit dem Mord an zwei Vollspacken und mir gerechnet habe. Aus dem Augenwinkel nehme ich eine schnelle Bewegung wahr. Armin hat offenbar noch nicht genug und donnert Tekin einen DVD-Spieler an den Kopf. Fluchend sucht „der Türke" das Weite, kommt aber nicht weit.

Es klingelt. Ohne auf die Verwüstung zu achten, öffne ich die Tür. Zwei Polizeibeamte lächeln mich freundlich an. Tekin sucht mehr schlecht als recht Schutz hinter einer Kommode.

„Herr Wagner?", fragt der jüngere. Zu mehr als einem Nicken bin ich momentan nicht imstande. „Waren Sie vor einigen Tagen Angeln?", will der andere von mir wissen. Wieder nicke ich. „Nun, wissen Sie", er macht eine unglaublich lange Pause. „Wir suchen nach einer Gruppe von jungen Männern, die in einem ‚Forellen-

Puff' mit Dynamit geangelt haben." Eine weitere Pause. Vermutlich will er meine Reaktion abwarten. „Der Pächter konnte uns das genaue Nummernschild des Wagens nennen. Ein gewisser Jens Dröge hat uns Ihren Namen genannt."

„Wir waren vor einigen Tagen an einem Forellenteich, aber erstens habe nicht ich den Wagen ausgeliehen und zweitens würden wir nie mit Dynamit angeln. Ich wüsste gar nicht, wie wir daran kommen sollen", versuche ich, uns aus der Scheiße zu holen.

„Nicht?", fragt der jüngere Beamte lächelnd. „Und den Mann hinter Ihnen sehen Sie auch zum ersten Mal", fährt er fort. Ich folge seinem Blick. Hinter mir steht Christoph mit zwei Dynamitstangen in der Hand.

Armin ist tatsächlich in meiner Gunst gestiegen. Ein wenig jedenfalls. Er hat den Polizisten eine unglaubliche Geschichte aufgetischt. Von wegen ein böser Zuhälter sei in unsere WG geplatzt und hätte uns mit Dynamit bedroht. Er wollte uns nötigen, auf den Strich zu gehen. Nur Dank Armins 1-a-Kampfkunst konnten wir uns aus dieser misslichen Lage befreien. Letztlich haben die Beamten Tekin mitgenommen und uns vorerst in Ruhe gelassen. Nur wegen der toten Fische läuft nun eine Anzeige gegen Armin und aufgrund der Plastiktüten im Keller eine gegen uns. Gegen uns, weil Christoph trotz mehrfacher Aufforderung nicht bereit war, die Schuld auf sich zu nehmen. Er wisse von nichts, hat er immer und immer wieder wiederholt. Unterm Strich werde ich am Ende bestimmt fein raus sein. Dennoch verspüre ich Angst. Angst vor Tekin. Der Zuhälter wird sicherlich nur wenige Stunden auf der Wache verbringen und ich bin mir ziemlich sicher, dass er mir gerne einen weiteren Besuch abstatten würde.

Es ist Weiberfastnacht. Das Wetter macht meinem Jagd-Plan in diesem Jahr keinen Strich durch die Rechnung. Die Sonne scheint und es ist für die Jahreszeit angenehm warm. Ich warte aktuell auf meinen Kumpel Jens, mit dem ich auf den Heumarkt gehen will. Dort werden wir mit Tausenden anderer Karnevalsjecken den Straßenkarneval eröffnen. Kölsch, Live-Musik und vor allem verkleidete Mädels soweit das Auge reicht. Ich habe mich für mein Cowboy-

Kostüm (inklusive manipulierter Lümmeltüte) entschieden. Was nicht weiter verwunderlich ist, denn ich besitze nur dieses eine Kostüm. Als Jens eintrifft, habe ich die ersten beiden Biere schon getrunken. Jens ist als schlechter Pirat verkleidet. Er trägt wie jedes Jahr lediglich ein rotes Kopftuch und eine Augenklappe. Da wir aber keinen Kostümwettbewerb gewinnen wollen, ist mir seine Verkleidung so ziemlich egal.

Als wir am Heumarkt ankommen, ist dieser völlig überfüllt. Mehrere Tausend Menschen tummeln sich auf engstem Raum. Ich habe ein wenig Bedenken, komme aber nicht dazu, sie auszusprechen, weil Jens schon mitten im Getümmel steht. Dieser Ort ist sicherlich nichts für Menschen mit Platzangst. Für einen kurzen Moment schweben die schrecklichen Bilder der Love-Parade 2011 vor meinem inneren Auge. Warum lernen Menschen aus solchen Katastrophen nicht?, frage ich mich und drücke mich mit Schwung an drei übergewichtigen Frauen in viel zu engen Leggins vorbei. Wenige Augenblicke später geht es keinen Schritt mehr voran. Das ist insofern ärgerlich, als dass mir von vorne ein stinkender alter Mann seinen besifften Rucksack ins Gesicht drückt und gleichzeitig ein Lack- und Leder-Engel seinen Zauberstab an meinem Hinterteil reibt. Kurz gerate ich in Panik, als sich die Masse hinter mir in Bewegung setzt, die Menschen vor mir aber nicht im Entferntesten daran denken, ihre Reise fortzusetzen. Ich entscheide, in Zukunft ebenfalls ein Mensch mit Platzangst zu sein. Irgendwann zieht Jens mich in eine Lücke und ich kann zumindest wieder atmen. Jens ist heute sowieso besonders fürsorglich. Aus seinem Rucksack zieht er zwei kalte Dosen Bier. Bei der Größe des Rucksacks und Jens' praktischer Intelligenz, wenn es um das Betrinken geht, wird er wohl genug Dosen für den Rest des Tages mitgebracht haben. Mein bester Kumpel scheint sich pudelwohl zu fühlen. Ich bin da nicht ganz so euphorisch. Meine kürzlich erworbene Klaustrophobie lässt mich nicht mehr in Ruhe. Falls irgendwelche Terroristen vorhaben, nicht den Dom, sondern viel lieber die Bühne der Musik-Bands in die Luft zu jagen, sind meine Fluchtmöglichkeiten sehr überschaubar. Tatsächlich sind wir ziemlich eingekeilt. Jens' praktische Intelligenz hat bei der Suche nach einem geeigneten Platz für meine

Damenjagd überraschenderweise versagt. Zwar befindet sich in unserer unmittelbaren Nähe eine Gruppe von Frauen, allerdings handelt es sich dabei um einen Kegelklub aus Mechernich. Einen Kegelklub, der durchaus vor der Wende gegründet worden sein kann. Zumindest waren sämtliche Damen Anfang der 90er sicherlich schon weit über 30. Sie haben sich in (zu) enge Jeans-Hotpants gequetscht, tragen dunkelblaue Hemden und grüne Polizeimützen. „Liebespolizei", lächelt mir eine der Damen zu. „Sehr erfreut", sage ich sarkastisch, bezweifle allerdings, dass sie den Unterton in meiner Stimme verstehen will. Ihren üppigen, fast freiliegenden Busen haben sie mit irgendeinem Glitzer versehen. So groß der Busen auch ist, mir wird bei dem Anblick eher schlecht. Zu unserer Rechten grölt eine Gruppe Halbstarker irgendwelche Lieder einer pseudo-rechtsradikalen Gruppe. Sehr zur Freude der Jungs zu unserer Linken, die sich entweder perfekt als Mitbewohner unseres Landes mit Migrationshintergrund verkleidet haben oder eben solche sind. Ist das der Fall, finde ich es sehr löblich, dass sie sich in unsere kölsche Kultur integrieren wollen. Falls nicht, geht der Preis für das beste Kostüm in diesem Jahr an diese Fußgruppe. Sie könnten alle zu Tekins Bagage gehören und vor lauter Sorge vor dem Zuhälter und seinen potenziellen Freunden ziehe ich mir den Cowboy-Hut einen Tick tiefer ins Gesicht. Schließlich setzt die Musik ein. Man muss diese Stadt schon sehr lieben, um dem komischen Gegröle etwas abzugewinnen. Immerhin hören die halbstarken Jungs auf, ihre rechten Lieder darzubieten. Auch wenn ich unsere Stadt offenbar nicht genug liebe, um dieses seltsame „Tamtam, leck misch in der Täsch" schön zu finden, komme ich nicht daran vorbei, zu schunkeln. Nicht, weil ich mich nicht als Karnevalsmuffel outen will, nein, bei dem Getümmel bleibt mir gar keine andere Wahl. Zumal sich eine der Liebespolizistinnen bei mir einhakt und mich förmlich zu einem taktlosen Hin- und Herwackeln zwingt. Im Grunde macht mir das nicht viel aus. Mein Gott, mit Alkohol geht viel. Selbst einen Blick in das tiefe Dekolleté gönne ich mir. Das bleibt leider nicht unbeobachtet. „Lecker, ne?", fragt mich die Frau im tiefsten Platt. „Geht so", nicke ich freundlich und bin ganz froh, dass sie mich bei dem Lärm offenbar nicht gehört hat. Auch Jens ist schon in den Genuss der „Liebespolizei" gekommen. Zumindest hat es sich eine Frau des Kegelvereins „Wurst in Pelle" nicht nehmen lassen, eine Geschlechtskontrolle durchzuführen. Zufrieden leckt sie sich über die Lippen. Ich fühle mich komischerweise dennoch wohl. Bis zu dem Zeitpunkt, an dem sich erstmals meine Blase bemerkbar macht. Jetzt habe ich den Salat. Genau zwanzig Minuten schaffe ich es, den Druck zu ignorieren. Zeit, die ich dummerweise nicht genutzt habe. Jetzt schaffe ich es sicherlich nicht mehr bis zu einem der Toilettenwagen an den Seiten des Platzes.

„Ist es dringend?", fragt mich Jens, der meinen seltsamen „Einbein-Pipi-Hüpfer" offenbar richtig gedeutet hat. Ich nicke.

„Musste sicken?", fragt mich die eingehakte Dame. Wobei mir der Ausdruck „Dame" zunehmend unpassend erscheint. „Ich hab auch eben!", erklärt sie weiter und reicht mir eine Plastikflasche, die bis zur Hälfte mit einer fast klaren Flüssigkeit gefüllt ist. Es dauert einen Moment, bis der Groschen fällt. Sie hat doch nicht …? Wie hat sie …? Die Frau erkennt meine Irritation und zieht einen Papiergegenstand aus der Tasche. „Urinella", sagt sie und ich bin froh, dass Christoph nicht in der Nähe ist. Er hätte sich vor Kichern sicherlich nicht mehr eingekriegt. Angewidert blicke ich die Frau an. Sie lächelt freundlich, leckt sich über die Lippen und wirft mir einen Kuss zu. Ich wäge meine Möglichkeiten ab, greife nach der Flasche und öffne sie. Die Menschenmasse bietet mir ausreichend Sichtschutz. Dennoch habe ich Schwierigkeiten mich zu konzentrieren. Es dauert einige Augenblicke bis es läuft. Doch es fällt mir schwer, die kleine Öffnung zu treffen. Zumal das Schunkeln ein gezieltes Pinkeln fast unmöglich macht. Also pinkele ich einem der südländisch aussehenden Männer auf den Fuß.

„Bist du behindert?", raunzt er mich an. „Was pisst du mich an, du Opfer?" In dieser Form ist mir der Asi-Spruch komplett neu. Aber ich muss zugeben, dass die Jungs ihre Kostüme auch verbal perfekt beherrschen. Die anderen Jungs schauen mich nun ebenfalls wütend an und so langsam schwant mir Übles. Die Verkleidung wäre aber auch zu gut gewesen. Ehe ich mich versehe, kassiere ich eine Ohrfeige und Jens eine knirschende Kopfnuss. Blut rinnt aus seiner Nase. Ich überdenke die Situation und komme relativ schnell zu dem Schluss, dass wir gegen die acht Angreifer schon zahlenmäßig nicht den Hauch einer Chance haben. Der Versuch, die Jungs zu besänftigen, endet mit einer Faust in meiner Magengrube. Wenn ich mir die Menschenmassen so anschaue, sehen unsere Fluchtmöglichkeiten nach wie vor alles andere als rosig aus. Gerade als ich mich meinem Schicksal ergeben will, nehme ich aus dem Augenwinkel ein überdimensionales Ei war. Ein Ei? „Tataaa!", ruft es. „Wäre doch gelacht!" Das Ei misst mindestens zwei Meter, ist unglaublich dick und erstreckt sich über den ganzen Körper. Keine Ahnung, wie der Mensch unter dem Pappmaschee irgendetwas sehen will. Ein begabter Künstler hat ein Gesicht und den Buchstaben „m" auf den Bauch gepinselt. Ich muss zugeben, „Yellow" ist wirklich gut geworden und mit seinen Maßen überraschend effektiv. Er hat bereits zwei Angreifer einfach überrollt und wedelt nun wie wild mit den Armen. Das ist jedoch nur bedingt erfolgreich, da anscheinend das Kostüm auf eben diesen Armen getragen wird und nur die Unterarme hinausschauen. Grundsätzlich halte ich es sowieso für äußerst fahrlässig, mit so einem falsch proportionierten Kostüm an Weiberfastnacht den Heumarkt aufzusuchen. Der Idiot muss doch wissen, was ihn hier erwartet hat. So blöd kann man eigentlich nicht sein. Es sei denn ... So langsam dämmert es mir, um wen es sich handelt. „Auf sie mit Gebrüll!", schreit mein verstörter Bruder, doch ich bin überraschenderweise hochgradig erfreut, ihn zu sehen. „Lauf!", schreit er theatralisch. „Einer muss unseren Namen weitertragen. Lauf schon. Ich werde es nicht schaffen!" Leicht gerührt setze ich zur Flucht an, doch Jens hält mich fest. „Er ist dein Bruder. Wir können ihn nicht hierlassen", erklärt er mir. Ich schaue dem M&M ins Gesicht. Es lächelt. Es scheint glücklich zu sein und mir sagen zu wollen: „Iss mich, iss mich ..." Nein, es sagt „Lauf!". Egal, Jens schnappt sich Christophs Hand, reißt ihn wirbelnd herum und verschafft uns mit dieser Aktion ein paar Meter Spielraum. Die Bewegung stößt unterm Strich auf sehr wenig Gegenliebe, aber das ist jetzt nicht unser Problem. Ich reiße Christoph in die andere Richtung zurück. „Hui!", ruft er hörbar amüsiert. Die Schleuderaktion zeigt gute Ergebnisse. Wir haben einen Großteil der Jungs völlig aus dem Konzept gebracht. Diesen kurzen Moment nutzen wir zur Flucht. Wir nehmen „Yellow" jeweils an eine Hand und rennen, was das Zeug hält. Nach fünf Minuten erreichen wir eine kleine Gasse am Rande des Platzes. Vorerst haben wir die Angreifer tatsächlich abgeschüttelt. Doch da man mit einem überdimensional großen M&M nicht gerade geschickt abtauchen kann, ist die Hetzjagd nicht vorbei. „Ich muss mal", fällt Christoph zu allem Überfluss jetzt ein. Er sieht unglaublich dämlich aus. Eigentlich ist das Kostüm ziemlich gut geworden. Doch die weißen Beine passen nicht recht zu der Größe des Eis. Zudem kleben seit unserer Flucht verschiedene Utensilien anderer Karnevalsjecken an seinem Bauch. Eine rote Feder, eine leere Schnapsflasche, verschiedene Papierfetzen und sogar ein ganzes Polizeihemd. Spontan fällt mir der üppige Busen der „Liebespolizistin" ein, der jetzt bestimmt einem Freilichtmuseum gleichkommt.

Mühsam pellt sich Christoph aus dem Ei. Als er schließlich vor mir steht, bin ich nicht wirklich begeistert. Christoph trägt nur Boxershorts, dazu Strapse mit weißen Strümpfen und weiße Armstulpen. Ich schüttele verzweifelt den Kopf.

„Was?", raunzt er mich an.

„Warum hast du nichts an?", frage ich ihn und kann es einfach nicht fassen.

„Na, weil ich doch pinkeln muss", erklärt er selbstverständlich. „Ich kann das Ding dabei nicht anlassen", sagt er in einem Ton, als wäre ich hier der Vollidiot von uns beiden.

„Aber warum trägst du nichts drunter?"

„Was trägst du denn unter deinem Kostüm?", will er von mir wissen.

„Aber du hättest doch wenigstens ein T-Shirt anziehen können!"

„Du klingst fast so wie Mama!"

„Na und? Guck dich doch mal an."

„Aber unter dem Kostüm sieht das doch keiner."

„Du trägst aber kein Kostüm mehr."

„Das stimmt!", sagt er und verschränkt die Arme. „Ich muss ja auch pinkeln!"

Ich beende die Diskussion lieber, bevor mein Aggressionspotenzial weiter steigt. Christoph stellt sich unterdessen an eine Ladenfassade und packt aus.

„Bist du bescheuert?", schreie ich. „Doch nicht am hellichten Tag." Christoph hält für einen kurzen Moment inne. Er dreht sich um, ohne sein Geschlechtsteil einzupacken oder loszulassen.

„Aber ich kann doch nicht bis heute Nacht warten. Ich muss jetzt." Und für einen kleinen Augenblick habe ich Angst, er könne mich anpinkeln.

„Nicht hier", erkläre ich ihm. „Du kannst doch nicht am hellichten Tag mitten auf der Straße pinkeln."

„Aber bei dir ist es in Ordnung", schimpft er und deutet mit dem Kopf in Richtung Heumarkt. Wenn er nicht langsam seinen Penis einpackt, werden wir noch wegen Erregung öffentlichen Ärgernisses verhaftet.

„Da vorne ist eine Kneipe", sage ich und deute auf die Fassade eines alten Schuppens.

„Oh gut", antwortet er zufrieden. „Vielleicht haben die ja eine Toilette", fällt ihm auf. „Ich werde es mal ausprobieren." Christoph packt endlich ein und geht in die Kneipe. Jens schüttelt genervt den Kopf und hält sich mit einer Hand die noch immer blutende Nase. Irgendein Besoffener entdeckt das Pappmaschee-Ei am Straßenrand, stülpt es sich über und rennt kichernd davon. Ich werde den Teufel tun und ihm nachrennen. Das war genug Aufregung für einen Tag.

Christoph bleibt erstaunlich lange weg. Eine halbe Stunde vergeht sicherlich, bevor wir uns in der Kneipe auf die Suche machen. Eine lange Warteschlange vor der Toilette gibt es nicht und somit bleibt eigentlich nur noch die logische Möglichkeit, dass Christoph nicht nur pinkeln musste. Der Laden ist nur halb gefüllt. So fällt es uns nicht schwer, ihn zu finden. Tatsächlich sitzt er nicht auf der Toilette. Er sitzt an einem Ecktisch. Mit anderen Leuten.

„Hey Jungs", strahlt er, als er uns sieht. „Was macht ihr denn hier?", will er wissen. In seinem seltsamen Outfit sieht er mehr als peinlich aus.

„Wir warten auf dich", erkläre ich und versuche, nicht genervt zu klingen.

„Och", er lächelt. „Das wäre aber nicht nötig gewesen!" Ich bin kurz davor, ihm eins überzubraten. „Das kann noch länger dauern.

Aber wenn ihr warten wollt, setzt euch doch. Die Jungs rücken bestimmt ein wenig." Ich werfe einen Blick in die Runde und erschrecke. Der Lack- und Leder-Engel sitzt direkt neben meinem Bruder. Daneben hockt ein Lack- und Leder-Teufel sowie ein Matrose in viel zu engem Ringel-Shirt. Der Matrose lächelt mir verschwörerisch zu.

„Ich habe sie beim Pinkeln kennengelernt", erklärt Christoph. Das kann ich mir vorstellen. Ich blicke mich in dem Laden um und stelle fest, dass hier ausschließlich Männer „verkehren".

„Wir sollten dann gehen", schlage ich Christoph vor.

„Nein, sollten wir nicht", stellt er entschieden fest. „Ich lasse mir von euch Karneval nicht verderben", schimpft er. Ich blicke Jens an, der zuckt nur mit den Schultern. Also verlassen wir den Laden ohne Christoph. Ganz wohl ist mir bei dem Gedanken nicht, aber eigentlich ist er alt genug, um auf sich selbst aufzupassen. Selbst in diesem Outfit.

Nachdem wir in mehreren kleineren Kneipen Zwischenstation gemacht haben, treffen wir am frühen Abend am Zielort unserer Odyssee ein. In den kleineren Kaschemmen habe ich meine große Liebe nicht entdeckt. Vielleicht geht in einem der angesagtesten Klubs der Stadt was. Das Bier ist zwar ein wenig teurer, doch es lohnt sich. Alles was Rang und Namen hat verkehrt hier. Seit einigen Jahren endet unsere „Weiberfastnacht-Reise" in diesem Lokal. Bis jetzt habe ich immer irgendeine süße Alte abgeschleppt. Auch wenn meine Sicht durch den vielen Alkohol langsam ein wenig getrübt ist, werfe ich einen intensiven Kontrollblick durch den Saal. Zahlreiche Bienchen, Kätzchen oder andere Tiere fallen mir recht positiv auf und ich würde mich heute mit der Rolle des „Zoowärters" durchaus zufriedengeben. Jens, wieder eher praktisch veranlagt, hat schon die ersten Biere organisiert. Das erste Mädel, das mich anquatscht, ist leider kein Tier. Es ist Hildegard, eine Liebespolizistin aus Mechernich. Sie freut sich wahnsinnig, uns wiederzusehen. Meine Freude hält sich dagegen sehr in Grenzen. Zum einen hält sie so die künftige Frau Wagner mit großer Sicherheit von mir fern, zum anderen, und das ist im Moment wirklich schlimmer, erzählt sie mir ihre ganze Liebesgeschichte, vom ersten überdimensionalen Dildo bis hin zur Scheidung von Uwe, einem Finanzbeamten, der mit einer Thailänderin ausgewandert ist. Den Dildo hat Hildegard noch immer und kann sich gut vorstellen, ihn mir mal zu zeigen. Zum zweiten Mal an diesem Tag ist es eine Schokolinse, die mich aus meiner misslichen Lage befreit. Allerdings ist es nicht Christoph. Und auch nicht „Yellow". Es ist „Red", „Yellows" grimmiger kleiner Freund. Es gibt zwei von der Sorte?, schießt es mir in den Kopf. Natürlich. Albert. Wie ist der Vollidiot mit dem Kostüm an den Türstehern vorbeigekommen? Während mir also Hilde von den Liebkosungen ihres elektrischen Freundes erzählt, bahne ich mir unbemerkt den Weg durch die Menschenmenge. „Red" kommt bei den Frauen unglaublich gut an. Im Gegensatz zu „Yellow" ist „Red" deutlich kleiner, und eckt insofern nicht überall an. Als ich ihn erreiche, ist er in ein tiefes Gespräch mit einer süßen Biene verwickelt.

„Albert?", frage ich die Schokolinse.

„Nein, Red", erklärt die vertraute Stimme.

„Wartest du auf Christoph?", frage ich ihn. „Red" kratzt sich an seinem Pappkopf und legt sich dann einen Finger in den falschen Mund.

„Einen Christoph kenne ich nicht. Aber ich suche meinen dicken Freund, Yellow." Ich werde das Spiel wohl oder übel mitspielen müssen. Die junge Frau lächelt mich süß an.

„Und wann wollte dieser „Yellow" kommen?", frage ich Albert.

„Wir waren schon vor einiger Zeit verabredet. Er kommt mal wieder zu spät. Auf Yellow ist einfach kein Verlass mehr." Albert spielt seine Rolle zu gut.

„Yellow ist geklaut worden", erkläre ich schließlich und löse damit die Panik aus, die ich beabsichtigt hatte.

„Wo?", schreit „Red" hysterisch und rennt planlos davon.

„Hi, ich bin Marc", stelle ich mich dem kleinen Bienchen vor.

„Maike", antwortet sie. Ihr Lächeln ist ein Traum. Leider verdeckt das Bienen-Kostüm tiefere Einblicke und verhindert eine vollständige Inspektion. „Und? Was macht Marc beruflich?", will sie von mir wissen. Ich biege ihr einen der beiden Fühler gerade. „Tierarzt", lächle ich und sehe sofort, dass sie mir das nicht abnimmt. Ihr zu erklären, dass ich von dem Erbe meines Onkels lebe und im Sommer sämtliche Miezen auf Malle flachlege, kommt wahrscheinlich nicht so gut an. Ein bisschen geheimnisvoll hat noch nie geschadet.

„Das ist gut. Ich bin privat versichert", sagt sie. „Ich mag Spezialbehandlungen", schiebt sie lasziv hinterher. Das gefällt mir.

Wie sich nach einigen Minuten herausstellt, ist Maike nicht allein. Ihre Freundin Laura, eine Katze in Hotpants, ist ebenfalls nicht von schlechten Eltern, ganz und gar nicht. Zwischenzeitlich spiele ich sogar mit dem Gedanken, den Patienten zu wechseln. Doch Jens ist bereits in seinem Element und ich will meinen besten Freund nicht vor den Kopf stoßen. Der Abend entwickelt sich prächtig. Obwohl ich zuletzt ein wenig aus der Übung gekommen bin, kommen meine Anmachsprüche gut an. Ich habe meinen Zauber also doch nicht verloren. Maike streichelt mir bereits liebevoll über den Arm und es gibt eigentlich keinen Zweifel daran, wo wir den Abend verbringen werden. Selbst ein weiterer plumper Annäherungsversuch der „flotten Hilde" schreckt Maike nicht ab. Wir haben den ersten „Freundschaftskuss" bereits ausgetauscht und gleich werde ich sie nach ihrer Nummer fragen. Erst als ein nahezu nackter Typ in Strapsen, gejagt von zwei Türstehern völlig aufgebracht an mir vorbeiläuft, wendet sich das Blatt. Als er mich sieht, bleibt er abrupt stehen.

„Schwul!", schreit er mich an. „Der eine Typ ist schwul! Er hat mir an den Pimmel gepackt." Christoph schaut sich ängstlich um.

„Das ist Yellow!", stelle ich Maike meinen Bruder vor.

„AN DEN PIMMEL!", schreit er und zieht sich die Boxershorts ein Stück runter. Maike verdreht die Augen.

„Wir sind Brüder. Das liegt bei uns in der Familie", sage ich, deute auf Christophs Geschlechtsorgan und kniepe ihr cool zu. Das kommt offenbar nicht ganz so gut an, doch Maike kann über diesen Fauxpas hinwegblicken. Zumindest bleibt sie bei uns stehen.

„Wo ist mein Ei?", will Christoph nun hysterisch wissen. Wieder blickt Maike prüfend auf seine Geschlechtsteile. Christoph meint sicherlich „Yellow", doch das jetzt zu erklären, würde vermutlich zu lange dauern. Zu lange, weil sich die Türsteher bereits unmittelbar hinter Christoph befinden. Einer packt Christoph etwas grob am Arm und ich verspüre den dringenden Zwang, meinem Bruder zu helfen. Maike ist jedoch zu süß, als dass ich Gefahr laufen will, des Klubs verwiesen zu werden. Also warte ich ab.

Die Türsteher packen meinem Bruder unter die Arme.

„Darf ich fragen, was er getan hat?", will ich von dem etwas schlauer Aussehenden wissen.

„Guck dir den Bastard an. Wie er schon rumläuft", erklärt mir der Türsteher. Er kann unmöglich wissen, ob Christoph wirklich ein Bastard ist. Doch das erkläre ich ihm bei dem Bizeps lieber nicht.

„Es ist doch Karneval", versuche ich zu vermitteln, habe aber Christophs Intelligenz überschätzt.

„Ich möchte eine Anzeige machen, Herr Obersicherheitsmann", erklärt er mit erhobenem Finger. „Man hat mir mein Ei gestohlen. DIESER Mann hat mir mein Ei gestohlen!", schreit er und zeigt auf mich. Ich bin froh, dass Christophs Boxershorts wieder alles verdecken.

„Was für ein Ei?", fragt der andere Türsteher und blickt mich mit stupidem Gesichtsausdruck an.

„Keine Ahnung", sage ich und wundere mich, dass dieser Muskelberg überhaupt auf Christophs Anschuldigung eingeht.

„Diebstahl führen wir in unserem Laden nicht." Ich muss zugeben, dass ich mit Dummheit nur bedingt gut umgehen kann. Dementsprechend kann ich leider nicht meinen Mund halten.

„Ich bin auch nicht gekommen, um Diebstahl zu kaufen. Ich will nur Karneval feiern." Ich sehe, wie es in dem Schädel des Türstehers arbeitet, nach einigen Sekunden gibt sein Hirn offenbar verwirrt auf.

„Okay, Mister. Diebstahl gibt es nicht. Du gehst auch!", bestimmt er nun.

„Was habe ich denn gestohlen?", frage ich entsetzt.

„Mein Ei!", schreit Christoph.

„Sein Ei", wiederholt der dumme Türsteher. In den Augen des anderen Sicherheitsmenschen sehe ich etwas wie Verwunderung oder Verwirrung. Doch er scheint in der Befehlskette offenbar weiter unten angesiedelt zu sein.

„Ich habe kein Ei gestohlen", erkläre ich.

„Ich diskutiere nicht! Ihr fliegt alle raus", sagt er und baut sich drohend vor mir auf. „Wie viele seid ihr?", will er nun von mir wissen. Ich blicke Christoph, Jens und mich im Wechsel an. Dann noch einmal und zähle dieses Mal laut mit den Fingern mit. „Elf", antworte ich sarkastisch. „Eine ganze Fußballmannschaft", schiebe ich hinterher und glaube einfach nicht, dass die hier zu blöd zum Zählen sind. Schließlich schiebt mich der Türsteher unsanft vor sich her. Der andere zerrt Jens und Christoph vor die Tür. Maike winkt mir lachend zu. Warum sie uns nicht hinterherkommt, werde ich wohl nie verstehen. Wir werden unsanft auf die Straße gestoßen. Die frische Luft hat eine überraschend kontraproduktive Wirkung. Langsam verschwimmt mein Sichtfeld und ich sehe nur noch, wie einer der Türsteher „Okay, drei haben wir. Es fehlen also noch … äh … acht Angreifer" in sein Funkgerät haucht.

Wenige Augenblicke später sitzen wir in irgendeiner Bar und Christoph jammert noch immer über den Ei-Diebstahl. Ich habe nicht die leiseste Ahnung, wie wir hier hergekommen sind. Ich weiß nur, dass es mir nicht besonders geht.

„Mein Ei", schluchzt Christoph und hält den Kopf gestützt in seinen Armen. Wutentbrannt ziehe ich ihm den Arm weg und haue seinen Schädel auf die Tischplatte.

„Du dummer Idiot!", schreie ich ihn an. „Mir reicht es mit dir! Was glaubst du, wo ich dein beschissenes Ei versteckt habe!" Christoph blickt mich ängstlich an.

„In einem Versteck?", fragt er vorsichtig. „Vielleicht eine Garage. Die müsste doch groß genug sein." Noch einmal haue ich seinen Schädel auf den Tisch. Den Kneipenbesitzer interessiert das herzlich wenig. Er ist vermutlich froh, überhaupt noch zahlendes Publikum zu haben.

„Du hast mir heute zum letzten Mal eine Tour vermasselt", fahre ich fort. „Diese Maike hätte die Frau meines Lebens sein können", erkläre ich. Christoph blickt verdutzt auf.

„Ihr wolltet heiraten?", fragt er und lächelt mich liebevoll an. Am liebsten würde ich ihm jetzt eine verpassen. „Hau ab", flüstere ich stattdessen und mache anscheinend ein sehr imposantes Gesicht. Christoph lässt sich meine Drohung nicht zweimal sagen. Mit gesenktem Kopf verlässt er traurig die Kneipe. In diesem Moment kommt Jens mit einer Flasche Schnaps an den Tisch.

Wir hatten einen wunderbaren Abend, an mehr erinnere ich mich nicht. Als ich aufwache, ist mir unglaublich schlecht. Mein Kopf fühlt sich an, als hätte der Dom auf ihm übernachtet. Ein süßlicher Duft steigt mir in die Nase und verursacht weitere Übelkeitsattacken. Es ist ein sehr penetrantes Parfüm. Ein Parfüm? Ich lasse die wenigen Szenen, die in meinem Schädel vorhanden sind, Revue passieren. Mir fallen nur die „flotte" Hilde und Maike ein. Ängstlich blicke ich mich um und bin zunächst beruhigt, dass ich weder ein Liebespolizei-Hemd noch einen überdimensionalen Dildo irgendwo erblicke. Der Rücken des weiblichen Wesens passt auch nicht zur flotten Hilde. Die Haarfarbe allerdings nicht zu Maike. Soweit ich mich erinnern kann, war Maike nicht blond. Ich werfe einen weiteren Blick unter die Bettdecke. Wir sind beide nackt. Zufrieden lächele ich, ohne mich zu schnell zu bewegen, schließlich geht es mir wirklich alles andere als gut.

„Guten Morgen, Marc", lächelt mich eine völlig unbekannte, aber bildhübsche junge Frau an. Ich bin von mir selbst beeindruckt, zu was ich im absoluten Vollrausch fähig bin.

„Guten Morgen", antworte ich. Bevor ich mich versehe, habe ich den ersten Kuss bereits abgestaubt. Wow, das geht schnell. Das Mädel klettert auf mich und beginnt sich rhythmisch zu bewegen. Wäre mir nicht so kotzübel, wäre das jetzt genau richtig. Leider läuft mir schon ein wenig Flüssigkeit im Mund zusammen. Etwas grob schmeiße ich das Mädchen runter und renne ins Badezimmer. Ich schaffe es gerade noch rechtzeitig. Anschließend spritze ich mir ein wenig kaltes Wasser ins Gesicht und putze mir die Zähne. Als ich das Badezimmer verlasse, steht Christoph vor mir. Er grinst über beide Ohren.

„Wie ist sie?", fragt er flüsternd und strahlt mich wie ein Kleinkind an Weihnachten an.

„Wer?", will ich wissen.

„Na, die Kleine in deinem Zimmer. Die hab ich dir besorgt."
Was meint er mit „besorgt"?

„Ist das eine Nutte?", frage ich entsetzt. Christoph blickt mich kopfschüttelnd an. „Marc", sagt er belehrend. „Wo sollte ich das Geld für eine Nutte herhaben? Ich hab dir doch nur einen Ersatz für das Mädel von gestern Abend gesucht." Das ist mir gerade zu anstrengend. Ich schwanke angeschlagen in mein Zimmer zurück und bitte das Mädchen zu gehen. Sie kommt meinem Wunsch nach und ist mir noch nicht einmal böse, dass ich sie weder nach Namen noch nach ihrer Nummer frage. Eine Frau, die mir Christoph „besorgt" hat, ist mir mehr als suspekt. Außerdem geht es mir momentan alles andere als gut. Erst einmal möchte ich nur meinen Rausch ausschlafen. Bevor sie das Zimmer verlässt, rufe ich sie noch einmal zurück.

„Ja?", fragte sie zuckersüß.

„Nimmst du die Pille?", will ich wissen. Die Frage kommt bei ihr nicht so gut an. Sie verdreht die Augen.

„Du kannst ganz beruhigt sein", erklärt sie sachlich. „Ich nehme die Pille."

Komischerweise beruhigt mich ihre Aussage ganz und gar nicht.

Die weiteren Tage verlaufen nicht besonders karnevalistisch. Überhaupt nicht. Während ich meinen Kater mit viel Cola und fettigem Essen bekämpft habe, ist Opa Robert völlig überraschend gestorben. Lungenembolie. Auch wenn Opa Robert ein griesgrämiger alter Mann war, schmerzt der plötzliche Verlust sehr. Vor allem meinen Vater wirft der Tod völlig aus der Bahn. Über diese Tragödie haben Christoph und ich Waffenstillstand geschlossen. Zumindest von meiner Seite aus. Christoph war, glaube ich, gar nicht bewusst, dass ich wirklich sauer auf ihn war. Das hübsche Mädel war zumindest ein nett gemeinter Versuch, die Wogen zu glätten. Mit meinem japanischen – das habe ich mir trotz der Tragödie nicht nehmen lassen – Leihwagen reisen wir an. Anders als noch im Dezember verläuft die Anreise relativ entspannt. Das liegt vor allem daran, dass ich Christoph vor der Abreise Schlaftabletten in die Cornflakes gemischt habe. Nicht nur, weil ich eine möglichst angenehme Fahrt erleben wollte, auch weil Christoph, nachdem er die

Cornflakes-Packung gesehen hat, irgendwie durchgedreht ist. Vermutlich war auf der Rückseite irgendein Comic, den niemand außer ihm lustig fand. Er ist noch total übermüdet, als Vater ihn schließlich in die Arme schließt und an seine Schulter drückt. Ich komme nicht in den Genuss einer solchen Liebkosung. Nicht, dass ich scharf drauf gewesen wäre, doch nur wegen eines japanischen Mietwagens auf eine Begrüßung völlig zu verzichten, halte ich für ein wenig übertrieben. Bis auf meine Mutter sind alle schwarz gekleidet. Sie hat noch nie einen Hehl daraus gemacht, dass sie Opa Robert nicht leiden konnte. Was ziemlich erstaunlich ist, denn er und Papa waren sich extrem ähnlich. Vater führt uns ins Wohnzimmer. Oma Gerda sieht aus wie ein Häufchen Elend. Sie kauert mit einem Taschentuch auf der Couch.

„Ich bin so einsam", jammert sie und ich blicke mich irritiert um. Mit Mama, Papa, Hannah und Opa Heinz ist das Wohnzimmer eigentlich ziemlich voll. „Was soll ich denn jetzt nur machen?", fragt sie und ich spiele mit dem Gedanken, sie um einen Baby-Prämien-Aufschub zu bitten.

„Schade, dass Annette nicht da ist. Mit der hast du dich doch so nett unterhalten", flüstert Hannah Oma ins Ohr und lächelt mich dann böse an.

„Wo ist Annette?", will Oma nun wissen.

„Im Gegensatz zu dir, habe ich ein Sexleben", gebe ich meiner Schwester zurück.

„Apropos Sex! Anne ist wirklich schwanger", sagt sie und lächelt erneut.

„Anne?", fragt Oma neugierig. „Na, wenn ihr heiratet, gibt es Geld", erklärt sie und ihre Augen weiten sich freudig erregt.

„Na, jetzt streitet euch nicht", beschwichtigt Mutter uns. „Wir können doch froh sein, so eine intakte Familie zu haben." Ich werfe einen resignierten Blick in die Runde. Mein Vater kauert am Fenster und starrt missmutig auf den „kleinen Japaner", Oma jammert „ich bin so alleine" vor sich hin, Hannah schmeißt mir ein weiteres hämisches Lächeln zu und Christoph ist damit beschäftigt, sich Bleistifte unter die Oberlippe zu schieben. Seine anschließende Bugs Bunny-Imitation fällt sehr schlecht aus. Nein, eigentlich bin ich über meine Familie alles andere als froh. Zumal sich Christoph nun mit einem Bleistift die Lippe aufgeschlitzt hat und bitterlich weint.

Dennoch sitzen wir zwei Stunden später friedlich beim Abendessen vereint. Fast vereint. Christoph umrundet den Tisch in einer Tour mit Opa Roberts Rollstuhl. Nur kurz hat er innegehalten, um Oma zu fragen, ob er den Flitzer behalten dürfe. Er wolle sich eine Seifenkiste daraus bauen. Eigentlich hatte ich erwartet, dass wir uns lustige Anekdoten über Opa Robert erzählen. Doch anscheinend gibt es keine. Opa Robert war wohl nicht so lustig.

„Warum ausgerechnet ein Japaner?", fragt plötzlich mein Vater. Ich schaue beeindruckt auf die Uhr. Vier Stunden und 23 Minuten hat er durchgehalten. Das muss in ihm gebrodelt haben. „Opa Robert hätte sich über ein deutsches Fabrikat sicherlich gefreut."

„Opa Robert hatte keine Beine mehr", stelle ich trocken fest und schiebe noch eine Erklärung hinterher. „Ihm war ein Auto sicherlich scheißegal."

„Hui!", ruft Christoph, als er ein weiteres Mal an mir vorbeirauscht. Bin ich eigentlich der Einzige hier, dem auffällt, dass mit dem Schwachmaten etwas nicht stimmt?

„Nein", sagt Oma entschieden. „Er mochte diese Ausländer im Taxi nicht."

„Die ausländischen Taxifahrer fahren aber meistens einen Mercedes", erkläre ich spontan.

„Geklaut!", ruft Christoph, als er ein weiteres Mal an mir vorbeihuscht. Ich bin gewillt, ihm einen Besenstiel in die Reifen zu werfen. Doch das hätte Opa Robert sicherlich auch nicht gewollt.

„Ja, Mercedes", wiederholt Oma.

„Das war noch deutsche Wertarbeit!"

„Hast du Arbeit?", fragt Oma mich und trifft einen, sagen wir, ungünstigen Nerv.

„Nein, hat er nicht", nimmt mir Hannah die Antwort ab. „Er lebt auf Staatskasse", erklärt sie. Das ist nur bedingt richtig, denn offiziell lebe ich noch von Onkel Ulis Erbe. Meinem Vater das unter die Nase zu reiben, wäre sicherlich ein Heidenspaß. Ich lasse es. Zumal

Hannah nicht ganz Unrecht hat. Auf meinem Konto schreibe ich schon dunkelrote Zahlen.

„Du arbeitest bei der Staatskasse?", fragt Oma. „Robert hat dort viel bezahlt!", erklärt sie. Ich bin irgendwie verwirrt. „Deswegen brauchst du auch die Prämie nicht", stellt sie fälschlicherweise fest. Natürlich brauche ich die Prämie. „Schade!", schiebt sie sichtbar enttäuscht hinterher.

„Ich arbeite aber, Oma", erklärt Christoph und rollt an den Tisch. Natürlich nicht an den freien Platz, sondern er quetscht sich zwischen mich und Hannah.

„Du arbeitest also", wiederhole ich. Jetzt bin ich gespannt wie ein Flitzebogen.

„Yep", sagt Christoph und rollt gekonnt wieder auf seine Runde.

„Hui!" Ich brauche nicht lange zu warten und Papa reißt der Geduldsfaden.

„Setz dich an deinen scheiß Platz!", schreit er Christoph an.

„Opa hast du nie angeschrien, wenn er hier rumgerollt ist", flüstert Christoph enttäuscht.

„Wo arbeitest du denn?", fragt Mutter, nicht, weil es sie interessiert, sondern weil sie so einen Streit verhindern kann.

„Ich bin Comic-Zeichner!", erklärt er. „Und dazu noch ein sehr Guter!" Ganz langsam rollt er wieder von seinem Platz weg. Papa atmet tief durch. Dann legt Christoph seinen Arm um mich. „Macht euch nicht zu viele Gedanken. Ich werde für Marc sorgen." Was will der Spasti? Ich starre Christoph entsetzt an. Er nickt mir fürsorglich zu. Wenn er nur die Hälfte der bisherigen Miete gezahlt hätte, wäre ich ein reicher Mann und müsste mir keine Gedanken über Nachwuchs machen, den ich noch nicht einmal will.

„Was für Comics zeichnest du denn?", will Hannah wissen und rettet Christoph vielleicht das Leben. Die Antwort interessiert mich schließlich auch.

„So dies und das", erklärt er und rollt zurück auf seinen Platz.

„Wo ist Annette?", fragt Oma plötzlich.

„Annette gibt es nicht mehr", erklärt Christoph und überrascht mich dieses Mal positiv. „Marc ist jetzt mit Leonie zusammen!" Who the fuck is Leonie?, frage ich mich. Es klingelt. Christoph blickt auf die Uhr und strahlt über beide Ohren. Er wird doch nicht eine Pizza bestellt haben? „Pünktlich wie die Maurer", erklärt er und steht erstmals seit dem Nachmittag aus Opa Roberts Rollstuhl auf. Er verlässt das Wohnzimmer und kehrt wenige Augenblicke in Begleitung zurück. Bevor sie das Zimmer betreten, räuspert er sich.

„Darf ich vorstellen?", fragt er höflich und macht einen Knicks. „Das ist Leonie!", erklärt er und schiebt eine junge, hübsche Frau ins Wohnzimmer. „Das ist Marcs Freundin", führt er fort. „Hab ich ihm besorgt!" Der jungen Frau ist der Augenblick mindestens genauso peinlich wie mir. Erst jetzt erkenne ich das Mädel, das mir heute Morgen noch die Zunge in den Hals geschoben hat.

„Das ist Annette?", fragt Oma.

„Nein. Mein Name ist Leonie", erklärt Leonie und lächelt zuckersüß. Ihre schrille Stimme hat innerhalb weniger Sekunden Kopfschmerzen verursacht und ihr sämtliche Attraktivität geraubt.

„Und wo habt ihr beiden Hübschen euch kennengelernt?", will nun Hannah wissen. Tja, da bin ich jetzt gespannt. Eigentlich habe ich sie heute Morgen im Bett kennengelernt. Doch dort wird sie nicht zufällig gelandet sein.

„Im Hauptbahnhof habe ich sie aufgegriffen", hilft Christoph uns nun auf die Sprünge.

„Sind Sie eine Prostituierte?", will Oma wissen. „Dafür zahle ich nicht, Marc!" Das scheint sich bei allen Anwesenden sehr seltsam anzuhören.

„Nein, Biene!", erklärt sie stolz. Meine Eltern starren das Mädchen völlig verwirrt an. So langsam ahne ich, warum Christoph sie so toll findet. Sie ist ebenfalls zurückgeblieben. Selbst Hannah findet gerade keine Worte.

„Setzen Sie sich doch", schlägt meine Mutter freundlich vor.

„Duzen Sie mich doch bitte", erklärt Leonie fröhlich. Ihre Stimme ist nicht auszuhalten. „Ich gehöre ja jetzt zur Familie." Sie lächelt mich verliebt an, während ich verzweifelt nach der versteckten Kamera suche. „Darf ich auch mal?", fragt sie schließlich Christoph, als dieser seine Runden wieder aufgenommen hat.

Es klingelt erneut. „Hui!", ruft Christoph und springt aus dem Rollstuhl auf. Leonie nutzt die Chance und setzt sich in Opa

Roberts Rollstuhl. Sehr zur Freude meines Vaters, der seine neue „Schwiegertochter" noch nicht so ganz in sein Herz geschlossen hat.

„Lauf!", höre ich Christoph schreien und ehe ich verstanden habe, wen er meint, steht Tekin mit zwei seiner Brüder im Wohnzimmer. Was für ein toller Abend, denke ich und sprinte aus dem Wohnzimmer, komme aber nicht weit, weil Leonie mir den Weg versperrt. Nicht gerade die Basis für eine gelungene Beziehung.

„Du hast meine Schwester angefasst!", schreit Tekin und winkt mit einem Baseballschläger. Wenn er nicht vorhat, mit mir eine Runde Baseball im Park zu spielen, sollte ich mir schleunigst einen Ausweg überlegen.

„Du hast eine Türkin angefasst?", will mein Vater zu allem Übel wissen. Tatsächlich habe ich noch Zeit, mir Gedanken darüber zu machen, wer im Moment gefährlicher für mich ist. Ich entscheide mich für Tekin und seine Brüder.

„Ist das der Bruder von Annette?", fragt Oma meine Mutter.

„Du hast seine Schwester angefasst?", fragt mich jetzt Leonie vorwurfsvoll. Na klasse, eine eifersüchtige Pseudo-Freundin hat mir gerade noch gefehlt. „Das hast du mir nie erzählt."

„Das tut man doch nicht, Marc", ermahnt mich Oma. Tekin kommt mit dem wild kreisenden Schläger auf mich zu. Jetzt muss ich mir eine gute Abwehrstrategie zurechtlegen. Die richtigen Worte haben mich schon immer aus bedrohlichen Situationen gerettet. Ich fange mit einem mutigen „Stopp" an und höre schließlich mit einem jämmerlichen „Bitte nicht!" auf. Das scheint zu wirken. Tekin lässt von mir ab. Das war ja einfach, denke ich im ersten Moment. Bis ich Papas Schrotflinte sehe. Okay, aber meine Worte hätten bestimmt auch funktioniert. Papa macht Tekin unmissverständlich klar, dass er nicht gerade willkommen ist. Und tatsächlich verschwinden er und seine Brüder wieder. Natürlich nicht, ohne noch die ein oder andere gefährliche Drohung auszusprechen.

Aufmunternde Dinge wie „Wenn ich noch einmal deinen Namen höre, bringe ich dich um, du Missgeburt" und Ähnliches.

„Wir sind doch gerade erst zusammen", erklärt Leonie enttäuscht und schüttelt verzweifelt mit dem Kopf. Für mich endet der Abend hier. Ich habe die Faxen endgültig dicke und verschwinde in mein Bett. Allein.

Leonie ist nicht allein. Sie ist die neue Freundin meines Bruders. Was auch viel besser passt. Mir ist es sogar egal, ob sie mir mit ihrer neuen Liebschaft nur eins auswischen will. Wenn ich ehrlich bin, freue ich mich, dass Christoph endlich auch mal eine hübsche Freundin abkriegt. Wäre da nicht die Prämie. Nicht, dass mir dieser Vollidiot das Geld vor der Nase wegschnappt. Ich muss dringend handeln. Ich werde mit Leonie ein ernstes Wörtchen reden. Vielleicht hat sie ja einen positiven Einfluss auf ihn. Wenn ich mir allerdings ihre Rollstuhlfahrt vor mein geistiges Auge rufe, wird dem wohl eher nicht so sein. Der Rest des Wochenendes verläuft relativ entspannt. Nur Christoph geht uns gehörig auf die Nerven. Er muss unbedingt in den Baumarkt, Farbe kaufen. Schwarze Farbe. Zwanzig Liter, hat er erklärt. Ich vermute, er braucht sie für seine Comic-Produktion. Oder er will seiner jüngsten Sucht nachkommen. Trotz meiner ständigen Angst vor Tekin erkläre ich mich bereit, die Fahrt zu übernehmen. Eine wahnwitzige Idee. Wer hätte gedacht, dass die ganze Welt an einem Samstagvormittag in einem Baumarkt in Prüm einkaufen geht. Christoph lässt sich geschlagene 50 Minuten beraten, bevor er schließlich einen schnell trocknenden Lack nimmt. Eine weitere Stunde stehen wir an der Kasse an. Zu allem Überfluss will Christoph dann auch noch unbedingt in den Supermarkt. Das halte ich für keine besonders gute Idee. Mein Bruder kauft vier unterschiedliche Packungen Cornflakes und einen Liter Milch. Mir soll es egal sein, denn wir sind überraschenderweise rechtzeitig zur Sportschau zurück. Als Kind haben Papa und ich die Sportschau jedes Wochenende zusammen geschaut. Es war unser Ritual. Heute hält er mich für einen Nichtsnutz und schaut sich die Sportschau lieber allein im Schlafzimmer an. Meinetwegen. So haben Opa Heinz und ich den großen Flachbildschirm für uns. Der erste Bericht läuft höchstens drei Minuten, als Oma das Wohnzimmer betritt. Sie hat sich ihr schönstes Kleid angezogen.

„Feiert ihr etwas?", fragt sie. Opa Heinz und ich schauen uns verwirrt an.

„Nein. Heute nicht, Oma", antworte ich freundlich.

„Ich werde nie zu Familienfesten eingeladen", gibt sie mir trotzig zu verstehen.

„Du wohnst doch hier, Oma. Insofern bekommst du doch mit, wenn hier gefeiert wird."

„Ich wohne hier nicht. Ihr braucht mich nicht mehr einzuladen", sagt sie bestimmt, dreht sich enttäuscht um und verlässt das Zimmer. Opa Heinz schüttelt den Kopf. Nur wenige Augenblicke später tritt Christoph mit einem Tablett und vier Schälchen Cornflakes ein.

„Probier mal", fordert er mich auf. Genervt blicke ich ihn an.

„Nein."

„Du bist sauer wegen Leonie, oder?"

„Nein, bin ich nicht. Ich habe nur keinen Bock auf Cornflakes!"

„Du bist sauer, stimmt's?", hakt er erneut nach. Ich reiße ihm wütend das Tablett aus der Hand, in der Hoffnung, er halte endlich seine verdammte Schnauze.

„Welche schmecken dir am besten?", will er von mir wissen, nachdem ich aus jedem Schälchen einen Löffel genommen habe. Ich zeige auf eins, ohne den Blick vom Fernseher zu nehmen.

„Ha!", schreit er plötzlich. „Wusste ich's doch. Das ist ja auch unsere Packung." Es ist mir zu müßig, nachzufragen. Mein Bruder rennt fröhlich aus dem Zimmer und kommt wenige Augenblicke später mit einer Packung Cornflakes zurück. „Schau mal!", ruft er und hält mir die Packung unter die Nase. Da er bekanntlich erst Ruhe gibt, wenn ich seinem Wunsch nachgekommen bin, nehme ich die Pappschachtel und werfe einen Blick auf die Rückseite. Ein hässlicher Hund lächelt mich an. Irgendwie kommt mir die Zeichnung bekannt vor.

„Die haben Rupert genommen!", erklärt Christoph. Schlauer bin ich jedoch noch nicht. „Na, bei dem Preisausschreiben. Da haben sie Rupert genommen." Noch immer fällt der Groschen nicht. „Ich hab doch an Weihnachten an einem Ausschreiben teilgenommen. Die haben eine neue Figur für ihre Werbekampagne gesucht. Anscheinend hat ihnen Rupert genauso gut gefallen wie mir damals." Ich gucke ihn verwirrt an. „Sie haben mir 5000 Euro Prämie überwiesen. Damit ziehe ich meinen Comicladen auf."

„Was ist mit Miete?", frage ich ihn entsetzt.

„Brauche ich nicht, ich male zu Hause", erklärt er mir freundlicherweise.

„Ich dachte, vielleicht willst du mir mal Miete zahlen. Immerhin wohnst du bei mir." Jetzt schaut Christoph irritiert.

„Nein, eigentlich nicht", erklärt er schließlich und rennt wieder in die Küche.

Es ist Rosenmontag. Wer ist bloß auf die blöde Idee gekommen, Opas Beerdigung an einem Rosenmontag durchzuführen? Während wir hier auf theatralisch und todtraurig machen, bläst im Hintergrund eine Blaskapelle den Karnevalshit „Echte Fründe stonn zesamme!" Ironischerweise tragen meiner Vermutung nach zwei Polen, ein Türke und ein Schwarzafrikaner Opas Sarg zu Grabe. Papa scheint das noch gar nicht aufgefallen zu sein, sonst hätte er das sicherlich unterbunden. Christoph ist mit Opas Rollstuhl gekommen. Der Idiot. So könne er schneller vor Tekin fliehen. Tatsächlich scheint er große Angst zu haben, denn er ist seit einigen Minuten verschwunden. Vielleicht holt er sich auch seinen besonderen Kick bei den Farben. Auch ich schaue mich andauernd nach meinem Feind um. Ich kann mir nicht vorstellen, dass Tekin auftaucht. Aber man weiß ja nie. Hinter einem Busch nehme ich schließlich eine seltsame Bewegung wahr. Irgendwer murmelt und kichert. Leonie steht in meiner unmittelbaren Nähe, was mich ein wenig beruhigt. Immerhin treiben es die Verrückten nicht auf Opas Beerdigung. Dennoch schwant mir bei dem Gekicher nichts Gutes. Während der alte Pfarrer ein Gebet spricht, höre ich Christophs Stimme.

„Zwo, drei, vier!" Auf vier tritt die Blech-Band hinter dem Gebüsch hervor und stimmt eine seltsame Art von Amazing Grace an. Komischerweise ist das Lied sogar zu erkennen – glaubt zumindest Oma, die, obwohl sie der englischen Sprache nicht mächtig ist, irgendetwas mitsingt. Die Jungs haben sich die Mühe gemacht, ihre Instrumente dem Anlass entsprechend schwarz anzumalen. Armin kommt mit der neuen Farbgebung nicht so gut zurecht. Er hat schon zwei Mal seinen Eimer vom Kopf gezogen, ihn missbilligend begutachtet, den Kopf genervt geschüttelt und das Blech wieder aufgesetzt. Als die Jungs meinen Vater erreichen, stimmen sie Viva Colonia ein.

Obwohl Opa sicherlich nicht der beliebteste Mensch der Stadt war, sind einige Bekannte zu der Beerdigung gekommen. Sie alle schütteln der Reihe nach Papa, Mama und Oma die Hand. Oma wünscht jedem einzelnen viel Glück und verabschiedet sich mit dem Satz: „Ich bin ab jetzt sehr, sehr einsam!"

Der Leichenschmaus findet in einer nahe gelegenen Gaststätte statt. Ich hoffe Oma realisiert, dass sie einen Ehrenplatz erhalten hat und zumindest bei diesem „Fest" nicht allein gelassen wurde. Während wir den rheinischen Sauerbraten mit Klößen verputzen, steht Oma plötzlich auf und stimmt eine schrille Version von „Ave Maria" an. Ich bin froh, dass Papa die Blech-Band verscheucht hat, sonst würde Christoph mitsamt seinen bekloppten Freunden nun sicherlich ebenfalls einstimmen. Opa hätte sich mit Sicherheit gefreut.

Ach du dickes Ei

Obwohl sich der Frühling so langsam ins Land schleicht, ist meine Laune alles andere als in Hochform. Es ist März, der Kühlschrank ist leer, Bahnfahren scheiße und selbst Christophs geheime Spardose ist komplett ausgeräumt. Die Rechnungen stapeln sich und meine finanzielle Misere wächst mir über den Kopf. Ein warmes Abendessen habe ich seit Tagen nicht mehr zu mir genommen. Ich bin komplett ausgebrannt. Jetzt kann mich tatsächlich nur noch ein „Schnellschuss" retten. Aber wo soll der herkommen? Mein einziges sexuelles Erlebnis der letzten Wochen beruhte ausschließlich auf der Facebook-Anfrage der „flotten Hilde", die sich in einem viel zu engen Lederkostüm ablichten lassen hat. In meiner Not habe ich schon alte Schulbücher durchgewälzt und irgendwelche Ischen angeschrieben, mit denen ich in der Schule zu tun hatte. Mit mäßigem Erfolg. Die meisten kannten mich nicht mehr, wollten mich nicht mehr kennen oder kannten mich für eine Beziehung zu gut. Schließlich hatte ich diese unglaubliche Ausstrahlung schon vor meiner Pubertät. Die eine oder andere Angeschriebene fand meine Frage nach einem heißen Date auch irgendwie armselig oder irritierend. Ich muss zugeben, ich weiß nicht mehr weiter. Völlig verzweifelt habe ich mich sogar an zwei Abenden hintereinander in der Eckkneipe unten an der Straße volllaufen lassen. Zum Glück konnte ich anschreiben lassen. Das Gerücht, man könne sich Frauen schön trinken, kann ich definitiv nicht bestätigen. Zumal ich in den meisten Fällen auch ein Wundermittel gegen fortgeschrittenes Alter hätte finden müssen. Uschi, die abgehalfterte, alkoholkranke Besitzerin der Eckkneipe hat mir einen ganzen Abend lang das Händchen gehalten. Nur mit viel Sagrotan habe ich mich wieder rein gefühlt.

Christoph scheint meine schlechte Laune zu spüren. Seit Wochen verhält er sich mir gegenüber unglaublich freundlich. Er hat mich in diesem Monat schon zwei Mal zu einem Abendessen einladen wollen, es dann aber offensichtlich wieder vergessen. Seine übertriebene Freundlichkeit kann verschiedene Gründe haben: Zunächst dachte ich, er habe Angst, ich sei sauer auf ihn. Zumal er mich schon mehrfach gefragt hat, ob ich damit klarkomme, dass er mir die

Freundin ausgespannt habe. Komme ich. Allein deswegen schon, weil zumindest ich weiß, dass man eine Freundin nur ausspannen kann, wenn es denn überhaupt eine Freundin gibt. Doch auch nachdem ich ihm meine Gleichgültigkeit in Bezug auf Leonie versichert hatte, ließen die kleinen Aufmerksamkeiten nicht nach. Hier ein Schokoriegel, da ein Wodka-Red-Bull, hier eine schicke Sportkappe, dort eine Plastik-Trillerpfeife. Vielleicht hat er auch einfach nur Mitleid mit seinem einsamen, allein gelassenen Bruder. Leonie ist übrigens auch bei uns eingezogen. „Wenn ich schon keine Miete zahlen muss, dann braucht sie ja auch nicht. Ist doch für alle das Beste", hat Christoph mir eines morgens wie selbstverständlich erklärt. Natürlich konnte ich dieser Logik nicht folgen und dementsprechend auch nicht widersprechen. Aber was soll's. In drei Wochen sind sie eh in Ecuador und ich in anderthalb Monaten auf Mallorca. Das One-Way-Ticket ist fest eingeplant. Jens wird für den kommenden Sommer einziehen, und da er einen reichen Vater hat, gehe ich davon aus, dass er auch die Miete bezahlen wird. Christoph und Leonie sind schon ganz aufgeregt. Klar, es ist ja auch ein einschneidendes Erlebnis. Ich muss zugeben, mich plagt noch immer ein schlechtes Gewissen, Christoph auf die Idee mit Ecuador gebracht zu haben. Wie soll der arme Kerl in einem fremden Land überleben, wenn er noch nicht einmal in heimischen Gefilden zurechtkommt? Und so sehr ich Leonies Fürsorge auch schätze, ich befürchte, sie wird ihm keine große Hilfe sein. Immerhin ist er dank seiner neuen Technik bereits beim Buchstaben „N" angekommen. Das sei mehr als die Hälfte. Also spreche er auch mehr als die Hälfte der Sprache, hat er mir erklärt. Klingt logisch, ist es aber nicht. Die Blech-Band hat Christoph verlassen. Genau zum richtigen Zeitpunkt, wie er sagt. Sie sei ihm zu kommerziell geworden. Ich glaube, ich werde ihn tatsächlich vermissen. Auf der anderen Seite habe ich Mallorca vermisst und bin froh, bald dahin zurückzukehren. Jordi hat die Direktion schon auf mich vorbereitet, sodass ich direkt wieder mit meinem alten Job anfangen kann.

Zuvor steht aber ein weiteres Familienfest auf dem Programm. Ostern. Auch deswegen ist Christoph völlig aufgebracht. Schon als Kleinkind war das sein Lieblingsfest. Auch wenn die Geschenke wesentlich kleiner ausfielen als an Weihnachten. Doch die alljährliche Eiersuche ist für ihn das Größte. Nach Hannahs zehntem Geburtstag hat Papa die Tradition einreißen lassen. Christoph hat mit unglaublichen zwölf Jahren noch Rotz und Wasser geheult. Auf sein alljährliches Quengeln hat meine Mutter tatsächlich reagiert und die Suche wieder eingeführt. Ich freue mich auf einen fetten Briefumschlag meiner Oma, der mir zumindest die Zeit bis Mallorca etwas vereinfachen kann.

Morgen geht es los. Den heutigen Abend will ich auf der Couch verbringen. Ich habe mir schon meine Trainingshose übergeworfen, als es an der Tür klingelt. Ich schrecke zusammen. Meine letzten Erfahrungen mit unangekündigtem Besuch haben mich vorsichtig werden lassen. Ein Baseball-Schläger steht dauerhaft neben der Tür. Normalerweise rennt Christoph wie ein aufgescheuchtes Huhn zur Tür, aber seit Leonie im Haus ist, sehe ich ihn seltener. Dafür höre ich öfter sein quietschendes Bett. Ich gehe zur Tür und werfe einen Blick durch den Spion, nur um mich einmal mehr über Christoph und Knight Rider zu ärgern. Also öffne ich die Tür einen Spaltbreit. Ein molliges Weib mit leuchtend rosa Haaren lächelt mich an. Ich begutachte die Frau mit einem ausführlichen Blick. Ihr viel zu enges T-Shirt passt farblich 1a zu ihren Haaren und stößt allein deswegen bei mir schon auf innerlichen Widerstand. Dazu trägt sie eine helle Jeans mit silbernem Aufdruck und rosafarbene Plateauschuhe. Von Nase und Unterlippe funkeln mich winzigkleine Brillis an. Selbst in ihrem üppigen Dekolleté befindet sich ein glitzernder Stein und ich frage mich ernsthaft, wie er dort befestigt ist. Ein peinlicher Moment der Stille entsteht, als wir uns für einige Sekunden einfach nur anschauen.

„Hi, ich bin Cassandra", stellt sie sich endlich vor. Ich bin noch immer sprachlos und mit der Situation überfordert. Vermutlich handelt es sich um eine Freundin von Leonie, auch wenn ich sie ihr optisch jetzt nicht zugeordnet hätte. „Willst du mich nicht reinlassen?", fragt sie mich ein wenig genervt. Nein, will ich nicht. Schließlich sehe ich diese Frau zum ersten Mal in meinem Leben. „Hallo! Erde an Mond! Ist da wer?", fragt sie.

„Wer bist du?", stottere ich.

„Cassandra", antwortet sie und schaut mich an, als wären wir seit 18 Jahren verheiratet und ich könne mich nur aufgrund meiner Demenz nicht an sie erinnern. „Du bist doch Womanizer29?", fährt sie fort. Ich suche weiter verzweifelt in meiner Erinnerung nach einer Cassandra. Vergeblich. Dann denke ich über den Spitznamen Womanizer29 nach. Wäre sie zehn Jahre jünger und 25 Kilo leichter, wäre ich für sie gerne Womanizer29.

„Nein, ich bin Marc", antworte ich irritiert, aber dennoch energisch. Sie schaut mich erneut verwundert an. Ob Christoph mir weiterhelfen kann?

„Hallo Marc", sagt sie lächelnd. „Mit dem Namen kann ich auch leben", sagt sie lasziv. Ich kann aber nicht mit ihrem Aussehen leben. „Ich bin hier wegen des Castings", fährt sie nach zwei unendlich erscheinenden Sekunden fort. Casting also. Es muss mit Christoph zu tun haben. Vermutlich steigt er jetzt auch noch ins Porno-Business ein.

„Ich weiß nichts von einem Casting", erkläre ich ihr. Sie wirkt enttäuscht und ich habe Mitleid. Also rufe ich Christoph. Er, beziehungsweise sein Bett, reagiert mit einem Quietschen. Ich bitte Cassandra einen Moment zu warten, schließe die Tür und hämmere gegen Christophs Schlafzimmertür. Nach einigen Minuten steht er nur mit einem Handtuch bekleidet neben mir. Die deutliche Erektion unter dem Frottee verschweige ich ihm. Soll Cassandra doch einen schönen Moment an diesem Tag erleben. Christoph öffnet die Tür und erschrickt. Seine Augen nehmen eine unnatürliche Größe an.

„Wir kaufen nichts!", schreit er und knallt die Tür zu. Dann öffnet er sie erneut, hält sich einen Finger vor die Lippen und flüstert: „Nur getürkt." Schließlich knallt er die Tür wieder zu, reißt sie erneut auf. „Hauen Sie ab" und schließt sie wieder. Dann rennt er zurück ins Schlafzimmer. Ich würde zu gerne Cassandras bedröppeltes Gesicht sehen; würde, wenn ich die Tür dabei nicht erneut öffnen will, aber wieder nur auf einen David Hasselhoff stoßen. Ich bin zutiefst überrascht und in gewisser Weise stolz auf meinen kleinen Bruder. Er hat sich zwar einen beschissenen Spitznamen ausgesucht, aber immerhin eine Affäre. Und das ist momentan mehr als ich zu bieten habe. Keine zwei Minuten später stürzt Christoph aus dem Zimmer.

„Musste das sein?", will er wütend wissen.

„Was genau?", frage ich ihn und bin nicht zu Unrecht irritiert, schließlich habe ich nur die Tür meiner Wohnung geöffnet.

„Dass du mich so vorführst." Von einer auf die andere Sekunde nimmt sein Gesicht wieder fröhliche Züge an. „Ich verzeihe dir!" Er ist schizophren. Das hat mir gerade noch gefehlt. Vorsichtig streichelt er mir über den Arm. „Nicht schlimm, okay?", will er wissen. Dann verdrückt er sich wieder. Ich setze mich auf die Couch und suche im Fernsehen nach einem Sportsender, der nicht von barbusigen Frauen lebt. Warum Appetit holen, wenn man eh nichts zu essen hat? Ich habe gerade ein interessantes Magazin gefunden, als es wieder an der Tür schellt. Erwartungsvoll schlendere ich hin. Ich bin gespannt, was mich nun erwartet. Noch bevor ich die Türklinke erreiche, schummelt sich Christoph an mir vorbei, reißt die Tür auf und raunzt eine völlig perplexe Mittvierzigerin an, sie solle ebenfalls verschwinden. Okay, ich würde zu gerne wissen, was hier vor sich geht, doch Christoph hält eine Erklärung für alles andere als notwendig.

Zu meinem gemütlichen Fernsehabend komme ich nicht. Es sind zwar keine weiteren seltsamen Frauen aufgetaucht, dennoch ist es natürlich Christoph, der meine Abendplanung durcheinanderbringt. Weil wir so tolle Brüder seien, habe er sich etwas ganz Besonderes überlegt. Es ist eine Überraschung. Dementsprechend muss ich eine Augenbinde tragen, was mich nicht wirklich glücklich macht. Schließlich finde ich eine Augenbinde mitten im Kölner Straßenbahnverkehr nur bedingt lustig. Mal abgesehen davon, dass ich mich zum absoluten Volldeppen mache, ist das Unterfangen nicht ganz ungefährlich und zudem ziemlich schwachsinnig, da ich schon an der Durchsage in der Bahn erkennen kann, wo die Reise uns letztlich hinführt. Sie führt ins Eisstadion. Weil wir uns zuletzt so gut verstanden haben, hat Christoph uns Karten für ein Eishockeyspiel besorgt. Zu meiner Überraschung finde ich die Idee super. Glücklicherweise darf ich die Binde noch vor Spielbeginn abnehmen.

Auch wenn ich an Sport interessiert bin, war ich seit einigen Jahren nicht mehr bei einem Live-Event und bin dementsprechend beeindruckt. Ich glaube, das letzte Mal war ich mit 15 bei einem FC-Spiel. Die Stimmung beim Eishockey ist super. Das mag daran liegen, dass sich offenbar mit den Kölner Haien und der Düsseldorfer EG zwei Lokalrivalen gegenüberstehen. Als Wahlkölner bin ich natürlich für die Heimmannschaft. Doch neben dem rasanten Spiel gehört ein Teil meiner Aufmerksamkeit auch dem Publikum. Schuld daran ist eine fesche Blondine, die nur wenige Meter vor mir sitzt. Ich würde sie gerne direkt anquatschen, aber ich glaube, der kräftige Mann unmittelbar neben ihr wäre nicht so begeistert, wenn ich mich auf seinen Schoß setze, um einen kleinen Flirt zu starten. Zumal es sich bei ihm, nach erster Einschätzung, gut und gerne um ihren Vater handeln könnte. Er ist nicht nur kräftig, er ist fett, trägt einen dicken Brilli im Ohr und hat sich mit Bier bekleckert. Der Mann wirkt auf mich so unsympathisch, dass sie als die zukünftige Frau Wagner bereits ausscheidet. Auf dem Eis geht es unterdessen heiß her. Christoph fiebert überraschenderweise mit. Er hatte nie ein Faible für Sport und seine unqualifizierten Zwischenrufe, die die Aufmerksamkeit der gesamten Reihe auf uns lenken, zeugen von einer Unwissenheit in Bezug auf diesen Sport. Es erinnert mich an eine Zeit, in der wir gemeinsam ins Kino gegangen sind und Christoph ebenfalls durch Zwischenrufe, lautes Klatschen oder Schnarchen den Zorn eines ganzen Saales auf uns gezogen hat. Ein Kino mit knapp 30 Plätzen ist aber etwas anderes als eine Eishalle mit gefühlten 15.000 Zuschauern. Und trotzdem schafft es Christoph mit seinen unqualifizierten Bemerkungen den gesamten Block gegen uns aufzubringen. Scheinheilig schaue ich auf das Spielfeld. Das sportliche Interesse lässt überraschend schnell nach. Die Haie liegen nach 15 Minuten bereits 4:0 in Front. Also konzentriere ich mich auf das Wesentliche und muss zu meinem Entsetzen feststellen, dass die Blonde dem dicken Mann die Zunge in den Hals schiebt. Wieso er, wieso nicht ich? Als Christoph „Warum habt ihr Streifenhörnchen keine Schläger?" zu den Schiedsrichtern schreit, fällt mir zumindest eine mögliche Antwort ein. Bei einem hinkenden Menschen mit Bierfass auf dem Rücken bestelle ich drei Bier und ernte von Christoph einen bösen Blick, als ich alle bis zur

Drittelpause selber getrunken habe. In dieser verschwindet mein Bruder, ohne ein Wort zu sagen. Ich vermute, dass er sauer auf mich ist, weil ich ihm kein Bier bestellt habe. Jetzt will er es mir heimzahlen, indem er sich selbst ein Bier kauft. Dieser Teufelskerl. Dabei verpasst er fast das Beste. Eine Gruppe von Cheerleadern betritt, nachdem lustige Helferlein einen Teppich ausgerollt haben, das Eis und schwingt das Tanzbein. Sie erinnern mich ein wenig an die Blech-Band. Auch sie scheinen nicht wirklich oft zu üben, denn hin und wieder landet eine von ihnen etwas unglücklich auf dem Hosenboden.

„Geil, oder?", fragt mich Leonie.

„Ich finde es eher schlecht."

„Ich meine die Miniröcke. Ich habe auch so einen. Willst du mich mal darin sehen?", fragt sie und lächelt mich an. Flirtet sie mit mir?

„Äh ... nein." Ich blicke demonstrativ auf die Eisfläche.

„Brauchst keine Angst haben. Christoph muss ja nichts davon wissen." Meint sie das ernst? Irritiert blicke ich sie an und erschrecke. Leonie schiebt sich ihren Zeigefinger in den Mund, zieht ihn wieder raus und leckt dann die Sabber von der Fingerkuppe. Egal was sie damit beabsichtigt, es verursacht nichts als Ekel in mir. Andererseits ist sie vielleicht blöd genug, sich von mir schwängern zu lassen. Nach der eher peinlichen Tanzeinlage betritt der Hallensprecher den Innenraum und lädt zu verschiedenen kleineren Spielchen ein. So etwas kenne ich aus dem Fußballstadion nicht. Als schließlich ein schlecht verkleideter Hai auf das Eis kommt und sich ein heißes Eishockey-Duell mit einem weiteren seltsamen Maskottchen sowie überdimensional großen Schlägern liefert, spiele ich ernsthaft mit dem Gedanken, das Spiel wieder zu verlassen. Zum Glück mache ich es nicht. Sonst hätte ich das absolute Highlight verpasst. Gerade als ich nachschauen will, ob Leonie einen weiteren Finger abschleckt, sehe ich aus dem Augenwinkel einen Flitzer über das Eis (aus)rutschen. Sowas habe ich bislang nur im Fernsehen gesehen und ich bin positiv überrascht. Nur Leonie quietscht etwas seltsam. Zunächst denke ich, sie hat sich an ihrem Zeigefinger verschluckt, doch als sie aufsteht und „Zeig's ihnen, mein Großer" ruft, wird mir sofort klar, was ich da sehe. Christoph rennt wie von der Tarantel gestochen über das Eis und macht dabei eine höchst unglückliche Figur. Er ist splitterfasernackt. Als er die Mitte des Feldes erreicht hat, gerät er ins Straucheln. Schließlich ist es das Hai-Maskottchen, das ihm mit einem bösen Check endgültig das Gleichgewicht raubt. Christoph kracht äußerst unsanft gegen die Bande. Selbst aus dieser Entfernung sehe ich Blut aus seiner Nase laufen. Ich bin beeindruckt. Christoph liefert eine unglaubliche Show ab. Mittlerweile hat er das ganze Stadion auf seiner Seite. Verfolgt von dem Hai, dem komischen Maskottchen und zwei Sicherheitsmännern rennt Christoph zurück in die Katakomben. Er ist noch völlig außer Atem, als er wenige Minuten später wieder zu uns stößt. Ich hätte nicht gedacht, dass ich ihn heute noch einmal im Innenraum der Halle antreffen würde. Vielmehr habe ich damit gerechnet, ihn aus irgendeinem Gewahrsam holen zu müssen.

„Alles eine Frage der Verkleidung", erklärt Christoph, als er wieder Luft bekommt. Ich wundere mich in diesem Zusammenhang über den Begriff „Verkleidung".

Im zweiten Spielabschnitt flacht die Begegnung zunehmend ab. Bei dem deutlichen Spielstand ist das wirklich kein Wunder. Ich spüre das Bier und eine daraus resultierende Müdigkeit. Ich versuche, meine Ablenkung ein weiteres Mal im Publikum zu finden. Mit Erfolg. Doch es sind nicht die hübschen Frauen, die mich vor dem Einschlafen bewahren. Mein Blick bleibt an einer seltsamen Gruppe Fans hängen. Allen voran einem dicklichen Typen, der mit dem Rücken zum eigentlichen Spielgeschehen steht. Seine Ohren sind mit großen Ringen behangen und so ziemlich der ganze Körper ein einziges farbenfrohes Tattoo. Nur sein Kopf setzt sich farblich vom restlichen Knubbelmenschen ab. Er verfärbt sich in ein gefährliches Lila, als er ein Lied anstimmt. Ich bin etwas irritiert. Da steht der Kerl schon in der ersten Reihe, weiß aber offenbar nicht, wo das Spiel stattfindet. Es dauert nicht lange und ich erkenne ein System. Mit ausholenden Armbewegungen und seinem leuchtend roten Schädel animiert er das Publikum zu lustigen Gesängen. Es ist schon ein bizarrer Anblick, wie diese Schwabbelbacke einen ganzen Fanblock animiert. Nur zwei Meuterer sind nicht immer mit den Gesangsvorschlägen des lustigen Kapellmeisters einverstanden. Mutig setzen sie sich über die Anweisungen ihres Vorgesetzten hinweg und stimmen ein anderes Lied an. Schwabbelbacke ist wenig begeistert und versucht mit verschiedenen Handbewegungen, die Strolche zur Kontenance zu bringen. Die beiden denken gar nicht daran. Schließlich stimmt der gesamte Block in das Lied der beiden Abtrünnigen ein. Wütend verzieht Schwabbel das Gesicht. Nach einigen Sekunden muss er sich eingestehen, dass er die Kontrolle über seine Untertanen verloren hat. Er zieht eine traurige Schnute und erinnert mich ein wenig an meinen Bruder. Dann ändert er jedoch seine Taktik und singt mit den anderen mit. Natürlich mitsamt ausholender Armbewegung, als wäre der Song seinem Gedankengang entsprungen. Es ist eine bizarre Show, die mich in gewisser Weise fesselt. Ich frage mich, ob das ein Beruf ist und wie dieser Mensch zu dem geworden ist, was er heute ist. Vielleicht wird dieser „Job" über Generationen vom Vater an den Sohn weitergegeben. Ich kann mir nicht vorstellen, dass jemand dieses Amt freiwillig wählt. Als ich mich zurückdrehe, werde ich jedoch eines Besseren belehrt. Christoph und Leonie starren mit offenem Mund auf den lustigen Ansinger und ich erkenne bei beiden Zweifel, ob die Auswanderung nach Ecuador wirklich die erste Zukunftswahl ist. Durch das seltsame Spektakel habe ich tatsächlich das gesamte zweite Drittel verpasst. Es ist schon wieder Pause. Christoph wirkt ein wenig traurig. Vielleicht, weil er die Flugtickets schon gekauft hat und so sein Traum vom singenden Stadionanimateur in weite Ferne rückt. Um ihn zu trösten, spendiere ich ihm einen Flutschfinger. Fröhlich klatscht er in die Hände, reißt das Geld an sich und zieht von dannen. Vergeblich suche ich auf dem Eis nach spannender Unterhaltung. Die finde ich dann allerdings nur wenige Zentimeter von meinem Gesicht entfernt. Leonie leckt sich mit einer triefenden Zunge über die Lippen. Die ist völlig gestört. Ein kleiner Sabberfaden klebt an ihrem Kinn. Sie schaut mich dabei lasziv an. Was will die Tante von mir? Ein Raunen durchbricht meinen Ekel. Ich blicke auf den Videowürfel. Die Kiss-Cam hat ein älteres Pärchen eingefangen und animiert die beiden mit lustiger Schrift zu einem Kuss. Der Mann geniert sich, die Frau drückt ihm einen Schmatzer auf die Stirn und die zehn Sekunden Ruhm sind Vergangenheit. Dann das nächste Pärchen. Der dicke Alte mit seiner jüngeren hübschen Frau. Als er sich auf dem Videowürfel erkennt, lässt er es sich natürlich nicht nehmen, ihr einen Kuss auf den Mund zu geben. Der Show-Act langweilt mich. Ich will mir noch ein Bier bestellen, als Leonie mir ihren spitzen Ellenbogen in die Rippen rammt. „Was soll das?", raunze ich sie an. Sie zeigt nur auf den Videowürfel. Na klasse. Jetzt sind wir auch noch der Pausenfüller. Leonie freut sich wie ein kleines Kind. Mir ist es mehr als peinlich. Wobei ich eigentlich eine gute Figur auf dem Würfel mache. Auch wir werden von der lustigen Schrift aufgefordert, uns zu küssen. Ich denke gar nicht daran. Die Nacht mit ihr, von der ich überhaupt nichts mehr weiß, reicht an Liebkosungen für den Rest meines Lebens. Widerwillig drehe ich mich weg. Dann ergreift Leonie die Initiative und zu allem Übel mit ihren besabberten Fingern meinen Kopf, dreht ihn zu sich und schiebt mir ihre pelzige, nasse Zunge in den Mund. In diesem Moment fällt dem zurückkehrenden Christoph der Flutschfinger aus der Hand.

Irgendwas stimmt mit Christoph nicht. Gut, grundsätzlich ist mir das schon sehr lange bewusst, aber in letzter Zeit spielt er völlig verrückt. Heute Morgen hat er sich bei mir für sein törichtes Verhalten beim Eishockey-Spiel entschuldigt. Er könne verstehen, wenn ich ihm nicht verzeihen und ihm nie wieder vertrauen würde. Auch wenn ich seinem Anliegen nicht folgen kann, habe ich seine Entschuldigung großzügig angenommen. Zumal er mich mit einem – wie er sagt – „schmackhaften" Frühstück im Bett geködert hat. Die frühe Mahlzeit entpuppte sich als zähe Haferflocken-Pampe und insofern als eher nicht so schmackhaft. Aber einen Versuch war es wert. Als ich in die Küche komme, steht mein Bruder splitterfasernackt am Herd. Mit einem großen Löffel schaufelt er flüssiges Fett über ein Stück Fleisch, das auf den ersten Blick einem großen Schnitzel ähnelt. Etwas verwundert schaue ich ihn an.

„Na, wegen des Fettes", erklärt er mir und ich denke, er meint seine spärliche Bekleidung. Viel mehr irritiert mich jedoch, warum ich mit Haferflocken Vorlieb nehmen musste, während er sich gleich mehrere Schnitzel frittiert.

„Wolltest du keine Haferflocken essen?", frage ich ihn provokant. Christoph schüttelt angewidert den Kopf.

„Das mag doch keiner", erklärt er mir. Richtig. „Außerdem muss ich vorsorgen."

„Vorsorgen?" Ich habe nicht die leiseste Ahnung, wovon er spricht.

„Es ist doch Karfreitag. Da darf ich kein Fleisch essen." Meine Verwunderung wächst, denn der Kausalzusammenhang erschließt sich mir wahrlich nicht.

„Heute ist Karfreitag", erkläre ich ihm.

„Ich weiß."

„Warum frittierst du dir Schnitzel, wenn du sie nicht essen darfst?", will ich wissen und ernte dafür einen verständnislosen Blick meines Bruders.

„Ich darf sie doch essen. Wir sind doch noch zu Hause." Mir war nicht bewusst, dass Karfreitag nur im Hause meiner Eltern gilt. Doch auf eine weitere Diskussion möchte ich mich lieber nicht einlassen. Wer weiß, wo sie hinführen würde. Gerade als ich die Küche verlassen will, legt mir mein Bruder seine fettige Hand auf die Schulter. „Marc, wir müssen reden", erklärt er mir. Ich weiß nicht warum, aber unterbewusst habe ich mit so etwas bereits gerechnet und insofern überrascht mich sein Anschlag nicht wirklich. „Ich habe dir was zu beichten", fährt er fort. Er blickt verlegen zu Boden und zieht eine Schnute. Gott, wie ich das an ihm hasse. „Es geht um Ecuador." Für einen Moment bleibt mein Herz stehen. Fährt er jetzt doch nicht? Er will mich doch nicht nach Mallorca begleiten?! Oh nein, Christoph, tu mir das nicht an! Nun legt er mir auch seine andere Hand auf die Schulter und ich bin mir nicht sicher, was mir momentan mehr Sorgen macht, die bevorstehende Ansage oder sein baumelndes Geschlechtsteil, das sich bedrohlich meinem Bein nähert. „Du wirst nicht mitkommen", platzt schließlich die Bombe. Ich versuche, meine Freude zu verbergen. Christoph unterstützt mich dabei. Er drückt sich mitsamt Gemächt feste an mich. „Schschsch…", flüstert er mir ins Ohr. „Ist ja schon gut", beruhigt er mich und streichelt mir durch die Haare. „Wir werden etwas anderes für dich finden." Ich versuche, mich aus seinem Griff zu lösen. Doch Christoph verfügt über eine unglaubliche Kraft. „Ich weiß, Marc. Du würdest am liebsten wegrennen. Ich weiß, du hast dich so sehr darauf gefreut." Das ist zumindest teilweise richtig. Ich habe mich wirklich sehr auf seine Abreise gefreut. „Albert und Leonie werden mich begleiten", erklärt er mir. Langsam wird diese Streichelposition sehr ungemütlich. „Sie kennen sich einfach in der Sache besser aus." Irgendwann kann ich mich doch aus der Umklammerung befreien. Ich frage nicht, was die „Sache" ist. Doch egal, was es ist, ich bin heilfroh, dass Leonie und Albert sich besser damit auskennen. Er schaut mich mit traurigen Augen an. „Willst du ein Schnitzel?", fragt er mich tröstend. „Du musst aber aufpassen, es ist Karfreitag", erklärt er mir und legt sich den Zeigefinger auf den Mund. Kopfschüttelnd verlasse ich die Küche.

Am frühen Abend erreichen wir das Haus meiner Eltern. Christoph hat nahezu die gesamte Reise verschlafen. Leonie hat nicht geschlafen. Hin und wieder hat sie Augenkontakt im Rückspiegel gesucht und sich, als sie ihn gefunden hat, genüsslich über ihre Lippen geleckt. Ich habe keine Ahnung, in welchem billigen Porno sie sich diese Geste abgeschaut hat. Bei mir wirkt sie jedenfalls nicht. Vater wartet natürlich ungeduldig in der Einfahrt und blickt genervt auf seine Armbanduhr. Ich nicke ihm dieses Mal ebenfalls nur zu und verschwinde im Haus. Soll Christoph sich doch um die Koffer kümmern. Der Geruch von Essig breitet sich in meiner Nase aus. Ein Lächeln huscht über mein Gesicht, als ich mich etliche Jahre zurückversetzt fühle. Solange ich denken kann, färbt Mutter an Karfreitag die Eier. Dem Geruch nach auch heute. Tatsächlich steht sie lächelnd in der Küche.

„Was gibt es zu Essen?", fragt mein gestörter Bruder, der plötzlich hinter mir steht. „Eier?", fragt er und deutet auf einen Kochtopf mit dunkler Flüssigkeit. „Ich hoffe kein Fleisch. Es ist Karfreitag", erklärt er meiner Mutter, die liebevoll und geduldig mit dem Kopf nickt. Ich würde zu gerne wissen, ob sie sich manchmal fragt, was bei Christoph falsch gelaufen ist. Vielleicht weiß sie es ja auch und es gibt irgendwo einen begriffsstutzigen Briefträger, der damals zufällig in Vatis Revier gewildert hat.

„Es gibt Schellfisch und Kartoffeln", erklärt meine Mutter beruhigend. „Schön, dass ihr schon da seid. Euer Vater wartet bereits auf euch."

„Ich mag ja eigentlich gar keinen Fisch", stellt mein Bruder fest und verlässt die Küche. Meine Mutter nickt mir aufmunternd zu. Ich bin froh, zu Hause zu sein. Im Wohnzimmer treffe ich meine Oma an. Natürlich fragt sie mich nach Anne und ist ganz enttäuscht, als ich ihr berichte, dass meine „Freundin" heute nicht kommt. Oma hat sich besonders herausgeputzt. Zu meiner Überraschung trägt sie nicht mehr schwarz wie in einem schlechten Mafia-Film. Sie trägt ein buntes Kleid und hat sich etwas zu farbenfroh geschminkt. Dennoch meine ich, die hübsche Frau in ihr zu erkennen, die sie wohl vor Jahren einmal gewesen sein muss. Unerträglich ist aber der süße Duft ihres Parfüms, der mich regelrecht außer Gefecht setzt. Oma singt irgendein altes Karnevalslied. Sie scheint einigermaßen über Opas Tod hinweggekommen zu sein. Mein anderer Großvater liegt in seinem Sessel und schläft. Glaube ich zumindest. Um sicherzugehen, stupse ich ihn kurz an. Er röchelt einmal und dreht sich mürrisch um. Beruhigt setze ich mich an den Wohnzimmertisch. Eine Viertelstunde später hat Mutter aufgetischt. Wie angekündigt, gibt es Fisch, der bei meinem Bruder auf wenig Gegenliebe stößt. Meine Mutter will gerade das Tischgebet sprechen, als es an der Tür klingelt. Oma kriegt vor Schreck Schnappatmung und fragt, ob das meine Freundin Anne sei. Doch dann lächelt sie spitzbübisch und sorgt zumindest bei mir für Verwirrung. Hannah erbarmt sich und öffnet die Tür. Wenige Augenblicke später kehrt sie in Begleitung eines älteren Mannes zurück. Ich habe diesen Kerl noch nie gesehen, doch er ist mir umgehend sehr unsympathisch. Mit seiner Tweedjacke, der kleinen Fliege und den zerzausten langen Haaren sieht er aus wie ein alter, zerstreuter Professor. Zudem „duftet" er wie ein 4711-Fass. In der Hand hält er welke Blumen. Dann lächelt er in die Runde. Sein Grinsen offenbart ein paar echte Zähne. Wobei die Betonung auf „ein paar" liegt. Vielleicht vier. Ansonsten ist der Mund ziemlich leer. Ich blicke zu meinem Vater, dessen Widerwillen ebenfalls nicht zu übersehen ist. Der Mann verbeugt sich, geht auf meine Mutter zu, reißt ihr die Hand vom Tisch und drückt ihr einen sabbernden Schmatzer darauf.

„Entrecote", sagt er stolz und verbeugt sich erneut. Hätte er einen Hut auf, hätte das sicher eine lustige Geste gegeben. Er hat keinen Hut auf und lustig findet mein Vater diesen Mann schon mal gar nicht. Der Mann macht die Runde und gibt jedem die Hand. Dann kommt er auf mich zu und zögert.

„Lehmann", stellt er sich vor und verbeugt sich erneut. Wenn dieser Clown seine Show noch lange abzieht, muss ich ihm die welken Blumen in den Hintern schieben. „Hans-Joachim Lehmann", wiederholt er und hält mir die Hand hin. Ich nicke freundlich und widme mich wieder meinem Schellfisch. „Sie sind sehr unfreundlich, junger Mann", wirft er mir vor. Das mag sein, doch interessieren tut es mich gerade nicht. Krampfhaft versuche ich, mit der Zunge eine Gräte aus meinen Zahnzwischenräumen zu befreien.

„Herr Lehmann macht deiner Großmutter den Hof", erklärt mein Vater nicht sehr begeistert. „Wir freuen uns sehr, ihn an Ostern begrüßen zu dürfen", fährt mein Vater fort und der Sarkasmus ist nicht zu überhören. Zumindest für die normalen Menschen dieses Raumes. Meine Oma kichert verliebt, Herr Lehmann legt den Kopf zur Seite und nickt erneut. Für einen Moment bleibt mein Herz stehen. Schleicht sich der Typ an mein Erbe ran? Christoph springt auf, wirft sich auf Herrn Lehmann und drückt ihn an sich.

„Bist du mein neuer Opa?", fragt er schließlich und ich überfliege geistig nochmal sein Geburtsjahr, um ernüchtert festzustellen, dass er wirklich kein Kind mehr ist. Auch Leonie ist mittlerweile aufgestanden und drückt ihre Brüste an Herrn Lehmanns Rücken. Dieser lächelt mich überlegen an, als wolle er mir zeigen, dass er gewonnen habe. Nur was? Christophs Liebe? Bitte schön. Er befreit sich aus der Umklammerung, nickt erneut – Gott, hasse ich den Typen – und legt die nun zerdrückten Blumen auf den Tisch. Dann greift er nach einem freien Stuhl.

„Wenn es den Herrschaften nichts ausmacht, würde ich mich sehr gerne neben diesen Sprössling setzen. Zwischen uns scheint es eine gewisse Chemie zu geben", erklärt er, trägt den Stuhl neben mich und lächelt mich noch immer überheblich an. Meine Oma steht auf, schaut den Herrn Lehmann verliebt an und verbeugt sich nun auch. Ich blicke meinen Vater entsetzt und hilfesuchend an, erhalte aber nur ein Schulterzucken. Herr Lehmann setzt sich also neben mich, nickt erneut und sagt „Au revoir". Dann beugt er sich zu mir hinüber. „Ich habe dich im Auge, mein Junge." Ich lache laut los und sehe auf einmal einen seltsamen Zorn in seinen Augen. „Lach ruhig", flüstert er. „Ich werde dich jagen, grillen und schließlich verspeisen", droht er mir und jagt mir damit tatsächlich ein wenig Angst ein. Nicht vor ihm, sondern vor der seltsamen Kopfstörung, die den Wahnsinn meiner Familie nun komplett macht.

„Mein Fleisch ist zäh", antworte ich und lecke mir demonstrativ über meine vorhandenen Zähne.

„Wollen Sie etwas essen, Herr Lehmann?", fragt meine Mutter freundlich.

„Oh merci, aber non merci", antwortet er übertrieben freundlich. „Ich werde später speisen", sagt er und blickt mich lüstern an. Er ist wirklich unheimlich. Während des gesamten Essens starrt er mich einfach nur an. Ich bin froh, dass Christoph mit einer Predigt über den Karfreitag und warum wir kein Fleisch essen sollen, für ein wenig Ablenkung sorgt. Auch dass er mir zu mehr Vernunft und weniger Lastern rät, ist eine willkommene Abwechslung. Leonie schaut mich mitleidig an und nickt, um die Aussagen meines Bruders zu bekräftigen. Ich solle die Fastenzeit nutzen, um in mich zu kehren, die Liebe zu Gott zu finden und auf Fleisch zu verzichten, das sei doch das Mindeste. Seine Ansprache dauert fast zwanzig Minuten und erleichtert atme ich aus, als der gemeinsame Abend ein Ende findet. Herr Lehmann hat meine Oma zu einem Fernsehabend in seiner Pension eingeladen. Da Christoph sich mit Leonie beschäftigt, Hannah und meine Mutter das Essen der kommenden Tage planen und Opa Heinz wieder in einen Tiefschlaf verfallen ist, bleibt nur mein Vater als Gesprächspartner. Folgerichtig entscheide ich mich für einen Spaziergang durch die Kleinstadt. Es ist frisch und die Straßen sind an diesem Abend verlassen. Ich erwische mich, wie ich immer wieder nach dem verrückten alten Mann Ausschau halte. Enttäuscht stelle ich fest, dass selbst er mir nicht folgt. Ich fühle mich ziemlich einsam. Ich muss dringend etwas gegen das Single-Dasein tun. Doch was? Ich spiele kurz mit dem Gedanken, für ein helfendes Gebet in die Kirche zu gehen, entscheide mich dann aber für McDonalds. Abrupt bleibe ich stehen. An einem Tisch sitzen Leonie und Christoph und schlagen sich die Wampe mit verschiedenen Burgern voll. So viel zum Thema Laster.

Für meine Familie beginnt der Ostersonntag traditionell mit dem Gottesdienst in unserer Kirche. Nachdem ich den gestrigen Abend in einer Dorfdisco gemeinsam mit irgendeiner Ische verbracht habe, hat es einige Überredungskunst meiner Mutter gebraucht, diese Tradition von meiner Seite nicht einreißen zu lassen. Ich habe einen Kater. Die alkoholbedingte Lebensmittelvergiftung ist ja an sich schon nicht wirklich angenehm, aber diesen Zustand in der Kirche zu erleben, ist alles andere als schön. Das ständige Auf und Ab setzt mir echt zu. Übelkeit überkommt mich und ich beginne zu schwitzen. Zudem meint meine Oma, sämtliche Liedertexte zu kennen. Wohlgemerkt, sie meint. Tatsächlich grölt sie mir die ganze Zeit irgendwelche seltsamen Laute ins Ohr und übertrifft ihre eigene Lautstärke immer wieder beim Refrain. „Wellblech-Schrabber." Christoph reibt mit seinem Fingerhut über den Reißverschluss seines Micky Maus-Anoraks. Immerhin hat er das Wellblech nicht dabei. Ich schaue mich ängstlich um und kassiere tatsächlich einige bemitleidende Blicke. Das Gute ist, dass ein Großteil der Gemeinde meinen Bruder kennt. Sogar als lustigen Musikanten. Schon als junger Bursche hat mein Bruder offenbar seine Zuneigung für blecherne Musik entdeckt. Ich sehe ihn noch als Messdiener vor mir. In seinem weißen Gewand, wie er mit dem kleinen Hämmerchen den Gong betätigt. Grundsätzlich ist das für einen Messdiener nicht ungewöhnlich. Nur dass Christoph nicht als „Gonger" eingeteilt war, dem dicken Ruben den Schwängel aus der Hand gerissen, ihn erst an dessen Kopf ausprobiert und schließlich gänzlich übernommen hat. Auch das wäre eigentlich kein Grund zur Panik, wenn Christoph nicht jeden Satz des Priesters mit einem „Tong" und dem anschließenden Gelächter beschlossen hätte. Christoph ist meines Wissens der erste Mensch, der ein ganzes Jahr lang Hausverbot in einer katholischen Kirche hatte. Zumindest die alten Menschen wissen um die musikalische Vorliebe meines gestörten Bruders. Auch weil er irgendwann mal die Monstranz rhythmisch gegen den Rotwein-Kelch geschlagen hat. Immerhin im Takt. Das Hausverbot ist aufgehoben, Musikverbot hat er streng genommen aber noch immer. Auch nach einer gefühlten Ewigkeit ist die Übelkeit noch nicht unter Kontrolle. Mittlerweile habe ich das Knien und Hinstellen vollkommen aufgegeben. Ich vegetiere auf meiner Bank. Selbst mein Vater zeigt aktuell deutlich mehr Ehrgeiz. Immerhin reinigt er mit dem Liederzettel seine Zahnzwischenräume. Artig bedanke ich mich beim Lieben Gott, als der Priester die Kommunion austeilt. Jetzt kann es eigentlich nicht mehr lange dauern. Aus gegebenem Anlass verzichte ich heute auf meine Hostie und bleibe sitzen. Nicht so der Rest der Familie. Herr Lehmann hakt meine Oma ein und marschiert mit ihr den Mittelgang entlang. Ich bin mir nicht sicher, aber ich glaube, meine Oma denkt, sie heiratet. Mit dem Rücken ihrer schrumpeligen Hand grüßt sie die Menge und wischt sich mit der anderen Hand eine imaginäre Träne aus dem Auge. Meine Mutter, Hannah und Christoph folgen dem Ehepaar unauffällig. Nur mein Vater bleibt natürlich sitzen. Das Brot sei ihm zu trocken, ist seine Standardausrede. Ein weiterer Schweißausbruch überkommt mich. Doch nicht aufgrund des Alkohols in meinem Körper. Viel mehr, weil ich Christophs Funkeln in den Augen erkenne, als er den Kelch in der Hand des Diakons sieht. „Oh Gott!", platzt es aus mir heraus. Ich sehe meinen bekloppten Bruder schon lustige Pfeifgeräusche mit dem Kelch machen. Doch weit gefehlt. Mein Bruder denkt gar nicht daran. Er reißt dem Diakon den Kelch aus der Hand und leert den Wein in einem Zug. Er hält den ganzen Verkehr auf und aus dem Augenwinkel sehe ich Vaters Gesichtsfarbe in ein dunkles Rot wechseln. Mit dem leeren Kelch wedelt Christoph nun hin und her. Der Diakon versteht die Geste offenbar nicht und ist bemüht, meinem Bruder den Kelch wieder zu entreißen.

„Maître!", ruft mein Bruder nun. „Ein wenig mehr des edlen Tropfens." Ich bin froh, dass der Schwachmat nicht auf die Idee gekommen ist, eine Weinprobe abzuhalten und die Plörre zurück in den Kelch gespuckt hat.

Am Kragen hat mein Vater meinen Bruder aus der Kirche befördert. So findet unser Kirchbesuch ein trauriges Ende. Auch weil Oma niedergeschlagen ist, dass vor dem Gotteshaus niemand Reis geworfen hat. Nach einem kurzen Spaziergang befinden wir uns wieder im Haus meiner Eltern. Christoph ist schon ganz aufgeregt. Offenbar kann er die obligatorische Eiersuche nicht mehr abwarten. Diese findet in aller Regel im Garten meiner Eltern statt. Da Christoph sich bereits am frühen Morgen mit einem Fernrohr bewaffnet auf die Lauer legt, um die Verstecke meiner Mutter frühzeitig auszumachen, hat diese die Eier in diesem Jahr bereits am Samstagabend versteckt. Man muss dazu wissen, dass mein Bruder aus der Eiersuche einen Wettkampf macht. Jedes Jahr. Er nennt sich selbst den „Eiersuch-König" und ich meine, dieses Attribut auch in einem seiner Lebensläufe entdeckt zu haben. Dieser Wettkampf findet ausschließlich zwischen mir und meinem Bruder statt und ich muss zu meiner Schande gestehen, dass Christoph die letzten Jahre immer gewonnen hat. Das mag allerdings auch daran liegen, dass ich meinem Bruder bei der Suche immer nur zugeschaut und ihm anschließend anerkennend gratuliert habe. Ich bin fast dreißig. Die einzigen Eier, die ich suche, sind meine eigenen. Christoph blickt ungeduldig auf seine Armbanduhr. Wie ich feststelle, hat er sich gut vorbereitet. Er trägt eine gelbe Fahrradhose, die ballonseidene Trainingsjacke meines Vaters und einen Bauarbeiterhelm mit Lampe. Welchem armen Grubenarbeiter er diesen wohl entwendet haben mag? Mein Vater hat die Terrassentür noch nicht ganz geöffnet, da stürmt mein bekloppter Bruder wie der letzte Idiot an mir vorbei und stürzt sich in den Garten. Er reißt jede Blume aus dem Boden, trampelt wie blöd über das Gras und wirft sich mehrfach gekonnt hinter einige Büsche. Meine Eltern starren ihn kopfschüttelnd an.

„Ich will auch etwas suchen", stellt meine Oma seltsam lethargisch fest. Hatte ich zunächst angenommen, Herr Lehmann würde ihren Gedankengängen etwas auf die Sprünge helfen, muss ich leider akzeptieren, dass Oma immer weiter abbaut. Sie ist geistig überhaupt nicht mehr auf der Höhe und scheint wirklich traurig zu sein, dass sie an der Suche bislang nicht beteiligt ist. Ich sehe sämtliche Geldscheine verschwinden. Völlig außer Atem stürzt Christoph plötzlich auf mich zu.

„Und?", schreit er. „Wie viele hast du schon gefunden?" Er lächelt mich schelmisch an.

„Vier", lüge ich. Christophs Augen weiten sich, er blickt in das leere Körbchen, das er sich mit einem Seil um den Bauch gebunden hat und rennt entschlossen wieder davon. Tatsächlich habe ich das Erste bereits entdeckt. Es befindet sich überraschend offensichtlich in einem Blumentopf und ich wundere mich wirklich, wie „Sherlock" es übersehen konnte. Mittlerweile hat sich Oma an mir vorbeigeschoben und läuft völlig geistesabwesend durch den Garten. Sie wirkt wie ein seltsamer Geist. Hin und wieder hebt sie mühselig einen Stein hoch, nur um ihn dann plötzlich wieder fallen zu lassen. Christoph hat an einem Ast mittlerweile sein „Hauptgeschenk" gefunden. Rollerblades. Ich kann mich nur über meine Eltern wundern. Als wäre der Irre nicht schon gefährlich genug. Müssen sie ihm jetzt auch noch Räder unter sein verrücktes Hirn schnallen? Wie zur Bestätigung springt er an dem Baum hoch, in der Hoffnung, an den drei Meter hohen Ast zu kommen. Ich erkenne das süffisante Lachen in den Augen meines Vaters und muss zugeben, dass dieser Anblick die Gefahr durch Rollerblades durchaus wert war. Nach einer gefühlten Ewigkeit kommt Christoph, nun auf Rollschuhen, erneut an mir vorbeigesaust.

„Hui!", ruft er und grinst mich an. Dann versteinert sich seine Miene. Ich blicke mich um und sehe, wie Oma ihren Kopf in die Regentonne steckt. Schade, dass es längere Zeit nicht mehr geregnet hat. „Das ist unfair", motzt mein Bruder. „Ihr seid zu zweit. Das gilt nicht." Zu zweit? Meint er das ernst? „Vier Augen sehen mehr als zwei", erklärt er empört. Ich schaue meiner Oma ins Gesicht. Ihre leeren grauen Pupillen als zwei Augen zu zählen, halte ich für ein wenig gewagt. Und wenn ich sehe, wie sie einen verschimmelten Tennisball und einen grünlichen Kieselstein in das Osterkörbchen legt, wage ich zu bezweifeln, dass diese Team-Aufteilung wirklich unfair ist. Dann stolpert mein Bruder über seine eigenen Beine und ich muss ihm doch Recht geben. Nach einer gefühlten Ewigkeit entschließe ich mich, die Angelegenheit ein wenig zu beschleunigen. Für Anfang April ist es noch erstaunlich kühl und ich habe zudem keine große Lust, den Vormittag im Garten meiner Eltern zu verbringen. Auf Anhieb entdecke ich einige Eier. Natürlich lege ich sie nicht einfach in das Körbchen. Ich postiere sie vorsichtig um, sodass Christoph nicht an ihnen vorbeifahren kann. Selbst ein Blinder würde die Suche nun erfolgreich bestreiten. Und genau da liegt auch mein Denkfehler. Nicht nur jeder Blinde würde die Eier finden, auch meine Oma. Natürlich hat sie nicht nur Eier in das Nest gelegt. So gut sind ihre Augen dann doch nicht. Christoph ist schon ganz nervös. Ich glaube, er sieht seine Chancen schwinden. Zumal nun auch Hannah die Faxen dicke hat, zwei Eier aus einem Blumenkübel fischt und sie Oma in die Hand drückt.

„Du bist ein gutes Kind", sagt meine Oma stolz und fragt Hannah, was die Eier denn kosten. Mittlerweile haben wir sechs davon. Da Mutter nur zehn versteckt hat, ist der Wettkampf rein rechnerisch beendet. Meine ich zumindest. Christoph nicht.

„Ich habe noch einen Joker im Ärmel", ruft er und nimmt mit seinen Rollschuhen Anlauf. Dann springt er über den Gartenzaun und landet überraschend sicher im Garten der Herrmanns, die seit einigen Jahren neben meinen Eltern wohnen. Anke Herrmann kenne ich schon aus Grundschulzeiten. Sie saß sogar neben mir. Schon damals spielte sie mit ihrem heutigen Mann „Rübe" Rüdiger „Vater, Mutter, Kind". Der kleine Luca ist ein unglaublicher Quälgeist. Schon der Anblick des übergewichtigen Jungen verursacht mir schlimmste Kopfschmerzen. Nicht nur bei mir. Mein Vater hasst den Jungen mindestens genauso wie ich. Kein Wunder. Als meine Eltern noch Katzen hatten, hatte der kleine Luca die wahnwitzige Vorstellung, diese füttern zu müssen und Linsensuppe durch den Briefkasten, der in die Haustür eingearbeitet ist, zu kippen. Nachdem meine Mutter die Reste der Linsensuppe sowohl vor als auch nach der Verdauung der Katzen aufgewischt hat, hat mein Vater dem kleinen Jungen mit einem Luftgewehr ziemlich eindeutig klargemacht, dass dessen Anwesenheit unerwünscht ist. Das Verhältnis zwischen meinen Eltern und den Herrmanns ist seit jeher etwas angespannt. Zumal mein Vater in den Folgemonaten einige Male mit dem Gewehr durch den Garten patrouilliert ist. Ein anständiger

Deutscher müsse immer wachsam bleiben, hat er mir mal erklärt. Ich könnte mir auch gut vorstellen, dass mein Vater dem kleinen Luca in einem unbeachteten Moment in den Hintern geschossen hat. Zumindest hat der dicke Junge eine gehörige Portion Respekt vor meiner Familie. Dementsprechend entsetzt schaut der arme Tropf nun aus der Wäsche, als Christoph in gehörigem Tempo auf ihn zurast. Was hat der Verrückte nun schon wieder vor? Unmittelbar vor dem Jungen bremst er unglücklich ab, reißt dem Kind zwei Eier aus der Hand und schreit ihm „In your face, Mann!" ins Gesicht. Der Junge guckt meinen Bruder verdutzt an, wischt sich ein wenig Christoph-Speichel aus dem Gesicht und rennt heulend ins Haus. Mein Bruder strahlt dagegen über beide Ohren. „Ja, Mann!", feuert Leonie ihn nun an, die mittlerweile hinter mir steht und Christophs Aktion frenetisch feiert. Auch Herr Lehmann scheint amüsiert. Genüsslich zwirbelt er seinen vergilbten Bart.

Hannah hat mittlerweile die restlichen Eier gefunden. Ich bin beruhigt, denn nun hat die Suche endlich ein Ende. Sollte man meinen. Doch als ich mich durch die Terrassentür schiebe, reißt Christoph mich zurück.

„Du bist noch nicht fertig", sagt mein Bruder in einem Tonfall, der keinen Zweifel an der Ernsthaftigkeit seiner Worte lässt.

„Bin ich nicht?", vergewissere ich mich dennoch vorsichtig.

„Nein", stellt er entschieden fest. Ich bin verwirrt. „Du hast nicht gründlich gesucht", fährt er fort. Immerhin hat er mit dieser kühnen Behauptung in gewisser Weise Recht. Streng genommen habe ich bislang noch gar nicht gesucht. „Du hast doch dein Hauptgeschenk noch nicht gefunden", erklärt er mir und ich meine ein Lächeln auf seinen Lippen zu erkennen. Hauptgeschenk? Seit wann besorgt meine Mutter mir zu Ostern ein Geschenk?, frage ich mich und blicke mich genervt um. Die „Suche" zieht sich schon fast über eine Stunde hin und ich weiß überhaupt nicht, warum ich mir den Scheiß überhaupt antue.

„Du warst in letzter Zeit so traurig", mischt sich nun Leonie ein. „Deswegen haben Christoph und ich uns überlegt, dir ein kleines Präsent zu machen." Ich mache mir Sorgen. Sorgen, weil ausgerechnet das Deppenpaar des Jahres mir ein Geschenk macht und weil Leonie das Wort „kleines" in seltsame Gänsefüßchen gesetzt hat. Was können mir die beiden Schwachmaten „Kleines" schenken wollen? Ich will gar nicht danach suchen. Doch Christoph hat schon den Eier-Wettkampf verloren, wenn ich ihm jetzt auch noch diesen Gefallen verwehre, wird er seines Lebens nicht mehr froh. Also ringe ich mir ein falsches Lächeln ab und hebe übertrieben einen leeren Blumentopf hoch. Christoph klatscht begeistert in die Hände. Sein Grinsen zieht sich über das gesamte Gesicht. „Kalt!", schreit er, um mir zu symbolisieren, wie weit entfernt ich mich doch von dem Zielort befinde.

„Du musst dir schon ein wenig Mühe geben", mischt sich Herr Lehmann ein. Noch so ein Kommentar und der verrückte alte Sack wird qualvoll an seiner eigenen Fliege ersticken. Auch Leonie unterstützt mich. Ich komme mir ziemlich dämlich vor. Meine gesamte Familie steht mittlerweile auf der Terrasse und schaut mir bei meinem kindlichen Suchspiel zu. Nur Oma ist mit sich selbst beschäftigt. Nach wie vor geistert sie apathisch durch den Garten, hebt hin und wieder etwas auf oder kostet von einer der zahlreichen bunten Blüten, die uns der Frühling beschert hat. Hastig überfliege ich die Tage bis zu meiner Abreise nach Mallorca. Diese Qual halte ich nicht mehr lange aus.

„Heiß!", schreit Christoph hysterisch, als ich schließlich vor einer dichten Tanne stehen bleibe. Erschrocken fahre ich zusammen, entspanne mich aber relativ schnell wieder, denn immerhin wird die Suche gleich beendet sein. Meine Oma drängelt sich vor, hebt einen weißen Blumenübertopf hoch und trägt ihn zu dem kleinen Osternest auf der Terrasse. „Du bist ganz nah dran, Marc!", ruft Christoph. „Nur zu. Trau dich." Allein diese Anfeuerung hat einen kontraproduktiven Einfluss und macht mich zudem äußerst skeptisch. Ganz langsam schiebe ich einen dichten Ast zur Seite und fahre erneut erschrocken zusammen.

„Buh!", schreit eine weibliche Stimme. Mein Herz bleibt für einen Augenblick stehen. Der Indianer kann von Glück reden, dass ich ihn nicht aus Reflex umgebracht habe. Ein Indianer?

„Dein Ostergeschenk!", ruft Christoph.

„Voilà", schiebt Herr Lehmann hinterher, unwissend, dass sein Leben an einem seidenen Faden hängt.

„Warum schenkt ihr mir einen Indianer?", frage ich vollkommen verstört und blicke in amüsierte Gesichter.

Der Indianer heißt Jessica und ist in Wirklichkeit eine knapp 40-jährige alleinerziehende Mutter, die sich neben Hartz-IV als Nageldesignerin über Wasser hält. Sie ist tatsächlich keine Indianerin. Ihre Haut hat allerdings von ihrem Lieblingshobby – der Sonnenbank – eine unnatürlich bräunliche Farbe angenommen. Auch wenn ich jetzt ihren Namen kenne und schon über ein wenig Background-Information verfüge, weiß ich weder was die Frau hier will noch warum sie über eine Stunde freiwillig im Garten ausgeharrt hat. Mal ganz abgesehen davon erschließt sich mir nicht, welche Rolle sie in Sachen „Hauptgeschenk" spielt. Bislang komme ich noch nicht dazu, Christoph zu fragen, denn mein gestörter Bruder zieht mit seinen neuen Rollerblades eine Runde nach der anderen. Zur Freude meines Vaters tut er dies um den gedeckten Wohnzimmertisch. Jessica hat es sich an diesem bequem gemacht, als gehöre sie seit Jahrzehnten zum engen Familienkreis. Das tut sie nicht. Daran lässt mein Vater, der ununterbrochen laut aufstöhnt, wenn die Sonnenbank-Königin eine weitere ellenlange Geschichte von Kevin, vermutlich ihrem Sohn erzählt, keinen Zweifel. Rigoros wie er manchmal ist, hat er diesem Spezialgast das Kaffeegeschirr sowie Gebäck und Kaffee vorenthalten. Das ist auch gut so, denn Jessica trägt sicherlich 40 Kilo zu viel mit sich rum. Zumindest würde ich das auf den ersten Blick schätzen. Das viel zu große, mit Pailletten besetzte Jeans-Hemd lässt eine genaue Studie jedoch nicht zu. Herr Lehmann spielt den perfekten Gastgeber. Er kümmert sich beeindruckend um Jessica. Ein wenig zu intensiv vielleicht. Das könnte daran liegen, dass Oma noch immer im Garten verweilt und nach irgendetwas sucht. Ich glaube, sie weiß mittlerweile nicht mehr, wonach. Herr Lehmann geht wie selbstverständlich an sämtliche Schränke, reicht Jessica das passende Geschirr, serviert ihr ein Stück Kuchen und als wäre das noch nicht genug, bietet er ihr schließlich die welke Tulpe aus seinem Knopfloch an. Die Sonnenkönigin weiß gar nicht, wie ihr geschieht, und berichtet sichtbar nervös, dass Kevin von ihrem ersten Mann und sie wieder zu haben seien. Diese bizarre Situation macht mich stutzig. Nicht nur mich. Auch Hannah und mein Vater scheinen sichtbar überfordert. Immerhin glaube ich mittlerweile, dass mein Vater mir den Mord an Herrn Lehmann dankbar abnehmen wird. Meine Mutter lauscht den Worten des neuen Gastes und tätschelt ihr liebevoll über die Wange. Jessica sieht, dass ich sie begutachte und lächelt mir zu.

„Ist sie nicht süß?", fragt mich Christoph und erinnert mich unweigerlich an seine erste Begegnung mit Rupert. Die hässliche Töle fand er doch so unglaublich toll. Ich schaue die Frau von oben bis unten an. Die schwarze Dauerwelle verdeckt einen Großteil ihrer ledernen Haut. Die Nägel sind perfekt gemacht und auch der Brilli in ihrer Nase ist in gewisser Weise modisch, nur absolut überhaupt nicht mein Geschmack. Dazu hat die arme Person einen unglaublichen Überbiss und erinnert an das sprechende Pferd, Mr. Ed. Immerhin passt das blaue Hemd zu ihren matten Augen, die sich hinter einer leuchtend roten Brille verstecken. Christoph blickt sie ganz verliebt an. Damit steht fest, dass er unter absoluter Geschmacksverirrung leidet. „Sie ist nur für dich", fährt er stolz fort. „Das ist das beste Geschenk, das ich dir je gemacht habe."

„Moment", unterbreche ich seinen Gedankengang. „Das ist mein Geschenk?", frage ich entsetzt. Christoph wackelt mit beiden Augenbrauen.

„Hab ich dir ausgesucht", nickt er freudig erregt. „Leonie wollte Cassandra, ich habe mich für Jessica entschieden und durchgesetzt." Okay. Ich verstehe nur noch Bahnhof.

„Christoph, worum geht es hier überhaupt?", frage ich und schüttle ihn etwas unsanft.

„Na, du bist doch so einsam", erklärt er mir und allein für diese erschreckend wahre Erkenntnis würde ich ihm am liebsten umgehend eine verpassen. „Also haben Leonie und ich ein Casting veranstaltet."

„Ein Casting?", frage ich ziemlich perplex.

„Ja. Ein Casting. Also so etwas wie ‚Deutschland sucht den Superstar'. Nur mit dir. ‚Deutschland sucht den Supermarc'", sagt er und lacht sich über seinen eigenen kreativen Einfall schlapp.

„Christoph", ermahne ich ihn. „Was für einen Scheiß erzählst du da?", will ich wissen.

„Na, wenn Leonie und ich nach Äquator auswandern, bist du doch völlig alleine. So ganz ohne Rupert, Anne und mich. Dann hat sich Leonie auch noch für mich und gegen dich entschieden. Das muss doch superhart sein. Also haben wir uns gedacht, wir tun dir was Gutes und suchen dir eine Frau. Jessy hat das Casting gewonnen." Ich bin sprachlos. Völlig überfordert. Soll ich meinen Bruder vor der versammelten Verwandtschaft verprügeln? „Das ist das Mindeste, was ich für dich tun kann", fährt er fort. Vermutlich will er, dass ich die Prämie bekomme, um meine Wohnung behalten zu können. So bliebe ihm eine Notfall-Unterkunft. Widerwillig schaue ich das braungebrannte Wesen an. Das soll der Hauptpreis sein? Wie viele Frauen haben an diesem Casting teilgenommen? Zwei? Wo hat Christoph sie aufgetrieben? Bin ich wirklich ein so hoffnungsloser Fall, dass mein verstörter Bruder mir eine alleinerziehende Mutter besorgen muss, nur damit ich Ostern nicht allein verbringe. Moment. Kevin? Alleinerziehend? Oma hat nichts von einem leiblichen Kind gesagt. Ganz plötzlich steigt meine Laune und auch die Hoffnung, schon bald wieder wohlhabend zu sein. „Annette wolltest du ja nicht", erklärt Christoph weiter. „Also haben wir eine Annonce in der Zeitung geschaltet." Mein Bruder blickt mich bemitleidend an. „Marc, du bist nicht mehr so der Renner. Auf unsere Annonce haben sich nur drei Frauen gemeldet. So gut kommst du bei denen wirklich nicht an." Ich bin so hilflos, dass ich ihn noch nicht einmal darauf hinweisen mag, dass die schlechte Ausbeute wohl eher an seiner Annonce liegt.

Bis zum Abendessen versuche ich, gute Miene zu bösem Spiel zu machen, und verhalte mich Jessica gegenüber sehr nett. Oder besser gesagt neutral. Ich habe noch kein Wort mit der fremden Frau gewechselt. Das mag auf den ersten Blick vielleicht unhöflich klingen, doch bevor ich meine tiefe Abneigung gegenüber dieser Person zum Ausdruck bringe, ist das noch immer die nettere Variante. Es ist ruhig geworden im Hause Wagner. Christoph sitzt in Opas altem Sessel und schläft. Das ist kein Wunder, schließlich ist so ein mehrstündiger Rollerblade-Marathon sehr anstrengend. Oma irrt irgendwo in der Dunkelheit umher. Meine Mutter hat eine kalte Platte aufgetischt und bislang gibt sich nur Jessica die Ehre und vertilgt ein belegtes Brot nach dem Nächsten. Doch die Idylle trügt. Es ist die Ruhe vor dem Sturm. Schließlich hat Herr Lehmann den Fehler gemacht und meinen Vater auf dessen politische Ausrichtung angesprochen. Er selbst sei bekennender Kommunist. An der unnatürlichen Hautfarbe meines Vaters erkenne ich, dass es in ihm brodelt und der Vulkan jeden Moment ausbricht. Voller Vorfreude starre ich ihn an, als es an der Türe läutet. Meine Mutter springt erschrocken auf und verlässt eilig den Tisch. Vermutlich erahnt auch sie den Gefühlsausbruch meines Vaters und nimmt rechtzeitig Reißaus. Erschrocken blicke ich in den Flur, in der Erwartung Cassandra, Annette oder wer auch immer, sei von meinem Bruder ebenfalls eingeladen worden. In der Tür steht „Rübe" Herrmann. Auch das Gesicht meines ehemaligen Schulkameraden hat eine unnatürliche rote Farbe angenommen. Ich führe das aber eher auf sein unglaubliches Gewicht zurück. Vorsichtig schubst der kräftige Mann meine Oma über die Türschwelle.

„Ihr Sohn und Ihre Mutter haben meinem Sohn die Eier geklaut!", schimpft er los. „Ich erwarte eine Entschuldigung!", bellt er und macht auf dem Absatz kehrt. Meine Mutter blickt dem Mann verdutzt hinterher. Da Christoph sich nicht allein getraut hat, steht die ganze Familie eine halbe Stunde später bei Herrmanns im Wohnzimmer und schüttelt dem hässlichen Luca die Hand. Die ganze Familie. Mit Herrn Lehmann und der sonnengebräunten Jessica.

Das große Finale

Der Geruch von gegrilltem Fleisch und Olivenöl steigt mir in die Nase, als ich in einer dieser „Touristenfallen" in der Nähe des Hafens Platz nehme. Ich kenne den Besitzer und gehe insofern davon aus, wirklich frisches Fleisch serviert zu bekommen. Seit wenigen Tagen befinde ich mich wieder auf Mallorca. Es ist zwar noch Frühling, doch die Wärme hat die Insel längst erreicht und die ersten Kegelklubs und Fußballmannschaften sind bereits eingetroffen. Es ist wahrlich nicht die schönste Zeit und Cala Ratjada definitiv auch nicht der schönste Ort, um ein anstrengendes Animateurdasein zu fristen, doch ich hätte es keine Minute länger in Deutschland ausgehalten. Dabei war noch nicht einmal das fehlende Licht aufgrund der gekappten Stromleitung das Problem. Eine laue Frühlingsnacht bei Kerzenschein ist wirklich angenehm, ein warmes Bier auf dem Balkon eher nicht. Letztlich haben meine finanziellen Mittel zwar für Gerstensaft aus der Dose, nicht aber für ein gescheites Abendessen gereicht. Ich habe mich damit abgefunden, die Prämie nicht zu kassieren. Die Geburt eines Kindes inklusive Schwangerschaft ist nach Adam Riese in diesem Jahr rein rechnerisch nicht mehr möglich. Auch wenn ich die Ausreise nach Mallorca als persönliche Niederlage empfinde und meiner Heimat auf unbestimmte Zeit den Rücken kehre, freue ich mich, wieder hier zu sein. Dennoch muss ich mich ernsthaft fragen, ob ich mir meine Zukunft so vorstellen kann. Das Thema Familie habe ich vorerst nach hinten verlagert. Jessica war einfach nicht die Richtige. Noch bevor sie mir Kevin vorstellen konnte, war unsere Liaison beendet. Naja, wenn man es genau nimmt, war die „Beziehung" bereits am Ostermontag nach dem Abendessen beendet. Auf meine emotionslose Absage reagierte sie fast schon panisch. Man könne es doch wenigstens mal versuchen und wie sie es denn doch noch in den Recall schaffen könne, wollte sie wissen. „Gar nicht", habe ich geantwortet und die Haustür meiner Eltern vor ihrem verdutzten Gesicht verschlossen. Christoph und Leonie haben entsprechend enttäuscht reagiert. Sie seien sich so sicher gewesen, mir die Richtige ausgesucht zu haben. Leonie war sogar wütend auf mich und hat mir erklärt, dass man einem geschenkten Gaul nicht ins Maul schaue. Ich bin mir nicht sicher, ob sie weiß, dass man Menschen nicht einfach so verschenken kann. Ich habe es ihr nicht erklärt. Der Ärger war ohnehin verflogen, als ich das Liebespaar exklusive Gießkannen-Albert zum Flughafen gebracht habe. Albert hatte sich kurzerhand gegen die Drogen-Geschichte entschieden. Er wolle seine Musikkarriere vorantreiben. Als Leadsänger der Blech-Band habe er nun einige wichtige Termine wahrzunehmen, hat er Christoph stolz erklärt. Überraschenderweise habe ich Christophs Angebot, nun doch mit nach Ecuador auszuwandern, abgelehnt. Zumindest ihn dürfte meine Wahl überrascht haben. An einem verregneten Freitag den 13. habe ich Christoph und Leonie nach Köln/Bonn gebracht. Es hat viel Überredungskunst gekostet, den Abergläubigen in die Maschine zu setzen. Erst auf meinen Hinweis, dass in Ecuador die Uhren anders ticken und er bereits im Flugzeug rechtlich gesehen, das deutsche Datum verlassen habe, ließ er sich überreden. Nach einigen Diskussionen mit dem Sicherheitspersonal – er hätte seine zukünftige Berufswahl vielleicht besser für sich behalten – hat er Deutschland schließlich verlassen. Ein mulmiges Gefühl ist zurückgeblieben. Allerdings verursachen Flughäfen bei mir grundsätzlich mulmige Gefühle. Mein Vater hat bis zuletzt versucht, meinem Bruder die Idee des Auswanderns auszutreiben. Doch Christoph erklärte, er fühle sich gewappnet. Er spräche ja die Sprache. An unserem letzten gemeinsamen Abend hat mich mein Bruder noch einmal schick ausführen wollen. Wir sind wieder bei McDonalds gelandet. Doch es war wirklich nett gemeint. Und mit einer weiteren Geste hat mich mein Bruder fast zu Tränen gerührt. Im voll besetzten Fast-Food-Restaurant hat er sich vor mich gekniet und mir feierlich sein Wellblech mitsamt Fingerhut übergeben. Er habe nun keine Verwendung mehr dafür und ich solle gut darauf aufpassen. Der Schrott fahrende Ali aus dem Dorf hat sich über das Wellblech wirklich gefreut. Tatsächlich habe ich Christophs Fingerhut als Talisman behalten. Ich trage ihn immer bei mir und hoffe, mein Bruder kommt unversehrt zurück.

 Ich habe meine Wohnung wie geplant an Jens vermietet und bin eigentlich guter Dinge, dass ich sie in gepflegtem Zustand zurückbekomme. Viel wichtiger: Er zahlt Miete. Dementsprechend sorglos bewege ich mich momentan auf der Insel.

    Da ich weiterhin Single bin, ist es aus meiner Sicht nicht verwerflich, auf der Urlaubsinsel meinen Gelüsten nachzugehen. Als die holländische Bedienung meine Bestellung aufgenommen hat, überfliege ich die ersten Daten. Seit vier Tagen bin ich wieder im Lande. Das heißt drei Nächte. In diesen drei Nächten habe ich bereits zwei Alte flachgelegt. Dabei habe ich natürlich tunlichst darauf geachtet, nicht an eine Saftschubse zu geraten. Mein letzter Heimflug hat mich gelehrt, vorsichtiger zu agieren. Der Ausdruck „Alte" trifft es beängstigend gut. So schön es auch ist, wieder hier zu sein, mein Glück habe ich noch nicht wiedergefunden. Zunächst lief alles nach Plan. Mein Freund Jordi hat mir tatsächlich in meinem ehemaligen Hotel einen Job besorgen können. So weit, so gut. Da ich mich ein wenig spät entschlossen habe, waren allerdings die normalen Schichten bereits alle vergeben. Ich betreue aktuell den Mini-Club. Das kommt mir nur bedingt entgegen. Kinder spielen in meinem Leben seit Kurzem eine eher untergeordnete Rolle. Das ist nicht ganz richtig: Ich hasse Kinder mehr denn je! Das macht die Arbeit mit ihnen nicht ganz leicht. Wenn ich noch einmal „Veo Veo" singen muss, werde ich mich eigenhändig erwürgen. Immerhin habe ich auf der Mini-Club-Tanzfläche tatsächlich zwei Mütter „aufreißen" können, zumindest angequatscht habe ich sie dort. Und ich muss leider zugeben, beide hatten bereits ihre Blütezeit überschritten. Mit viel Bacardi bin ich dennoch zum Abschluss gekommen. Mein kurzes Intermezzo mit den beiden Grazien ist schon lange wieder beendet. Ihnen hat anscheinend mein Umgang mit ihren Sprösslingen nicht so recht zugesagt. Sie sollten froh sein, dass die beiden Kinder überhaupt noch leben. Timo, ein kleiner dicker Junge, steht den ganzen Tag hinter mir und will irgendwelche Spiele aus seinem Kindergarten spielen. Warum treten die Kinder heutzutage nicht mehr einfach gegen einen Ball? Timo will kein Fußball spielen. Der Junge will lieber etwas ohne Wettstreit spielen. Timo ist zwölf und will als solcher auch geistig gefordert werden, hat er mir etwas zu überheblich erklärt. Ich könnte ihm gerne erklären, wie gut sein Wunsch von der Frauenwelt aufgenommen wird. Doch der Junge wird nicht müde, mich auf eine geistige Herausforderung hinzuweisen. Er stupst mich dazu mit seinem speckigen Zeigefinger, der zuvor noch in seiner Nase und anschließend in seinem Mund verweilt hat, an. Aus hypochondrischer Sicht stellt er damit ein enormes gesundheitliches Risiko für mich dar. Wer weiß, wo er seine Finger sonst noch so platziert. Ich habe Jordi auf diesen Missstand hingewiesen und darum gebeten, den Jungen nicht mehr im Mini-Club aufnehmen zu müssen. Jordi hat versprochen, den Fall mit der Hoteldirektion zu besprechen. Noch am selben Nachmittag kam die Absage. Irgendwie werde ich das Gefühl nicht los, dass mein Kumpel nicht wirklich mit seinen Vorgesetzten gesprochen hat. Also habe ich versucht, das Problem selbst in die Hand zu nehmen und Timo einen unfreiwilligen Tauchkurs, selbstverständlich ohne Wettkampfcharakter, spendiert. Das ist insofern ganz praktisch, als dass Timo sich nun Gedanken machen kann, wie er gegen die Kraft meiner Arme unter Wasser ankämpfen kann. Aus physikalischer Sicht also ein nettes Spiel ohne Wettkampfcharakter, aber mit geistiger Herausforderung. Blöderweise habe ich zum einen nicht gewusst, dass Timo nicht schwimmen kann und zum anderen missachtet, dass Sauerstoffentzug die geistigen Fähigkeiten ein wenig herabsetzt. Jordi hat den dicken Jungen schließlich aus dem Wasser gezogen. Meinen kreativen Einfall, dass Fett doch eigentlich oben schwimmt, fand der Chefanimateur nur bedingt lustig. Und auch die Hoteldirektion war eher semi-begeistert. Schließlich musste sie Mutter und Sohn drei weitere Nächte in ihrem Hotel spendieren, damit diese von einer Anzeige absieht. Nur mit viel Überredungskunst konnte Jordi meinen Aufenthalt sichern. Der Sohn meiner zweiten Liebschaft, Jeremias, ist zwar eine Sportskanone, geht mir aber schon allein wegen seines bescheuerten Namens tierisch auf den Sack. Wer nennt sein Kind heutzutage allen Ernstes Jeremias? Jeremias kann alles. Fußball, Tennis, Wasserball, Tischtennis, Bogenschießen. Obwohl der Junge höchstens zehn ist, hat er sämtliche Sportarten schon einmal ausprobiert und erklärt mir, wie diese funktionieren. Na toll. Wenn es etwas gibt, dass ich mehr hasse, als ein unsportliches, dickes Kind, ist es ein kleiner Besserwisser, der alles kann, alles weiß und zu allem Überfluss auf den Namen Jeremias hört. Jeremias sprintet nicht nur wie ein

Weltmeister, er brabbelt auch in einem Höllentempo. Zweimal habe ich dem kleinen Knilch ein Eis so unsanft ins Maul gestopft, dass er eigentlich für immer hätte still sein sollen. Zunächst einen Flutschfinger, dann ein Magnum Giant. In beiden Fällen hat er sich das Eis einfach aus dem Rachen gezogen, ein wenig gewürgt und dann auf den Tisch gelegt. Zu viel Eis sei ungesund, hat er mir erklärt. Zu viel Labern auch, habe ich im Stillen geantwortet und nach einem größeren Gegenstand Ausschau gehalten, dann aber Timo den angenuckelten Flutschfinger aus der Hand gerissen. Der arme Kerl soll doch nicht noch fetter werden. Erst beim Minigolf konnte ich Jeremias zur Ruhe bringen, beziehungsweise das pausenlose Plappern unterbinden. Es ist erstaunlich, was so ein bisschen Metall auf Knochen für eine beruhigende Wirkung hat. Zumindest in diesem Fall konnte ich Jordi davon überzeugen, dass sich Jeremias in meinen Schlag geworfen hat. Timo hat meine These tollkühn unterstützt. Das hat mich zwar zwei weitere Eis gekostet, aber dafür kann ich mein Geld noch immer auf Malle verdienen. Retrospektiv muss ich zugeben, dass ich vielleicht nicht der optimale Vater gewesen wäre. Doch das Thema ist ja zum Glück durch.

Die Kellnerin bringt mir ein Pils und erwidert mein Lächeln. Doch es ist eher ein bemitleidendes, als ein erregendes. Hier auf der Insel bin ich momentan weder der „mutige Marc" noch der „Stecher". Selbst in dem kleinen Hotel bin ich nicht mehr der Frauen-Alleinunterhalter, sondern Noel – ein gut gebräunter, 25-jähriger Sportstudent mit tollem Haar und Sixpack. Der unglaubliche Noel hat mir den Rang abgelaufen, nicht nur als Animateur. Der Belgier ist der neue „Stecher". Etwas ernüchtert schaue ich an meinem ehemaligen Astralkörper hinab und muss zugeben, dass Noel wirklich besser aussieht. Noel hat so schöne, strahlend weiße Zähne und sein Haar weht im Wind. Das scheint zu beeindrucken. Jeden Abend verbringt er im Arm einer anderen Schönheit. Nicht ohne mir sein strahlendes Lächeln zu schenken. Zum Glück bringt die Bedienung mein Essen und mich somit zumindest kurzfristig auf andere Gedanken.

Frisch gestärkt kehre ich am frühen Abend in das Clubhotel zurück. Das ist auch bitter nötig, denn in wenigen Minuten heißt es wieder Kinder beglücken. Ich habe noch einen langen Abend vor mir. Mein Dasein als Mini-Club-Animateur befreit mich leider nicht vom restlichen Abendprogramm. Für heute Abend hat sich zwar eine Liveband angekündigt, zuvor sollen wir allerdings mit einem kleinen Theaterstück das Publikum anheizen. Ein Wunsch der Band, hat Jordi mir erklärt. Die Jungs haben bereits ihren ersten Erfolgshit gelandet und Jordi ist so stolz, die Musiker verpflichten zu können, dass er ihnen sämtliche Wünsche von den Lippen abliest. Nachdem ich mich also mit der Mini-Disco einmal mehr zum Affen gemacht habe, Jeremias und all die anderen nervenden Blagen zum Tanz animieren konnte (Timo nicht, spanische Folklore fordert ihn geistig einfach nicht), folgt das Theaterstück, in dem ich einen Hofnarren spiele, der ausgerechnet König Noel zu dienen hat. Schon als Jordi die Aufgaben verteilt hat, konnte sich der Belgier das Lächeln nicht verkneifen. Nun auf der Bühne kostet er jeden Moment genüsslich aus. Immer wieder lächelt mich der arrogante Sack überheblich an. Jordi sieht mir den Frust an, als wir die Bühne verlassen. Freundschaftlich legt er mir die Hand auf die Schulter.

„Was ist los?", fragt er mich mit seinem sympathischen niederländischen Akzent. Noel flirtet bereits mit einer heißen Blondine. Allein sein Lächeln verursacht bei mir leichten Brechreiz. Die Blondine ist ganz angetan. Stolz zeigt Noel dem Objekt seiner Begierde seinen muskulösen Bauch. Jordi folgt meinem Blick und lächelt. „Dein Nachfolger?", fragt er.

„Mein Nachfolger?", frage ich entsetzt.

„Na, Noel", erklärt Jordi rhetorisch. „Er erinnert mich an dich", fährt er fort. Ich kann Jordi nicht ganz folgen, schließlich habe ich nie einer Blondine stolz meinen Waschbrettbauch präsentiert. Oder doch? „Es nervt dich, dass er die Frauen aufreißt?", will er schließlich wissen. Auch wenn ich es eigentlich nicht zugeben will, hat mein alter Kumpel natürlich Recht. Natürlich nervt es mich, dass Noel die Frauen abgrast, die ich sonst abbekommen habe. Also nicke ich zögerlich. „Dann musst du ihm halt das Maul stopfen", schlägt Jordi mir vor. Ich blicke ihn skeptisch an. „Mir geht der Schönling doch auch auf den Sack." Mit seinem breiten Grinsen tritt Noel an unseren Tisch.

„Na, Ladies", sagt er lachend. „Ich habe gehört, morgen soll ein Rentner-Bus kommen. Vielleicht ist für euch etwas Schönes dabei." Er grinst über beide Ohren und seine Überheblichkeit geht mir wirklich auf den Sack.

„Marc kann es mit dir schon lange aufnehmen", erklärt Jordi stolz. „Er bekommt jede Alte, die er haben will." Noel blickt abschätzig an mir herab. Ich muss zugeben, dass ich meine besten Tage bereits hinter mir habe. Doch sein Lachen kann er sich sparen.

„Du?", fragt er überrascht. „Du hast die Frauen abbekommen?", will er ungläubig wissen. „Hast du sie bezahlt?", fügt er lächelnd hinzu. Ich spüre einen unglaublichen Zorn in mir aufsteigen.

„Okay, du Großmaul!", platzt es plötzlich aus mir heraus. „Wir machen eine Wette." Noel legt den Kopf wie ein aufmerksamer Hund zur Seite. „Wenn ich vor dir drei Alte flachlege, bekomme ich deinen Job und du übernimmst den Mini-Club." Noel lacht überheblich. Dann blickt er mich einmal mehr abschätzig an.

„Was ist dein Wetteinsatz?", fragt er überraschend interessiert. Ich denke einen Moment nach.

„Wenn du gewinnst, werde ich eine Woche lang deinen Diener spielen. Egal was, ich räume dir alles hinterher." Nun ist es an Noel, die Bedingungen zu überdenken. Ich halte ihm meine Hand hin und schließlich schlägt er ein.

„Okay, wer zuerst drei Frauen flachlegt, gewinnt. Zum Beweis machen wir mit dem Smartphone ein Foto", legt er fest. Ich bin einverstanden. Auch wenn ich von meiner Idee mittlerweile alles andere als überzeugt bin. Zu selten bin ich in den letzten Monaten zum Stich gekommen und die beiden alleinerziehenden Mütter des Hotels habe ich bei unserem letzten Treffen nicht wirklich beeindruckt. Zumindest nicht ausreichend, um über mein vermeintliches Fehlverhalten gegenüber ihren Kindern freundlich hinwegzuschauen. „Jordi ist Schiedsrichter", reißt Noel mich aus meinen Gedanken. „Er entscheidet, wer am Ende gewonnen hat." Noel lächelt. „Er entscheidet, dass ich morgen Abend schon gewonnen habe", verbessert er sich. So schlecht mein Selbstvertrauen in Bezug auf die Wette ist, ich werde alles daran setzen, dem Belgier das große Maul zu stopfen.

Ich sitze an der Bar und versuche, mir einen Plan zurechtzulegen, wie ich meine – zugegebenermaßen eigentlich recht aussichtslose Wette – doch noch erfolgreich gestalten kann. Theoretisch bestünde die Möglichkeit, für die drei Frauen zu zahlen. Ich kann mich nicht daran erinnern, dass Noel den Einsatz von Nutten in seinem Regelwerk ausgeschlossen hat. Doch zum einen ekelt es mich an, eine Frau zu besteigen, auf der schon halb Mallorca gehockt hat, zum anderen hatte ich mir einst geschworen, solange ich in der Lage bin, Frauen aufreißen zu können, werde ich nicht für Sex bezahlen. Zumal Noel ein Foto als Beweis gefordert hat und ich glaube, dass weder die Nutten noch deren Zuhälter über eine Porträtaufnahme wirklich erfreut wären. Ich muss mir also eine andere Variante einfallen lassen. Und das schnell. Schließlich flirtet mein Widersacher bereits mit einer neu angekommenen Blondine, die eigentlich 1a in mein Beuteschema passt. Unglaublicherweise sehne ich mir Annette herbei. Das wäre mein erster sicherer Punkt. Meine intensiven Überlegungen werden von Jordi unterbrochen, der mittlerweile einen viel zu kleinen lilafarbenen Anzug trägt und mit einem goldenen Mikrofon die Bühne betreten hat.

„And now we proudly present, und nun präsentiere ich euch", schreit er in das Mikro und sieht dabei dämlicher aus als sein seltsamer Landsmann Harry Wijnvoord in „Der Preis ist heiß". „Die Erfolgsband ‚Al and the Noisemakers' mit ihrem Superhit ‚Reich mir mal dein Hörnchen'", fügt Jordi hinzu. Ich nippe an meinem Bier und tief in meinem Inneren schrillen sämtliche Alarmglocken. Doch erst als Albert mit seiner Gießkanne die Bühne betritt, wird mir das Ausmaß der folgenden Katastrophe bewusst. Lars folgt ihm etwas umständlich und auch Armin lässt sich nicht zweimal bitten und findet nach einem kurzen Irrweg den Weg auf die Bühne. Verwundert reibe ich mir die Augen. Dann blicke ich Jordi skeptisch an, der jedoch das Publikum zum Klatschen animiert. Einen Wellblech-Spieler hat die Band seit dem Ausstieg meines Bruders nicht mehr. Dafür singt Albert neuerdings, wenn er nicht in die Gießkanne bläst. Er hat eine recht angenehme Stimme und trifft zu meiner Überraschung auch die Töne. Tatsächlich hört sich das Lied gar nicht so schlecht an, doch ich kann mir nicht vorstellen, dass es sich dabei wirklich um einen Erfolgshit handelt. Seltsamerweise geht das Publikum merkwürdig ab und anscheinend kennen auch Einige den Text. „Reich mir mal dein Hörnchen"?, wer lässt sich bloß so einen scheiß Titel einfallen?, frage ich mich und denke mir, dass so ein Lied nur auf Mallorca funktionieren kann. Doch irgendwie kommt mir der Titel bekannt vor. Irritiert folge ich mit meinem Blick dem Treiben auf der Bühne. Mir kommt das alles surreal vor. Doch ich werde schnell aus meinen Träumen gerissen. Noel kommt mit seiner neusten Errungenschaft an mir vorbei, klopft mir auf die Schulter und grinst mich überlegen an.

„Sie heißt Friederike und kommt aus Schweden", erklärt er mir stolz. „Sie hat schon gefragt, ob ich gleich mit ihr aufs Zimmer will." Am liebsten würde ich ihm Alberts Gießkanne in den Arsch stopfen, doch es täte mir Leid um das rostige, alte Ding. „Ich denke, du solltest hier nicht einfach nur rumsitzen. Es sei denn, du spielst gerne meinen Diener", erklärt er und zieht die wirklich hübsche Schwedin auf die Tanzfläche. Ich sehe meine Felle bereits davonschwimmen, als Jordi mir noch einmal Hoffnung macht.

„Hier", sagt er mir und übereicht mir ein Stück Papier. „Die Nummer hat heute Mittag eine Alte an der Rezeption für dich abgegeben. Nach deiner Aktion mit den Kindern habe ich überlegt, dir die Nummer zu geben. Die Direktion hat es nicht so gerne, wenn du dich mit den Gästen einlässt, aber bevor alle Stricke reißen…", erklärt er mir.

Ich verspreche ihm, die Nummer nur im äußersten Notfall zu nutzen, nehme sie aber dennoch dankend an. Tatsächlich will ich mein Glück in einer anderen Disco im Zentrum versuchen. „Al and the Noisemakers" formerly known as die Blech-Band „spielt" noch, als ich das Hotel verlasse. Das blecherne Getrommel ist sogar noch einen guten Kilometer weit entfernt zu hören. Es ist eine laue Nacht und der Spaziergang tut mir gut. Bevor ich die Disco aufsuche, mache ich in einer angesagten Poolbar Halt. Eine Menschentraube hat sich um eine Säule gebildet und ich meine, Dieter Bohlen zu erkennen. Ein vielleicht 15-jähriges Mädel hält sich einen Finger ins Ohr und kreischt eine Mariah Carey-Nummer. Bohlen scheint wenig interessiert und kneift schmerzgeplagt die Augen zusammen. Ich denke darüber nach, die Blech-Band vorbeizubringen, habe aber Angst, dass der Poptitan ebenfalls von Albert angetan ist. Ein Plattenvertrag für den Vollidioten wäre der Tropfen, der mein Pechfass zum Überlaufen bringen würde. An einem Metalltisch steht eine hübsche Brünette, die gelangweilt auf einem Strohhalm rumkaut. Ich wittere meine Chance und stelle mich möglichst cool neben sie.

„Na, so allein, schöne Frau?", frage ich sie und bin über die schlechte Anmache selber erschrocken. Sie verdreht die Augen und sucht das Weite. Auf Mallorca haben die Frauen offenbar ein Radar für trostlose, frustrierte Singles. Auf diesen Schock leere ich zwei Bacardi-Cola in jeweils einem Zug und spüre umgehend die berauschende Wirkung. An einem weiteren Tisch sitzen zwei Mädels, die optisch zwar nicht meinem Beuteschema entsprechen, aber wegen meines doch leicht vernebelten Blicks durchaus eine ordentliche Figur aufweisen und insofern als Teil meiner Wette eine bedeutende Rolle übernehmen können. Sie stellen sich als Wiebke und Baukje vor und senken dadurch unbewusst meinen Testosteronspiegel. Doch in der Not ... Ich erzähle ihnen von meinem Dasein als Animateur und sie lauschen gebannt. Meine Hoffnung, zu landen, steigt. Ich lüge das Blaue vom Himmel, spinne mir die tollsten Storys zurecht und merke, dass ich beide am Haken habe. Beruhigt lehne ich mich zurück. Beruhigt, weil ich sicher bin, zwei Frauen auf einmal mit ins Hotel nehmen zu können und weil ich spüre, dass mein Zauber wieder funktioniert. Ich bin wieder der alte Marc Wagner. Marc Wagner, der Stecher. Meine Freude währt nicht lange. Als ich mir zwei weitere Bacardi-Cola und den Mädels jeweils einen billigen Piña Colada besorgt habe, hat das Duumvirat Zuwachs bekommen. Und „Zuwachs" ist wirklich bildlich gemeint. Eine Frau Mitte vierzig steht vor mir und schaut mich etwas panisch an. Ich bin irritiert, denn das weibliche Wesen passt so gar nicht zu den anderen beiden Grazien. Zumindest auf den ersten Blick. Denn obwohl sich die beiden Mädels nicht ähnlich sehen, ist eine gewisse Kongruenz zu der „älteren" Dame nicht von der Hand zu weisen. Ach du Scheiße, schießt es mir in den Kopf. Ich habe die Mädels nicht nur schön, sondern auch alt gesoffen. Die alte Frau kreischt panisch und ein weiteres Mal wird mir vorgeworfen, pädophile Absichten zu haben. Ich konnte doch wirklich nicht ahnen, dass die Mädels noch keine 16 sind. Bevor ich Reißaus nehme, erkläre ich der Mutti, dass ich doch Animateur im Mini-Club bin und insofern nur meinen Pflichten nachkomme. Mit meinem gut gemeinten Erklärungsversuch treffe ich offenbar auf geteilte Meinung. Nur mühsam kann ich mich unter dem nahenden Piña Colada inklusive Glas wegducken. Wenn mich nicht alles täuscht, kann sich der Poptitan aber einen neuen weißen Anzug kaufen.

Die nahegelegene Disko ist bei Jung und Alt ein beliebter Club. Zurzeit eher bei Alt, da im Frühling hauptsächlich Kegelclubs und Fußballvereine auf der Insel verweilen. Solange ich denken kann, versucht sich hier eine ebenfalls höchstens mäßige Band an relativ erfolgreichen Mainstream-Hits. Der Sänger, der im Übrigen eine perfekte Mischung aus Marcel Reif und Tante Käthe mimt, singt seit Jahr und Tag in gebrochenem Englisch dieselben Hits. Ab und zu streut er einen deutschen Song unter und spätestens dann wird auch den anderen Besuchern bewusst, dass eine spanische Band nicht unbedingt in einer Fremdsprache singen sollte. Oder vermisst Wolfgang Petri in Wirklichkeit eine Höhle?

Auf der Tanzfläche hat das muntere Mumienschieben längst begonnen. Ich kann mich nicht erinnern, je so viele alternde Menschen auf einem Haufen gesehen zu haben. Nur wenige Frauen, die meinen Wünschen entsprechen, geben sich um diese Uhrzeit die Ehre. Diese werden bereits von irgendwelchen Fußball-Asis umlagert. Die Szene erinnert an einen schlechten Western, in dem verdorbenes Fleisch nur darauf wartet, von Geiern vernascht zu werden. Zu oft habe ich diese Szenen schon beobachtet. Natürlich sind die Mädels grundsätzlich leichte Beute, doch mit den Fußballern ist nicht zu spaßen. Je nach Alkoholgehalt sind sie um einiges skrupelloser als ich. Ich spiele bereits mit dem Gedanken, meine Wette für heute ruhen zu lassen, als mich eine Kurznachricht von Noel erreicht. Es dauert einen Moment, bis ich die Intimrasur der Schwedin als solche erkenne. „1:0", steht unter dem insgesamt doch recht ansprechenden Foto. Entschlossen blicke ich mich wieder um. Nach zwei weiteren, völlig überteuerten Getränken zieht es mich auf die Tanzfläche. Nach den etlichen Kaltgetränken glaube ich, eine recht ordentliche Figur abzugeben. Ich reiße meinen Knöchel gekonnt in Richtung Gesäß und schmeiße gleichzeitig meinen Kopf inklusive Hand auf der Stirn zur Seite. Dann drehe ich mich im Kreis, schlucke meinen säuerlichen Mageninhalt wieder herunter und springe in einen – naja – halben Spagat. Meine Show zeigt erste Wirkung. Nicht nur in meinen Gelenken, die schmerzen, als wäre ich Mitte fünfzig und würde seit Jahrzehnten unter schwerer Arthrose leiden, sondern auch bei einer Gruppe von Frauen, die in meiner unmittelbaren Nähe im Kreis steht und sich ansonsten über die schlechten Tanzstile der anderen Männer lustig macht. Mein nahezu perfekter Break Dance kommt schon deutlich besser an und eine blonde Frau kommt lächelnd auf mich zu. Nur langsam erhole ich mich von meiner Einlage. Der Druck in meiner Brust lässt nach, die Übelkeit schwindet und ich kann wieder klar sehen. Zu spät. Erst jetzt bemerke ich, dass die Frau Mitte vierzig und damit noch eine der Jüngeren ihrer Gruppe ist.

„Hi", sagt sie und ihr Atem riecht nach saurer Milch und Zigaretten. „Ich bin Nicole", stellt sie sich vor und reicht mir ihre schlappe Hand. Als Erstes fällt mir ihre überdimensionale Nase auf, die keine guten Erinnerungen in mir weckt. Dann wandert mein Blick über den Rest ihres völlig verbauten Körpers. War Gott besoffen, als er dieses Exemplar kreiert hat? Zumindest hat er die komplett falschen Stellen mit viel oder auch zu wenig ausgestattet. Immerhin macht die Frau einen netten Eindruck.

„Marc", stelle ich mich zögernd vor. „Woher kommst du?", stelle ich die Standardfrage mit der etwa 95 Prozent aller Mallorca-Dialoge beginnen.

„Aus Mechernich", erklärt sie mir. „Wir sind mit unserem Kegelklub hier." Natürlich. Ein Kegelklub. Noch immer riecht ihr Atem nach säuerlicher Milch und es fällt mir unglaublich schwer, ihr nicht unhöflich zu sagen, dass sie zum einen sehr, sehr hässlich ist und zum anderen wirklich stinkt. „Je oller – je doller", fährt sie fort und es dauert einen Moment, bis ich diese Ansage als den Namen des Klubs verstehe. Ohne bewusst etwas aufzunehmen, lausche ich noch wenige Minuten ihren Ausführungen und verabschiede mich mit einem weiteren gekonnten Tanz-Move. Dabei habe ich die Rechnung ohne meinen Alkoholpegel gemacht. Etwas unglücklich stolpere ich durch die Gegend und stoße mit einem weiteren Mitglied des Kegelklubs zusammen. Nicht mit irgendeinem Mitglied: Als sich die schwergewichtige, vollbusige Frau umdreht, erkenne ich meine alte Freundin die „flotte Hilde". Sie lächelt mich an und drückt meinen Kopf in ihr üppiges, angenehm weiches Dekolleté. Sie riecht gut und ich schäme mich selber für den kurzen Augenblick der Schwäche, in dem ich ernsthaft darüber nachdenke, mit ihr den Ausgleich zu erzielen. Doch komischerweise gefällt mir ihre Anwesenheit. Ich fühle mich in der Gruppe seltsam gut aufgehoben. Es entwickelt sich ein wirklich lustiger Abend und ich habe die Wette fast schon vergessen, als mir Noel anhand einer weiteren Kurznachricht bereits von seinem zweiten Treffer berichtet. Ich denke, ich werde ihm den Sieg überlassen müssen und mich eine Woche dem Schicksal eines Dieners ergeben. Sei's drum. Mittlerweile sitze ich mit der flotten Hilde in einer kleinen Bar und sie erzählt mir ihre Lebensgeschichte. Es ist alles andere als spannend, doch ich vergesse darüber meine eigenen Probleme. Hilde hat es wirklich hart getroffen. Ihr Mann ist vor wenigen Monaten an einem Herzinfarkt gestorben und ihr Sohn sitzt wegen Kreditkartenbetrugs im Knast. Ich habe Mitleid mit ihr, doch die in die Jahre gekommene Dame macht trotz allem einen glücklichen Eindruck. Der Rest ihres Vereins ist bereits lange zu Hause, als wir die Bar verlassen. Es stellt sich heraus, dass Hildes Hotel direkt neben meinem liegt und insofern machen wir uns gemeinsam auf den Heimweg.

Die Hotelanlage ist bereits menschenleer, als wir vor dem Gebäudekomplex stehen. Da ich noch nicht müde bin und gerne noch mehr über Hildes Geschichte erfahren will, lade ich sie auf ein Getränk in der Hotelbar ein. Pedro, ein haarloser alter Kellner, poliert bereits die Gläser, als ich mir einen Bacardi-Cola und der flotten Hilde einen Martini Bianco bestelle. Leise nehme ich den dumpfen Knall eines Basses wahr. Offenbar feiert ein Hotelgast noch eine Privatparty. So wie ich die Hoteldirektion einschätze, allerdings nicht mehr lange. Pedro verwehrt uns ein weiteres Getränk und so entscheiden wir uns, den letzten Absacker auf der Privatparty zu uns zu nehmen. Ich komme mir ein wenig wie Sherlock Holmes vor. Ganz langsam schleichen wir über die Flure und lauschen an jeder Tür. Das ist nicht immer ganz angenehm. Im vierten Stock wird der Bass endlich lauter. Und tatsächlich, die Tür des Zimmers 408 steht offen. Ich wage einen ersten Blick. Erst jetzt realisiere ich, dass es sich bei dem Geräusch nicht um einen Bass gehandelt hat, vielmehr um das Stampfen von Erbsendosen. Es klingt irgendwie schräg. Doch wie Lars mir in einem ersten vertrauten Gespräch versichert, liegt das ausschließlich an der schlechten Qualität der spanischen Erbsendosen. Die sind in der Entwicklung noch nicht soweit wie die Industrienation Deutschland. Manchmal frage ich mich, ob die Idioten den Scheiß wirklich glauben, den sie verzapfen. Armin ist die Qualität des spanischen Eimers offenbar völlig gleich. Wie ein Verrückter hämmert er mit einem Kerzenständer auf einem blauen, rostigen Eimer herum. Albert befindet sich auf seinem Bett, springt wie ein Kleinkind auf und ab und pustet mit vollen Backen in die Gießkanne. Ein älteres Ehepaar sitzt vor den Idioten und klatscht frenetisch in die Hände. Ich traue meinen Augen nicht. Auf einem klapprigen Plastikstuhl lungert ein alter Mann mit Bierflasche, der der Uniform nach ein Gärtner des Hotels sein könnte. Völlig außer Atem kommt Albert schließlich auf mich zu.

„Steht ihr auf der Gästeliste?", fragt er mich überraschend selbstverständlich in ernstem Ton.

„Was für eine Gästeliste?", will ich wissen. Ich habe ein wenig Angst vor der Antwort, doch der Alkohol macht mich in gewisser Weise gesprächig.

„Na, für unser exklusives Meet and Greet", belehrt er mich. „Das ist schon seit Langem geplant. Die Herrschaften haben es gewonnen." Mit dem Kopf deutet er in Richtung Ehepaar. Ich gucke ihn völlig verstört an. Das kann er nicht ernst meinen. Ich bin zwar betrunken, aber das passiert doch gerade nicht wirklich, oder? „Hier kann ja nicht jeder Hinz und Kunz wie er will reinplatzen und einfach mitfeiern", fährt er unbeirrt fort.

„Albert", lalle ich. „Du erkennst mich aber schon noch?", will ich wissen. Der beste Freund meines Bruders kommt mir bedenklich nahe, inspiziert mein Gesicht und drückt schließlich prüfend auf meinen Bizeps. Dann nickt er.

„Marc Wagner", sagt er schließlich. „Dennoch, ohne VIP-Ticket kann ich dich nicht reinlassen." Er ist im Begriff die Tür zu schließen, als ich meinen letzten Trumpf ziehe.

„Ich will in die Band einsteigen", höre ich mich sagen und mein Atem stockt über meine eigenen Worte. Stille. Auch Armin und Lars lassen von ihren Instrumenten einen kurzen Augenblick ab und starren mich mit großen Augen an. Ich glaube, selbst Armin hat mich mittlerweile erkannt. Albert schüttelt den Kopf, mustert mich skeptisch und umarmt mich anschließend ein wenig zu fest. Der alte Mann in der Gärtneruniform springt auf und kommt auf uns zugelaufen. Bevor er in die Umarmung einsteigen kann, reiße ich mich los. Also umarmt er nur Albert. Es ist schon ein wenig befremdlich. Auf die „Meet and Greet"-Party wäre ich nicht gekommen, aber in Nullkommanichts bin ich aktives Mitglied der ehemaligen Blech-Band. Lars hat auf einem kleinen Tischchen ein Silbertablett gefunden und mir feierlich überreicht. Offenbar soll ich mit der Eiszange im Rhythmus dagegen schlagen. Die flotte Hilde hat es sich derweil auf dem Bett bequem gemacht. Wenn mich nicht alles täuscht, schläft sie bereits tief und fest. Ein dünner Sabberfaden läuft ihr aus dem Mund und tropft in ihr Dekolleté. Bevor ich zu meinem ersten Einsatz in meiner neuen Band komme, müsse ich aber noch einen Schnaps mit den Jungs trinken. Das sei so ein Ritual, erklärt mir Armin, der mich skeptisch ansieht. Ich habe den Eindruck, als sei er nicht glücklich mit der neuen Besetzung. Ich hoffe, Albert hat hier das Sagen.

„Das ist die offizielle Aufnahmeprüfung", erklärt mir Armin weiter. Ich meine, er schielt neuerdings. Den Eimer zu bedienen, scheint deutliche Nebenwirkungen zu haben. Er reicht mir ein Gläschen mit grünlicher Flüssigkeit. Ich habe keine Ahnung, was das ist. Wenn so die Aufnahmeprüfung aussieht, kann jeder Depp in der Blech-Band spielen. Meine Augen wandern über die einzelnen Bandmitglieder und ein weiteres Mal schüttele ich ungläubig den Kopf. Ich leere das Glas in einem Zug. Es ist ein bitteres Gesöff, das nach Zahnpasta schmeckt. Doch ich spüre umgehend eine befreiende Wirkung. Warum eigentlich nicht mit der Zange gegen das Tablett schlagen?, frage ich mich und manövriere geschickt den Schwengel auf das Metall, ernte dafür aber einen bösen Blick von Armin. Offensichtlich habe ich den Takt verpasst. Ich warte einen Moment geduldig ab, bis die Jungs alle eingestiegen sind, und hämmere dann wie ein Irrer auf dem Tablett herum. Es macht riesigen Spaß und ich fühle mich seltsam frei. Ich muss Armin unbedingt fragen, um was für ein teuflisches Gebräu es sich bei dem grünen Nektar handelt. Toll. Komischerweise habe ich das Gefühl, dass sich das Getrommel und Gejaule seltsam melodisch anhört. Warum hatte ich früher dafür kein offenes Ohr? Nur Armin passt heute nicht wirklich dazu. Das mag daran liegen, dass er alle naselang den Eimer hochhebt, um mich skeptisch zu beäugen.

„Stopp, Stopp, Stopp", unterbricht uns Albert. Er erinnert dabei unweigerlich an einen schwulen Theaterregisseur. Es fehlt nur der weiße Schal des Künstlers. „Ihr müsst euch schon ein wenig mehr Mühe geben. Das hat noch keinen Drive und es klingt noch nicht voll." Ich habe nicht die leiseste Ahnung, was er meint, geschweige denn, wie ich meinem Instrument mehr Drive verleihen kann, doch ich bin zu besoffen, um danach zu fragen. Dieses komische Gesöff hat mich vollkommen aus dem Gleichgewicht gebracht.

„Vielleicht sollten wir noch einen kleinen Schnaps trinken?", schlage ich vor. Wieder Stille. Offensichtlich bin ich noch nicht in der Position, Vorschläge zu machen. Armin schnalzt abschätzig mit der Zunge, als er ein weiteres Mal den Eimer vom Kopf zieht. Ich glaube, ihn habe ich noch nicht vollends überzeugen können und somit setze ich zu einem atemberaubenden Solo an.

„Das ist es, Junge!", ruft Albert. „Das ist der Drive. Ja, Mann!" Ich wüsste nicht, was ich anders mache, doch immerhin habe ich offenbar den Leadsänger überzeugt. Armin nicht. Er kneift die Augen zusammen und formt mit seiner rechten Hand eine Pistole.

Wir sind voll in unserem Element, als Albert plötzlich zu einem Instrumentenwechsel aufruft. Das scheint neu zu sein. Zumindest kann ich mich nicht an dergleichen erinnern. Lars und Albert lassen umgehend ihre Instrumente fallen und bewegen sich im Uhrzeigersinn zu den neuen Instrumenten. Fast schon brutal reißt mir Lars das Tablett aus der Hand. Albert steht schon lachend auf den Erbsendosen, die nach wie vor nicht so gut wie die qualitativ hochwertigen Dosen aus Deutschland klingen. Nur Armin ist mit dem Wechsel offenbar nicht zufrieden. Widerwillig starrt er mich an, als ich ihn mit einer Handbewegung auffordere, mir seinen Eimer zu übergeben. Eigentlich habe ich keine Lust, mir das Ding über den Kopf zu ziehen und dann auch noch wie wild darauf herumzuhämmern, doch allein um Armin vollends aus der Fassung zu bringen, lasse ich mir den Spaß nicht nehmen. Erst auf Alberts Ermahnung hin übergibt mir Armin das Instrument. Bevor es aber weitergeht, schenkt Lars noch einen weiteren Schnaps ein. So langsam kann ich mich an die lustigen Abende mit der Band gewöhnen. Vielleicht gehen wir ja gemeinsam auf Tournee. Ich lächele Armin überheblich an, setze den Eimer auf und haue wie ein Berserker darauf herum. Der Krach ist ohrenbetäubend und ich sehne mir wirklich den nächsten Instrumentenwechsel herbei. Doch selbst wenn Albert diesen ankündigen würde, würde ich ihn bei dem Lärm vermutlich gar nicht wahrnehmen. Also unterbreche ich mein Programm. Stille. Erleichtert atme ich aus. Ich lüfte den Eimer und fahre erschrocken zusammen. Von der Blech-Band fehlt jede Spur. Dafür steht Jordi inklusive einer streng gekleideten Frau von der Hoteldirektion in der Tür. Ich würde nicht sagen, dass sie gerade vor Freude strahlen, als sie mich ohne mein Gepäck vor die Tür des Hotels setzen. Vermutlich liegt es am Alkohol, doch ich bin seltsam erleichtert, als ich die Straße entlanglaufe. Dass ich nun arbeitslos bin, stört mich nicht sehr. Ich bin ja jetzt Teil der recht erfolgreichen Blech-Band. Allerdings frage ich mich, wo meine Bandmitglieder sind. Die Straße ist ziemlich verlassen. Sie werden bestimmt wieder auftauchen, denke ich mir und gönne mir in einer Nachtbar von meinem letzten Kleingeld einen kleinen Absacker.

Von einem plärrenden Kleinkind werde ich etwas unsanft geweckt. Doch das Plärren ist momentan mein kleinstes Problem. Mein Kopf fühlt sich so an, als wäre ein Fünftonner darüber gerauscht. Ich habe einen unglaublichen Kater und zudem brennt mir die Sonne auf den nackten Rücken. Ich leide noch so unter den Nachwirkungen des gestrigen Abends, dass ich mir die Frage nach meinem fehlenden T-Shirt momentan noch nicht stelle. Es dauert sowieso eine gefühlte Ewigkeit, bis ich meine Glupscher langsam öffnen kann. Die Sonne blendet mich und bunte Flammen tanzen vor meinem Sichtfeld. Nur ganz langsam legt sich zudem der milchige Schleier, der meine Lider ein wenig verklebt hat. In meinem Mund, der extrem ekelhaft riechen muss, befindet sich zu allem Überfluss der Großteil des Sandaufkommens Spaniens. Doch die Baustelle ist wirklich der Rede nicht wert. Als sich meine Augen an das grelle Licht gewöhnt haben, erkenne ich ein buntes Windrad in der Hand eines hässlichen Jungen. Das Windrad verhält sich leider nicht kongruent zu dem Karussell in meinem Oberbauch und so kostet es mich erschreckend viel Mühe, den Mageninhalt in mir zu behalten. Als ich huste, spucke ich einen halben Sandmann aus. Kurzum: Mir ging es schon deutlich besser. Ich würde meinen Gesundheitszustand schon als kritisch bezeichnen. Zu allem Überfluss guckt mich dieser kleine hässliche Junge ununterbrochen an. Würde es mir nicht so grottenschlecht gehen, würde ich dem Jungen das Windrad ins Auge stecken. Doch ich spüre, dass jede Bewegung zurzeit zu viel ist.

Ein Strandverkäufer afrikanischer Herkunft sieht mein Leid und gesellt sich zu mir. Das ist zwar grundsätzlich wirklich nett, nur leider kann ich in dieser Verfassung seine penetranten Verkaufsargumente nicht widerlegen. Er setzt mir eine Sonnenbrille auf, kramt in meiner Hosentasche nach Geld, nimmt sich einen Zehn-Euro-Schein und verschwindet. So weit, so gut. Immerhin blendet mich die Sonne nicht mehr. Doch der findige Brillenverkäufer hat offenbar seinen Freunden Bescheid gegeben, dass ein wehrloses Opfer am Strand liegt. Innerhalb weniger Minuten wimmelt es nur so von Brillenverkäufern. Grinst mich der kleine blöde Junge etwa an? Nach wenigen Augenblicken lassen die Verkäufer jedoch ab von mir. Das kann zwei Gründe haben. Zum einen stinke ich sicherlich wie die Pest, zum anderen haben sie relativ früh festgestellt, dass der Zehn-Euro-Schein anscheinend mein letztes bisschen Geld war. Das wundert mich, denn eigentlich hatte ich ein relativ volles Portemonnaie in Erinnerung. Portemonnaie? Ach, du Scheiße. Für einen kurzen Augenblick ist mein Kater wie weggeblasen. Erschrocken fasse ich an mein Gesäß und muss feststellen, dass meine Geldbörse verschwunden ist. Und nicht nur die. Auch mein T-Shirt und noch viel schlimmer, mein Smartphone sind nicht mehr da. Immerhin läuft hier keine Coco-Loco-Potenzia-Vitamina-Alte rum, die mir ihre Ananas anbieten will. Der Schock hält nur kurz an. Dann stellen sich wieder die brutalen Kopfschmerzen und die latente Übelkeit ein. Hilflos blicke ich mich um und muss feststellen, dass ich noch nicht einmal die leiseste Ahnung habe, wo ich mich befinde. Eigentlich kenne ich mich auf Mallorca recht gut aus, aber diese Gegend ist mir vollkommen unbekannt. Na klasse. Viel schlimmer kann es eigentlich nicht mehr werden. Da ich im wahrsten Sinne des Wortes eh nichts mehr zu verlieren habe, entscheide ich mich, den Rausch am Strand auszuschlafen. Was soll's? Immerhin nimmt meine Hautfarbe dann eine angenehme Bräune an. Ich versuche also, das plärrende Kind auszublenden und schlafe tatsächlich wieder ein.

Meine Haut fühlt sich seltsam gespannt an, als mich ein Schuh etwas zu hart in die Seite tritt. Offenbar war ich der Sonne etwas zu lange ausgesetzt, denn nach meiner ersten Begutachtung habe ich eine bedrohliche rote Farbe angenommen. Jetzt würde ich perfekt zu Jessica, der Sonnenbankkönigin passen. Wieder tritt mich der Schuh in die Seite. Was aus meiner Sicht relativ unangebracht ist, denn ich habe mich schon längst aufgerichtet und bin dementsprechend ganz offensichtlich wach. Moment, warum tritt mich überhaupt ein Stiefel. Langsam wandert mein Blick zu dem Übeltäter. Guardia Civil. Na toll. Trotz Dunkelheit bietet der Polizist eine bedrohliche Erscheinung. Fluchend redet er auf mich ein. Ich habe nicht die leiseste Ahnung, was er von mir will. Vermutlich soll ich den Strand verlassen. Es wäre sicherlich ratsam gewesen, in all den Jahren ein wenig Spanisch zu lernen. Immerhin weiß ich jetzt, dass ich mich noch immer in Spanien befinde. Mühsam stelle ich mich hin und muss zu meiner Überraschung feststellen, dass nun auch meine Schuhe und die erst kürzlich erworbene Sonnenbrille verschwunden sind. Wieder flucht der Mann in Uniform und ich denke, es ist das Beste, so schnell wie möglich das Weite zu suchen.

Ich möchte nicht unbedingt eine Nacht in spanischem Gewahrsam verbringen. Habe ich gerade selber „Gewahrsam" gesagt? Oh mein Gott, Christoph färbt bereits auf mich ab. Da ich auch keine Armbanduhr mehr habe, kann ich beim besten Willen nicht einschätzen, wie viel Uhr wir haben, als ich barfüßig eine Art Hauptstraße erreiche. Ich setze mich auf ein kleines Mäuerchen, um mir in Ruhe meine Situation zu vergegenwärtigen. Zu allererst stelle ich fest, dass ich die Wette gegen Noel mit großer Wahrscheinlichkeit verloren habe. Das ist nicht wirklich schlimm, denn ich gehe davon aus, dass ich den Belgier so schnell nicht wiedersehen werde. Ich sitze also an irgendeinem Strand, in einem Land, in dem man Spanisch spricht. Ich habe weder Papiere noch Geld geschweige denn ein Smartphone. Kurzum: Ich bin ziemlich aufgeschmissen. Zudem habe ich großen Hunger und sehe aus wie ein Hummer. Immerhin falle ich damit nicht auf. Denn wenn ich mir die Touristen in meiner unmittelbaren Nähe ansehe, fallen mir etliche Menschen auf, die ich anhand ihrer Hautfarbe, Kurzhaarfrisur und schlechten Tätowierungen als Engländer ausmache. Das mag sich vielleicht ein wenig voreingenommen anhören, aber so ist es nun einmal. Eine übergewichtige schwarze Frau, die mich an eine gewisse Ukalele erinnert, bietet mir an, für fünf Euro „beautiful dreadlocks" zu flechten. Wäre ich nicht so furchtbar abgebrannt, würde ich mich eventuell dazu hinreißen lassen. Ich wollte schon immer wie eine Albino-Version von Stevie Wonder aussehen. Die falsche Ukalele hat sogar Muschel-Dreadlocks in ihrem Repertoire. Ich will auf keinen Fall eine Muschel-Landebahn für sämtliche Kack-Möwen Mallorcas spielen. Nach einer kurzen Tascheninspektion komme ich auf einen Euro und dreiundfünfzig Cent. Das reicht weder für wunderbare Dreadlocks noch für ein Sandwich im Café auf der anderen Seite der Strandpromenade. Obwohl ich einen unglaublichen Nachdurst empfinde, entscheide ich mich, das bisschen Kleingeld sinnvoller zu nutzen. Irgendwie muss ich mich aus dieser misslichen Lage befreien. Doch wie, ohne Handy, Portemonnaie und Ausweis? Auf der anderen Straßenseite entdecke ich eine Telefonzelle und kann mein Glück nicht fassen, bis mir einfällt, dass diese nur wenig Nutzen für mich hat. Wen, in Gottes Namen, soll ich anrufen? Christoph weilt in Ecuador, die Blech-Band ist verschwunden und Jordi wird nicht mehr mit mir reden wollen. Spontan fällt mir nur noch mein Vater ein. Doch ich bezweifle, dass er seine Vorurteile gegenüber Mallorca mir zuliebe begraben und mich hier mit dem Auto abholen wird. Noch einmal überprüfe ich meine Taschen, ob sich nicht doch noch etwas finden lässt, das mir weiterhelfen könnte. Neben einem alten Bonbonpapier finde ich nur einen kleinen Zettel. Jordi hat ihn mir gegeben. Na toll. Ich werde hier als Obdachloser auf Mallorca enden und mein einziger Gedanke gilt der verlorenen Wette mit Noel. Solange ich auch darüber nachdenke, es gibt nur eine Möglichkeit dem Ganzen zu entfliehen. Ich muss diese Nummer anrufen. Doch was sage ich dann? „Hi, ich bin's. Stecher Marc. Ich befinde mich an einem Ort, den ich nicht kenne und spreche mit einer Frau, die ich nicht kenne, aber magst du mich hier abholen?" Auf der anderen Seite: Eine wirkliche Wahl habe ich eigentlich nicht. Mutig überquere ich die Straße, werfe einen Blick auf eine Landkarte an einer Bushaltestelle und stelle erleichtert fest, dass ich mich tatsächlich auf Mallorca und dazu in einem Ort namens Cala D'or befinde. Dieser ist gar nicht so weit von Cala Ratjada entfernt. Und zum ersten Mal seit einigen Stunden sehe ich wieder ein Licht am Ende des Tunnels. Mir ist ein wenig mulmig, als ich die Nummer auf der Tastatur eingebe. Ich habe ja keine Ahnung, was oder vielmehr wer mich erwartet. Die flotte Hilde oder tatsächlich Ukalele? Doch das mulmige Gefühl hat noch eine andere Ursache. Als praktizierender Hypochonder gibt es nicht viele Dinge, die ekelhafter sind, als eine fremde Tastatur anzufassen. Nach dem dritten Klingeln meldet sich eine weibliche Stimme. Hatte ich nicht eben noch geglaubt, es kann nicht schlimmer werden? Es kann doch.

Drei Wochen später ...
Mit Anlauf mache ich einen Köpper in das kühle Nass. Das Wasser lässt meinen Atem kurz stocken und meine Brust zieht sich für einen Augenblick unangenehm zusammen, doch die Kälte tut meiner geschundenen Haut gut. Seit einigen Tagen lasse ich nun schon die Sonne auf meine wachsende Plauze scheinen. Ich ziehe ein paar Bahnen in dem leeren und nicht von Kinderurin verseuchten Pool

und halte mich schließlich am Rand fest. Mein Blick wandert über die einzige belegte Sonnenliege. Annettes wohlgeformter Körper ist fast schon erregend gebräunt und ihre nackten Brüste zaubern mir ein Lächeln aufs Gesicht. Nach all den Strapazen des letzten Jahres meint es das Glück endlich gut mit mir. Mir war tatsächlich nicht bewusst, dass Annette nicht nur äußerst attraktiv, sondern in erster Linie steinreich ist. Beziehungsweise ihre Eltern scheinen steinreich zu sein. Als sie mich vor drei Wochen in Cala D'or abgeholt hat, wusste ich nicht so recht, wie ich mich verhalten sollte. Zunächst war ich wütend, da sie mir wieder einmal ungefragt auf meine Lieblingsinsel gefolgt ist. Dann habe ich tatsächlich darüber nachgedacht, die Wette noch einmal aufleben zu lassen. Doch letztendlich war ich erst einmal scheiße froh, dass sie mich aus dieser misslichen Lage befreit hat. Und nicht nur das. Noch am selben Abend zeigte sie mir die Finca, die ihr Vater vor vielen Jahren günstig erstanden hat und zu einer wirklichen Villa hat ausbauen lassen. Das hat mich schon sehr beeindruckt. Nach einem erfrischenden Bad hat sie mir ein wunderbares Essen gekocht. Wobei ich über die Qualität des Essens zugegebenermaßen nicht viel sagen kann. Mein sexuelles Verlangen war weitaus größer als mein Hunger. Nun lebe ich seit fast drei Wochen mit Annette in dieser Finca. Das wird so nicht bleiben. Schließlich hat ihr Vater bereits Anspruch auf diese angemeldet und ich will ihm irgendwie nicht unbedingt begegnen. Das mag auch daran liegen, dass ich seit fast drei Wochen ausschließlich die modische Kleidung des mir nicht bekannten Mannes trage. Immerhin scheint er einen guten, beziehungsweise teuren Geschmack zu haben. Schon bald will er die Finca mit seiner Liebesgespielin aufsuchen. Dann sollen wir verschwunden sein. Das passt in Annettes Fall auch sehr gut. Schließlich kann sie nicht wochenlang unentschuldigt der Universität fernbleiben. Ich für meinen Teil weiß noch nicht so recht, wie es dann weitergeht. Eigentlich würde ich mir zu gerne einen anderen Job auf der Insel suchen. Da die Guardia Civil mir meine Papiere bereits wieder aushändigen konnte – ein junger Mann, auf dessen Beschreibung lustigerweise Armin zu einhundert Prozent passt, hatte mein Portemonnaie ohne Bargeld abgegeben –, dürfte ein neuer Job grundsätzlich kein Problem sein. Doch ich werde, so wie es momentan aussieht, gemeinsam mit Annette zurückkehren. Denn, so seltsam es klingen mag, Annette ist nicht mehr meine Stalkerin. Die wirklich liebevolle, hübsche Blondine ist mittlerweile meine Freundin. Und ich bin glücklich mit ihr. Das liegt sicherlich auch am nötigen Kleingeld ihres Vaters, das mir wiederum eine nette Zukunft ermöglicht. Immerhin sind Annette und ich uns in einem Punkt bereits einig: Kindergeld hin oder her – wir werden beide keine Kinder haben. Annette teilt glücklicherweise meine Antipathie gegenüber diesen plärrenden Blagen.

Ich steige aus dem Wasser und lege mich auf meine Liege. Es dauert nicht lange und ich bin eingeschlafen. Ich träume von Christoph und seiner Leonie, der Blech-Band und tatsächlich kommt auch die flotte Hilde in einem überdimensionalen M&M-Kostüm in meinem Geiste vor. Ein schrilles Klingeln reißt mich aus dieser bunten Welt. Mein neues Smartphone. Ich lausche den Worten meines Vaters, und Annette erkennt sofort, dass etwas nicht stimmt.

„Geht es deinen Eltern gut?", fragt sie mich besorgt. Ich nicke.

„Denen schon", flüstere ich. „Meine Oma ist gestorben."

Natürlich wird der Rückflug nach Deutschland eine Qual für mich. Doch in Annettes Beisein ist es irgendwie nur halb so schlimm. Das mag sich kitschiger anhören, als es eigentlich ist. Meine neue Freundin hat mir unbemerkt Valium-Tabletten in meine Cola gemischt. So überstehe ich die zwei Stunden Flug ohne größere Probleme. Richtig zu mir komme ich erst am Kölner Flughafen. Stunden später. Annette hat meiner Mutter versprochen, dass wir Christoph auf dem Weg nach Hause mitnehmen. Seine Maschine kommt aus Frankfurt und soll laut Plan nur wenige Stunden nach uns landen. Wenn ich ehrlich bin, sind schon fünf Minuten, die wir auf meinen verstrahlten Bruder warten, absolut vergeudet. Doch ich tue Annette den Gefallen, auch damit sie bei meinem Vater punkten kann. Immerhin ist sie auf den ersten Blick arischer Natur und in ihrem Nachnamen versteckt sich auch nichts, das auf einen osteuropäischen Einschlag schließen lässt. Mir ist es egal, woher sie kommt, ich „nehme" sie so, wie sie ist.

Noch etwas benebelt sitze ich auf einer Bank und warte auf meinen Bruder. Die Maschine aus Frankfurt ist tatsächlich pünktlich. Doch ähnlich wie ich, scheint auch Christoph einen teuflischen Pakt mit Murphy's Law geschlossen zu haben. Denn von meinem Bruder fehlt jede Spur. Vielleicht hat er aber auch einmal mehr für einen weiteren Zwischenfall gesorgt. Ich will Annette gerade darauf hinweisen, dass es möglicherweise Sinn macht, doch schon nach Hause zu fahren, als mir ein in Weiß gekleideter Mexikaner auffällt. Zumindest lässt das äußere Erscheinungsbild darauf schließen, dass es sich um einen Mexikaner handelt. Er trägt einen komplett weißen Anzug, passend dazu hat er einen weißen Schlapphut auf dem Kopf und in der Hand einen Gehstock mit einem dicken Brillanten als Knauf. Ein dünner Schnäuzer macht die Illusion perfekt und ich wende mich lieber ab. Mit einem Drogenbaron des Kartells lege ich mich nicht an. Doch irgendwie kommt mir der Mann bekannt vor. Unauffällig blicke ich ihm ins Gesicht. Nicht unauffällig genug. Denn der Mann sieht, dass ich ihn anstarre, und kommt auf mich zu. Erst jetzt erkenne ich einige Bodyguards in seinem Schlepptau. Es handelt sich um drei kleine Latinos, denen eigentlich nur die Panflöte fehlt, um die schlechte Poncho-Verkleidung perfekt zu machen. Wenige Zentimeter vor mir bleibt der Mexikaner stehen. Dann nickt er.

„Marc", flüstert er kaum hörbar und ich habe den Eindruck, er habe in letzter Zeit ein wenig zu viel vom „Paten" gesehen. Mit der gleichen Geste erwidere ich die Begrüßung meines Bruders.

„Wo ist Leonie?", will ich wissen. Christoph, der eigentlich viel mehr Ähnlichkeit mit dem jungen Hercules Poirot hat, guckt mich mit großen Augen an. Dann nickt er freundlich, faltet die Hände und fährt sich anschließend mit dem Daumen über die Kehle.

„Muerto", verkündet er laut und seine Gefolgschaft zuckt zusammen. Ich denke, das heißt so etwas wie „Mord" oder „Tod", oder so. Er wackelt mit seinen Augenbrauen, klopft mit seinem Gehstock vier Mal auf den Boden und zwirbelt sich an seinem Bart. Irgendwie habe ich den Kerl doch ein wenig vermisst.

„Alles eine Frage der Verkleidung?", frage ich ihn lächelnd. Christoph schaut mich ernst an und schüttelt dann ungläubig den Kopf. Kein dummer Spruch, kein blöder Einfall. Mein Bruder sieht zwar vollkommen Panne aus, doch irgendwie habe ich den Eindruck, er sei erwachsen geworden. Er schnippt mit dem Finger, um seinem Gefolge zu symbolisieren, dass sie den Kofferwagen schieben dürfen. Annettes neumodischer Kleinwagen steht im Parkdeck für Langzeit-Parker. Nachdem ich die Finca auf Mallorca gesehen habe, scheint sie das finanziell nicht vor große Probleme zu stellen. Mehr Sorgen bereitet mir da schon das geringe Platzaufkommen. Christophs Koffer allein nehmen den Kofferraum und zwei Sitzplätze in Anspruch. Das sei jedoch kein Problem, versichert er uns und drückt den Latinos ein paar US-Dollar aus einer gut gefüllten Geldklammer in die Hand. Sie sollen sich ein Taxi rufen. Ich bin mir nicht sicher, ob sie das Haus meiner Eltern erreichen werden. Es wäre auch kein Beinbruch, wenn nicht. Die Fahrt dauert eine gute Stunde und ich bin noch immer leicht benebelt von Annettes Medikation, als wir endlich auf die Einfahrt einbiegen. Christoph hat sich wirklich verändert. Er hat zumindest in der Zeit, in der ich wach war, kein Wort gesprochen. Noch nicht einmal als Annette „entscheiden" gesagt hat, hat er laut losgelacht. Ich bin mir gar nicht so sicher, ob er mir so noch gefällt. Sein neuer Aufzug passt meinem Vater jedenfalls nicht und auch, dass er ab sofort „Don Ramon aus der Nähe von Bonn" genannt werden will, stößt eher auf taube Ohren. Mein Vater wirkt verbitterter denn je. Selbst der von mir mitgebrachte Audi-Prospekt über meinen zukünftigen Neuwagen – die Sache mit Annette wird langsam rentabel – kann ihn nicht aufheitern. Das ist nachzuempfinden, schließlich ist nun auch seine Mutter gestorben. Ohne meine Großeltern wirkt das Haus seltsam leer. Doch das ist es eigentlich nicht. Herr Lehmann ist eingezogen. Er begrüßt mich in Schwarz gekleidet. Mit seiner Fliege und seinem Frack ähnelt er eher einem Kellner, als einem trauernden Lebensabschnittsgefährten. Er sei so traurig und einsam in seiner Pension gewesen, erklärt meine Mutter. Da habe sie ihm angeboten, einzuziehen. Er sei doch Teil der Familie. Ich glaube nicht, dass Vater das ähnlich sieht. Aber seine Pantoffeln hat er bekanntermaßen schon vor Jahren abgeben müssen.

„Ist das Annette?", fragt der Pinguin-Mann und nimmt damit schon jetzt perfekt die Rolle meiner Oma ein. Meine Mutter bejaht und nimmt meine neue Freundin in den Arm, als seien die beiden seit Jahren beste Freundinnen. Da Annette mich jahrelang besorgniserregend gestalkt hat, kann ich mir tatsächlich vorstellen, dass sie meine Mutter des Öfteren heimlich besucht hat. Selbst mein Vater scheint sie zu akzeptieren und nach diesem verrückten Jahr habe ich endlich den Eindruck, als würde sich alles zum Guten wenden.

Die Beerdigung meiner Oma verläuft überraschend ereignislos. Mal abgesehen von Christophs Latinos, die natürlich den Weg zum Haus meiner Eltern gefunden haben, dort aber von meinem Vater vehement abgewiesen worden sind. Christoph hat den drei Jungs eine Absteige in der Nähe besorgt. Zur Beerdigung sind sie in einem traditionellen Outfit erschienen. Als Omas Sarg in die Erde gelassen wurde, zückten sie tatsächlich ihre Panflöten und schmetterten ihre Version von „San Fernando" in die hölzernen Röhrchen. Sehr zu Herrn Lehmanns Freude, der in ähnlicher Tonlage ein anderes ABBA-Lied pfiff. Mittlerweile befinden wir uns beim Leichenschmaus. Und ironischerweise sieht man nur zufriedene Gesichter. Christoph beziehungsweise Don Ramon thront in seinem weißen Anzug am Kopfende der langen Tafel und verfolgt das lustige Treiben mit überraschend wachen Augen, meine Eltern sind ein wenig beschwipst und liegen sich in den Armen und Hannah turtelt mit ihrem neuen Freund, Marco aus Rom. Obwohl mein Vater andauernd Marcos Taschen kontrolliert, damit der italienische „Langfinger" nur ja das Silberbesteck nicht einsteckt, sind wir alles in allem eine glückliche, stinknormale Familie. Ich bin froh, dass sich alles so entwickelt hat. Auch wenn ich Christoph dabei erwische, wie er auffallend oft auf den metallenen Grillrost starrt und gleichzeitig mit dem Daumen über die Tischplatte schrabbt. Dank Annette sehe ich der Zukunft positiv entgegen. Ich habe mir sogar vorgenommen, bei fremden Frauen ein wenig kürzerzutreten. Ein wenig. Selbst die Türklingel kann meine gute Laune gerade nicht stören. Lächelnd öffne ich die Tür. Verquollene schwarze Augen starren mich verzweifelt an.

„Gratuliere!", heult Bilgin. „Du wirst Papa."

Danksagung

Ich möchte die Chance nutzen, wichtigen Menschen zu danken, die maßgeblich zu diesem Buch beigetragen haben. Zuallererst denke ich da an Barbara und Rainer, die mich mit diesem kreativen, aber positiv kranken Hirn ausgestattet und mich durch den (damals) unfreiwilligen England-Aufenthalt eine andere Art des Humors gelehrt haben. Eure Geduld, Hilfsbereitschaft und Warmherzigkeit ist unglaublich und nicht zu bezahlen. Ohne euch wäre ich heute nicht da, wo ich bin. Dann wäre da noch Lukas, der mich frühzeitig durch großes Konkurrenzdenken zu Hochleistungen angespornt hat. Dearn und Mel möchte ich für die warmen Worte über meine ersten „Gehversuche" danken. Und natürlich Wolf-Dietrich, dessen Wunsch, ein Buch zu veröffentlichen, von mir verwirklicht wurde. Ich vermisse dich! Leopold Schmitz darf natürlich in keiner Danksagung fehlen. Großer Dank gilt auch Tim und seinem Team der Leselupe für die professionelle, kreative und vor allem effektive Unterstützung sowie dem ACABUS Verlag für das Vertrauen in mich als Autor. Danke auch an meine Privatlektorinnen Sabine, Barbara und Dana. Doch vor allem möchte ich Dir danken, Dana, dass ich so sein darf, wie ich bin!

DER AUTOR

Simon Bartsch, Jahrgang 1978, verbrachte seine Kindheit und Jugend in der Nähe von Köln und in London. Nach dem Abitur in Bonn studierte er Medien- und Kommunikationswissenschaften an der Deutschen Sporthochschule in Köln. Schon während des Studiums arbeitete er freiberuflich als Journalist für den Westdeutschen Rundfunk sowie verschiedene Tageszeitungen. Heute lebt er mit Frau und Hund in Bonn.

WEITERE BÜCHER AUS DEM ACABUS|VERLAG

Stefan Schickedanz
Männerspielsachen
Erzählungen

ISBN: 978-3-86282-120-4
152 Seiten
EUR 11,90
ACABUS Verlag Dezember 2011

Markus Walther
Kleine Scheißhausgeschichten
68 kurzweilige Geschichten

ISBN: 978-3-941404-64-9
156 Seiten
EUR 11,90
ACABUS Verlag September 2010

Oliver Kukulka
Max Sturm
Roman

ISBN: 978-3-941404-96-0
192 Seiten
EUR 16,90
ACABUS Verlag November 2008

Unser gesamtes Verlagsprogramm

finden Sie unter:

www.acabus-verlag.de

http://de-de.facebook.com/acabusverlag

ACABUS Verlag

| BUCHstäblich NEU |